HEYNE<

Das Buch
»Kinder und Alte haben die gleichen Schwierigkeiten mit dem Schuhzubinden. Für beide wurde der Klettverschluss erfunden. Und der Reißverschluss. Sobald ich mir die Schuhe nicht mehr allein zubinden kann, möchte ich nicht mehr leben. Wir werden sehen.«
Wer alt wird hat Glück – schon allein weil er erlebt und erkennt, welches Unglück das Alter ist: Ein Fluch, den man zum Segen erklären muss; nichts anderes bleibt einem übrig. Wie will man auch fortschreitendem Verfall und unaufhaltsamer Zerstörung anders begegnen als mit Trotz? Oder ist der glücklicher, dem das Alter erspart bleibt? Und was ist mit den Jungen, denen eine stetig wachsende Zahl von Alten im Weg steht?
Selten hat jemand so klug, so pointenreich, vergnüglich und nachdenklich über das geschrieben, was uns allen bevorsteht.

Der Autor
Hellmuth Karasek, Journalist und Schriftsteller, leitete über 20 Jahre lang das Kulturressort des Nachrichtenmagazins DER SPIEGEL. Jetzt ist er Mitherausgeber des Berliner TAGESSPIEGEL. Er veröffentlichte 1992 *Billy Wilder – Eine Nahaufnahme*, 1996 *Go West, eine Biographie der 50er Jahre*, 1996 *Mein Kino*, 1997 *Hand in Handy*, 1998 *Das Magazin*, 2000 *Kanonen auf Spatzen*, 2001 den Roman *Betrug* und 2002 *Karambolagen. Begegnungen mit Zeitgenossen*.

Hellmuth Karasek

Süßer Vogel Jugend
 oder Der Abend
wirft lange Schatten

WILHELM HEYNE VERLAG
MÜNCHEN

FSC
Mix
Produktgruppe aus vorbildlich
bewirtschafteten Wäldern und
anderen kontrollierten Herkünften
Zert.-Nr. SGS-COC-1940
www.fsc.org
© 1996 Forest Stewardship Council

Verlagsgruppe Random House FSC-DEU-0100
Das für dieses Buch verwendete FSC-zertifizierte Papier
München Super liefert Mochenwangen Papier

Vollständige deutsche Taschenbuchausgabe 09/2008
Copyright © der Originalausgabe 2006
by Hoffmann und Campe Verlag, Hamburg
Copyright © dieser Ausgabe 2008
by Wilhelm Heyne Verlag, München,
in der Verlagsgruppe Random House GmbH
Printed in Germany 2008
Umschlaggestaltung: © b3k-design
Umschlagfoto: © Elliott Erwitt / Magnum Photos / Agentur Focus
Umschlaggestaltung: Nele Schütz Design, München
Druck und Bindung: GGP Media GmbH, Pößneck
ISBN: 978-3-453-40547-9

www.heyne.de

Süßer Vogel Jugend oder

    Der Abend wirft längere Schatten

Alter ist immer noch das einzige Mittel,
das man entdeckt hat, um lange leben zu können.
José Ortega y Gasset

Inhalt

Das Zirpen der Grillen 11

Die Wut über den verlorenen Groschen 26

Wachtraum: Ödel sei der Mensch, hilfreich und gut 34

Im freien Fall 40

Wachtraum: Nicht jugendfrei 43

Hartz-Reise zum Blocksberg 46

Im Sog der Elemente 54

Kollegen, Freunde: Unter Geiern 58

Der ewige Jugendstil 63

Schlafes Bruder 73

Im Konjunktiv 88

Unsterblichkeit 98

Das ewige Leben – ein Traum ohne Todesfurcht 107

Der Jungbrunnen 121

Marienbad – der letzte Jungbrunnen 127

Schönheit ist machbar, Herr Dr. Nachbar 146

Am Styx – ein Traum 154

Zwei Ärzte 162

Erinnerung an eine weiße Wolke 173

Matchpoint 177

Vom armen und vom reichen B. B. 191

Es war einmal 196

Wie Onan seine Nachkommen in den Sand setzte 204

Als die Eltern noch Mutti und Vati waren 209

Von der Resignation 219
Wohin mit den Alten? 230
Das Alter – ein Witz 237
Vom Hölzchen aufs Stöckchen 243
Gesegnetes, verfluchtes Alter 250
Großväter und Großmütter – Das zweite Alter 256
Gevatter Tod 263
Quellennachweis 272

Das Zirpen der Grillen

> Wer Grillen jagt,
> wird Grillen fangen.
> Deutsches Sprichwort

Früher hieß es von den Alten, dass sie »Grillen« haben, »Grillen fangen«, was so viel bedeuten sollte wie Marotten haben, wunderlich werden und versponnen, zu fixen Ideen neigen.

Ich bin den Grillen bei einer gründlichen Untersuchung, einem sogenannten »Check-up«, begegnet, bei dem sich Apparate über uns hermachen, die immer genauer, immer bunter, mit immer phantasiereicheren Bildern und Symbolen unser Innerstes nach außen bringen, in teils naturgetreuen, sozusagen in der Körperlandschaft abfotografierten Bildern, teils in Bildern, übersetzt aus Daten vom pulsierenden Pumpen in der Aorta, von der Ausdehnung der Leber, der Füllung der Blase. Ultraschall heißt das. Und die Bilder, die produziert werden, haben die gleiche Entwicklung durchlaufen wie der Film und das Fernsehen: Sie werden immer bunter, können Töne absondern und werden von Computern gesteuert. So habe ich meine Kinder bereits im Mutterleib sehen können, damals noch als primitive schwarz-weiß schraffierte Strichzeichnung, wenn auch bewegt. Und der Arzt fragte: »Wollen Sie wissen, was es wird?« Und wir, die künftige Mutter und ich, haben »Nein« gesagt. Und er hat zu seinem Glück gesagt, er wisse es auch nicht. Zu seinem Glück! Denn wenn er etwas gesehen hätte, hätte er bloß etwas sehen können, was nur ein Junge hat. Logisch! Der

Mehrwert! Das Plus! Selbst Tomographen sind Chauvis! Es wurde ein Mädchen.

Inzwischen zeichnen die Geräte die Babys in Utero als hinreißende Technicolor-Bilder auf. Der Fortschritt lässt sich auch hier nicht aufhalten. Und das Alter bleibt auch hier hoffnungslos zurück.

Eines Tages werde ich traurig sagen: »Ich gehöre noch zu der Generation, die ihre Babys nur unscharf schwarz-weiß im Bauch der Mutter gesehen haben!« Und meine Tochter wird sagen: »Ich habe mein Baby farbig gesehen. Farbig, scharf gestochen. Wie im richtigen Leben!«

Alles ist viel genauer. Und so hat die Assistentin mir alles auf dem Bildschirm des Ultraschallgeräts gezeigt, wirklich alles, nachdem sie lange gebraucht hatte, das neue Gerät zu verstehen. Sie musste erst mit ihrer Kollegin telefonieren. Und hat dann immer »Aha« gesagt. »Aha!« und eine Taste bedient. »Aha! Ja so!« – »Ich muss mich entschuldigen«, sagte sie zu mir, »ich war länger im Urlaub, und in der Zeit haben wir einen neuen Sonographen bekommen. Elektronisch!« – Ich sah also blaue und rote Blutströme ums Herz und aus dem Herzen pulsieren, manchmal schaltete die Assistentin auf Momentaufnahme, und das Bild blieb stehen, und mir stockte der Atem unwillkürlich, als wäre mein Herz über den Stillstand so erschrocken, dass es stillestehen wollte. Doch dann, Gott sei Dank, setzte sie das Herz wieder in Gang, ich atmete durch. Sie konnte es auch klopfen lassen. Und dann schlug es laut, regelmäßig, aber schleppend, fast ein wenig schmatzend. Und ich war meinem eigenen Herzen noch nie so fremd gewesen – außer bei einer Gemeinheit, wo ich es auch laut schlagen hörte, wenn auch nicht so laut.

Einmal habe ich auch schon in mein Herz gesehen. Nicht nur sonogrammatisch übersetzt, sondern wirklich. Tief ins Herz. Durch eine Kanüle, die Bilder senden konnte. Aus dem Herzen und seiner Finsternis. »Das Herz ist ein Muskel, Maske«, heißt es bei Carl Sternheim in der »Hose«. Aber was für einer!

Dass ich in mein Herz blicken durfte, hing damals schon, es ist zehn Jahre her, mit dem Alter zusammen! Ich war früh ins Büro gekommen, noch vor den Sekretärinnen, und hatte mir so ungeschickt die Post und einen Stapel neuer, unausgepackter Bücher unter den Arm geklemmt, dass mich bald darauf ein ziehender Schmerz im linken Arm und in der Brust plagte. Das heißt, er plagte mich nicht, weil er leise war, er beunruhigte mich, weil ich mit meinem in den Illustrierten angelesenen medizinischen Halbwissen (Halbwissen ist noch geprahlt, Deziwissen wäre besser, auch eher ein Fluch als ein Vorteil der Informationsgesellschaft) dachte, Achtung!, das habe ich doch neulich im »Stern«, oder war es in der »Bunten«, egal, gelesen: So kündigt sich ein Herzinfarkt an. Allerdings nur, wenn er mit einem tiefen unerklärlichen Angstgefühl verbunden ist.

Ich hatte kein unerklärliches dumpfes Angstgefühl, bekam es aber sofort, als ich mich angesichts des langsam wachsenden Schmerzes an die Lektüre des »Stern« oder der »Bunten« erinnerte. Unsinn, dachte ich und wollte den Gedanken an den Schmerz beiseiteschieben, als die Sekretärin hereinkam, mich begrüßte und mir irgendetwas von einem Anruf sagte und dass ich dringend zurückrufen solle. War es, weil diese Mitteilung mich an die Nervensäge erinnerte, die sich hinter dem Namen zu dem Rückruf verbarg, war es, weil ich beim Herumdrehen zu der Sekretärin wieder auf meinen Schmerz aufmerksam wurde, jedenfalls machte ich offenbar eine übertriebene Leidensmiene, vielleicht auch um mich vor weiteren unangenehmen Terminankündigungen meiner Sekretärin zu schützen!

Sie sah mich an und fragte erschrocken: »Fehlt Ihnen was? Haben Sie Schmerzen?«

»Ach, es ist nichts«, sagte ich scheinbar beschwichtigend, aber in Wahrheit hypochondrisch aufwiegelnd. »Ich hab nur so einen momentanen Schmerz in der Brust« – ich zeigte auf meine Herzgegend – »der zieht sich in den linken Arm hier!« Ich folgte mit dem rechten Zeigefinger dem unsichtbaren Aderverlauf im linken Arm herab bis zum Handteller.

»Damit soll man nicht scherzen«, sagte die Sekretärin. »Vor allem nicht in Ihrem Alter.«

Offenbar hatte sie auch den Artikel im »Stern« oder in der »Bunten« gelesen. Oder eine entsprechende Gesundheitssendung im Fernsehen gesehen. Oder die Apothekerzeitschrift mitgenommen, als sie sich Aspirin besorgte oder Zahnseide.

Ich zuckte die Achseln. Das heißt, ich wollte die Achseln zucken, was aber nur den Schmerz im Arm verstärkte.

»Damit soll man nicht spaßen!«, wiederholte die Sekretärin.

»Ich weiß«, sagte ich, »vor allem nicht in meinem Alter.«

»Soll ich einen Arzt rufen?«, fragte sie.

»Geben Sie mir noch eine halbe Stunde«, bat ich sie. »Wenn es dann nicht besser wird ...«

»Also gut«, sagte sie, »eine halbe Stunde ... wenn es dann nicht zu spät ist ...«

Sie hat dann aber gleich den Notarzt angerufen. Sie war eine Aushilfssekretärin, und ich war wirklich nicht mehr der Jüngste. Von einem gewissen Alter an, so steht es in der »Apothekerrundschau«, im »Stern« und in der »Bunten«, ist man dauernd in Gefahr.

Dann kam mit Blaulicht ein Notarztwagen. Und zwei Männer maßen meinen Blutdruck, fühlten meinen Puls, schnallten mich auf eine Trage und fuhren mich im Lift hinunter. Die Menschen in dem Bürohaus, die mich sahen, blickten mich mitleidig an, ließen ihre Augen besorgt meiner Trage folgen. Und dann ging es ins Krankenhaus. Dort wartete ich zwei Stunden, da aber mein Schmerz nicht nachließ, wartete ich geduldig. Und alles wurde wieder gemessen und wieder nichts festgestellt. Ich wurde in einen Flur gelegt, und ein Arzt mit einem jugoslawischen Namen auf dem Namensschild sah meinen tschechischen Namen auf dem Bettschild und fragte: »Du krank? Was fehlen?«

Und das trotz meines Alters! Daraufhin hat ihm die Schwester, die neben ihm stand, etwas ins Ohr geflüstert. Und er ist gegangen. Später kam er zurück und sagte fließend, die Schwester kenne mich aus dem »Literarischen Kabarett«. Ob das sein könne. Dann wollte der Chefarzt einen Buchtipp von mir, nachdem er mir gesagt hatte, dass mir nichts fehle. Trotzdem wolle er mich zur Beobachtung dabehalten. Ich musste aus der Klinik flüchten, weil ich in München eine Lesung hatte.

Zurück in Hamburg, hatte ich wieder das schmerzliche Ziehen in der Brust. Und als ich einen befreundeten Oberarzt des gleichen Krankenhauses bei einer Abendveranstaltung traf, sagte auch er: »Damit soll man nicht scherzen! Lass uns auf Nummer sicher gehen.« Und holte mich nächtens wieder ins Krankenhaus.

Und dann wurde ich für eine Computertomographie in eine Trommel geworfen. Und dann stellte sich heraus, dass es nicht das Herz, sondern ein eingeklemmter Nerv war.

Also wurde ich zu einem anderen Arzt geschickt, der sich mein Röntgenbild ansah und »Hmm!« sagte.

Und dann erzählte er mir, dass unser Rückgrat nicht für den aufrechten Gang geschaffen sei. Wir Menschen! Wir Steppentiere! Zuerst Jäger, Sammler und Aasgeier auf allen vieren. Mit dieser falschen Wirbelsäule, das könne nicht funktionieren! Erst recht nicht, seit wir über dreißig Jahre alt würden.

Ich lächelte geschmerzt.

Mein Nerv habe sich in der Wirbelsäule verklemmt, weil ein Wirbel ... Und dann empfahl er mir eine gymnastische Therapie.

Mein Schmerz verflog aber schon auf dem Heimweg. Wahrscheinlich hatte sich der Nerv aus Angst vor der gymnastischen Therapie selbst aus der Verklemmung im Rückenmarksgelenk befreit. Und ich konnte, obwohl längst über dreißig, beim aufrechten Gang bleiben. Ohne Gymnastik und ohne Gesundheitsschuhe.

Doch zurück zu meinem Check-up 2006 und den Grillen des Alters.

Als nämlich der Arzt das Ergebnis vom Ultraschall in Technicolor in Händen hielt, sagte er mir, eigentlich sei alles in Ordnung: EKG, Belastungs-EKG, Ultraschall. Nur die eine Herzklappe, die gebe am unteren Ende ein wenig nach, aber es sei so wenig, dass es den Bluteintritt in die Herzkammer nur unwesentlich beeinflusse. Eigentlich überhaupt nicht. Und bis vor ein paar Jahren hätte das mit einem Ultraschallgerät noch gar nicht festgestellt werden können. Und so solle ich mich *darum* – seine Betonung lag auf »darum« – gar nicht kümmern.

Und ich sagte, ich hätte vor Jahren auch nicht schon vorher wissen wollen, ob es ein Junge oder ein Mädchen wird.

Der Arzt sah mich verwirrt an, als er aus meinem Dossier den Kopf hob.

Nicht bei mir, sagte ich. Bei meiner Frau.

Immer noch blickte der Arzt konsterniert.

Ich sagte: Als sie schwanger war.

Jetzt war er beruhigt und blickte wieder in seine Papiere, in die vorliegenden Resultate des Check-up, natürlich fehlten noch die Werte der Blutproben, der Urinproben, der Kotproben – was der Körper so alles hergibt, um den elektronischen Detektiven Material für die ausgefeiltesten Befunde zu geben –, auch das gab es, als ich jünger war, noch nicht, längst noch nicht.

Mich hatte die ganze Zeit schon eine Unruhe befallen, eine Art Prüfungsangst, kurz bevor die Resultate verlesen werden. Dabei wurde nicht nach meinem Wissen gefragt, sondern nach meinem Zustand, also nach meiner Perspektive für den freien Fall der nächsten Jahre, der vorletzten Jahre, der letzten. Dabei hatte ich doch, während die Prüfung ablief, gar nichts geleistet, sieht man mal ab vom Belastungs-EKG, von den Lungenüberprüfungen beim Atmen, den zusammengekniffenen Augen beim Buchstabenlesen, den gespitzten Ohren (soweit sie unter Kopfhörern als gespitzt bezeichnet werden können), den Reaktionen der Nerven.

Diese Angst, die meinen Puls beschleunigte, meinen Mund trocken werden ließ, war nicht etwa nur die Angst vor einem Urteilsspruch, der für die Zukunft Schmerzen, Leiden, Entbehrungen, Verzichte, Behinderungen bedeuten könnte. Das sicher auch.

Ein solcher Check-up, eine solche Generaluntersuchung ist aber immer auch ein Urteil darüber, wie ich gelebt habe. Im strengsten Sinn des Wortes also ein moralisches, ja sogar ein theologisches Urteil. »Was hast du mit deinem Leben angefangen, Jedermann?«, fragt der Arzt, wenn er die Antworten vorliest. Wie hast du es geführt? Wie mit dem Pfund gewuchert, das du mitbekommen hast? Wie hast du deine gesundheitlichen Talente gepflegt, verpfuscht, verschleudert, wie bist du mit dir umgegangen?

Ich muss mich also nicht nur darum sorgen, ob es mir künftig gut gehen wird. Ich habe auch die Verantwortung für meine Taten und meine Unterlassungen. Ich stehe vor dem Arzt wie vor einem Sozialgericht und werde im Namen meiner Nation mit Fragen bedrängt, die da lauten: Musstest du deine Muskeln so verweichlichen lassen, dass sie deine müden Knochen nicht mehr auf Trab bringen? Musstest du dir die ungesunden Fettwerte anfressen, die schlechten Leberwerte ansaufen? Musstest du so viel rauchen, bis du kurzatmig geworden bist, so leichtsinnig Auto fahren, dass du deinen Ellbogen zerstört hast? Oder deine Hüfte? Und überhaupt.

Eine ärztliche Untersuchung über sich ergehen lassen heißt, um Ibsen zu zitieren, Gerichtstag halten über sich selbst. Den Gesundheitszustand ermittelt ein Arzt wie ein Staatsanwalt und Richter in einer Person. Er baut Indizienketten gegen Patienten auf. »Schuldig«, sagt er, und das klingt fast so bedrohlich wie einst das »Mens sana in corpore sano«. Heute sind Raucher potenzielle Verbrecher. Nicht nur für die Passivraucher, sondern weil sie die Kassensysteme belasten, die Pflegeversicherung verteuern. Die Völlerei ist wieder ein Laster wie im Mittelalter. Schon allein die Altersstatistik macht uns zu potenziellen Altlasten.

Die Unschuld ist verloren. Während meiner Studentenzeit gab es den Witz von dem Mann, dem der Arzt sagt, nachdem er ihn untersucht hat: Mein lieber Mann, Ihr Magen ist schwer angegriffen, Ihre Nieren sind überlastet, Ihre Leber ist geschwollen. Sie trinken zu viel. Wie stellen Sie sich das weiter vor? Worauf der Mann antwortet: Jetzt, Herr Doktor, dann sauf i noch a bissle auf der Milz rum!

Das war damals Galgenhumor. Und ist heute nicht mal mehr für den Karneval ein Witz. Die fortgeschrittene Diagnostik mit ihren filigranen Befunden ist ein Segen. Aber sie nützt auch einem Schnüffelsystem für die Krankenversicherung.

Mein Richter, mein Doktor, zeigte sich milde. Ich habe Glück gehabt, weitgehend. Gute Gene! Eine robuste Natur! Was er vorlas, versah er meistens mit dem Zusatz: »Ihrem Alter entsprechend!« Dass ich die hundert Meter nicht mehr in 11,9 laufe, ist »meinem Alter entsprechend«. Dass ich sie nie besser als 14,0 lief, war meine Schuld. Zu wenig Training, zu wenig Ehrgeiz, zu bequem. Aber das ist verjährt. Jetzt achte ich auf meine Gesundheit. Wie einer, der ins Kloster geht, weil es nirgendwo anders mehr geht. Innere Einkehr. Ich bin trotz meiner Vita, meines Lebenswandels, aufgenommen in den Kreis der sozial verträglichen Gesunden. Auch bei der Gesundheit geht Glück vor Leistung: Bis jetzt ist es ja gut gegangen, sagt der vom Hochhaus Stürzende auf seiner Bahn.

Der Arzt blätterte in den Unterlagen. »Die Lungenleistung«, sagte er, »gut! Ihrem Alter entsprechend!« Ich dachte an die Qualen, die mir die Freuden des Rauchens bereitet haben. Wie ich des Nachts Kippen wieder anzündete. Mich anzog, wenn ich keine Zigarette hatte, manchmal sogar bewusst, um es mir abzugewöhnen. Wie ich um ein Uhr nachts auf leeren Straßen nach Passanten suchte, Betrunkene höflich anrempelte, sie bat, mir doch einen Zehnmarkschein oder ein Fünfmarkstück zu wechseln, für den Zigarettenautomaten. Tempi passati. Die Lunge wenigstens hat mir verziehen. Selbst die zahllosen Detektiv-Aufnahmen von der Lunge durch die

Computertomographie weisen Teer, Rauch und Nikotin, wenn überhaupt, als Narben einer leichten Lungenentzündung aus.

»Die haben Sie wahrscheinlich überhaupt nicht bemerkt«, sagte der Arzt.

»Nein, die habe ich nicht bemerkt«, sagte ich, schuldbewusst über meine Ahnungslosigkeit.

»Das war früher so«, beruhigte mich der Arzt. Und ich ergänzte in Gedanken: Man starb früher, ohne zu wissen, warum. Man lebte weiter, früher, ohne zu wissen, warum. Was die Gesundheit anlangte, war das Leben ein Ritt über den Bodensee.

Der Arzt blickte weiter in die Papiere. Zahlenkolonnen, deren Exaktheit sich immer durch Bruchstellen hinter dem Komma erweist und die mit dem mathematischen Zeichen für »größer« und »kleiner« in Relation zum Normalfall gesetzt werden. Die Geräte rechnen uns in Zahlen um, die sich durch größere oder geringere Abweichung von der Norm ergeben. Je geringer wir von ihr abweichen, desto gesünder sind wir. »Alles im grünen Bereich«, heißt die entsprechende Redensart. Keine Warnlämpchen gehen an. Die medizinischen Maschinen prüfen den Patienten, als wäre er ihresgleichen. Öldruck, Luftdruck, Blutdruck, Oktangehalt im Treibstoff. Abnutzungserscheinungen des Materials.

Ich bin froh, dass das so ist. Früher, als mein Vater, schon alt und schwer krank, zum Arzt kam, musste er sich »oben frei« machen, wurde abgehorcht und abgeklopft. Dann sagte der Arzt: » Sie sollten aufhören zu rauchen! Und keinen Alkohol! Jedenfalls möglichst wenig!« Mein Vater hatte in seinem langen Leben nie geraucht und so gut wie nie getrunken. Ein Glas Wein zu einem runden Geburtstag kam schon einer Orgie, kam einem Exzess gleich. Und dann ließ er es auch noch halb voll stehen. »Es schmeckt mir nicht!«, sagte er entschuldigend und zuckte die Achseln. Ich wollte, ich hätte die Achseln so zucken können. Aber Söhne lernen von Vätern nix. Höchstens das Gegenteil. Er war gewandert, war Bergsteiger, Skifahrer, Langläufer.

Beim Schwimmen hatten er und seine jungen Freunde sich darauf beschränkt, junge Mädchen, die dazu halb ängstlich, halb freudig kreischten, ins Wasser zu werfen wie zappelnde Fische. Backfische. Das war wie für meine Kinder die Disco. Nur nicht so laut.

»Was das Gehör betrifft«, sagte der Arzt. »Sie haben Schwierigkeiten im Bereich der ganz hohen Töne!« Aber auch hier beschwichtigte er mich gleich wieder. »Was in Ihrem Alter eher normal ist!«

»Was heißt das?«, fragte ich.

»Das heißt«, sagte der Arzt und lächelte fein und milde, »dass Sie beispielsweise keine Grillen mehr hören können. Wenn Sie nach Italien oder Griechenland fahren!«

Mir fuhr die Erinnerung durch den Kopf, wie ich das erste Mal, es war in Spanien an der Costa Brava, des Abends vom rhythmischen Geschrei der Grillen und Zikaden überfallen wurde. Es war ein Lärm in der Stille, fast ein Aufruhr in der beginnenden Dunkelheit.

»Das also auch nicht mehr«, sagte ich. Und es sollte leicht und ironisch klingen, so als könnte ich auf die Grillen besonders unbekümmert verzichten. Weg mit Schaden. Während ich mir vorzustellen versuchte, welche Segmente von Konzerten künftig jenseits meiner Hörschwelle liegen würden, ich also von ihnen abgeschnitten wäre, sagte der Arzt, und er meinte es begütigend und wohltuend ungenau: »Es bleibt ja noch so viel!«

Einmal, das mag jetzt auch schon acht, neun Jahre her sein, hatte ich im Sommer mein Gehör so gut wie ganz verloren. Wir waren, wie seit vielen Sommern, mit den Kindern während der Schulferien nach Mariawörth am Wörthersee gefahren. Es war die Zeit, als uns die Tochter und der Sohn das Nachtleben erst allmählich, dann weitgehend abgenommen hatten. Wir saßen am Abend nach dem Essen zusammen, spielten Skat oder Tabu, wobei Skat das einzige Spiel war, bei dem ich den Triumph erlebte, dass sich meine Kinder rückhaltlos und rücksichtslos mit mir gegen ihre Mutter verbündeten: Ihr wurde die Rolle der Verliererin zugewiesen, die sie getreulich erfüllte. Sie wusste, dass sie mich tagsüber beim Wasserskifahren, wie übrigens in den Winterferien beim Skifahren, längst abgehängt hatte. So gönnte sie mir großzügig diese Momente des Triumphs, in denen ich, von starken, aufstrebenden Kindern flankiert, noch einmal auf einem Nebenkriegsschauplatz, beim Skat, die Rolle des Rudelführers und des Leitpavians spielen konnte. Doch waren diese Triumphe kurz, denn in Wahrheit drängte es die beiden nach Velden in die Disco, wo sie mit altersgleichen Jugendlichen aus dem Hotel hinzogen, während wir zurückblieben, ich noch ein Weilchen bei einem Glas Wein auf den See blickte, um dann in der Hotelbar nach erwachsenen Skatspielern Ausschau zu halten oder mich gleich zu meiner Frau mit einem Buch zurückzuziehen. Das alles im lange besonnten Abendglanz, dessen Schimmer später, Abend für Abend, das Mondlicht silbern übernahm. Dieser Abendglanz, dieser Mondschimmer sind schon starke, wenn auch wehmütige Argumente für das Älterwerden.

Manchmal zog auch ein Gewitter auf, ein gewaltiges Spektakel, dem die Bäume in der folgenden Stille noch eine Zeit lang weinend nachtropften. Auch diese Aufgeregtheiten überlässt man, stellvertretend, gern der Natur.

An diesem Abend aber blieb es schön, und der nächste Morgen stieg wie frisch gewaschen aus dem See. Es war früh, sehr früh, und das Licht drängte sich durch die Ritzen der zugezogenen Gardinen. Ob mich das Licht wach gemacht hatte oder die präsenile Bettflucht oder beides – egal. Meist wachte ich beim ersten Licht (oder auch ohne das erste Licht) auf, weil ich mir Sorgen machte, die bei Licht betrachtet keine waren. Ich sah auf die Uhr, es war kurz nach fünf, und ich überlegte einen Augenblick, ob »die Kinder« schon aus Velden oder Pörtschach zurückgekehrt wären, und wie immer drückte mich eine leichte Angst davor, dass sie auf dem Heimweg mit jemandem mitgefahren wären, der zu viel getrunken hatte.

Auf einmal merkte ich: Etwas war anders an diesem Morgen. Etwas, das ich noch nicht ausmachen konnte und das mich aber mehr und mehr in Unruhe versetzte. Es war, allmählich begriff ich es in der absoluten Stille: die absolute Stille. Ich hörte nichts. Nichts. Absolut nichts. Obwohl die Balkontür leicht geöffnet war, ab und zu blähte sich der Vorhang auf, auch er machte dabei kein Geräusch, war nicht zu hören.

Es war Hochsommer, und ich wusste auf einmal, was ich an dem beginnenden Tag unbedingt hätte hören müssen: Vögel. Sie, die jeden Morgen tschirpend, zwitschernd, tirilierend, kreischend, mit mahnenden Zwischenrufen oder albernen Dialogen die frische Helle begrüßten als ihre Tageszeit, sie waren verstummt.

Sonst, wenn ich um die gleiche Zeit, jäh aus dem Schlaf fahrend, ihr Gekreische, ihr Flöten, ihr vielstimmiges Geschrei gehört hatte, war mir eingefallen, wie ich früher oft dem Morgen entgegengeschlichen bin. Und dass mir mit meinem dumpfen Kopf in früher Luft wie ein Programmpunkt stets die Brecht-Zeilen eingefallen sind, die diese Morgenkaterstimmung wiedergeben:

> Gegen Morgen in der grauen Frühe pissen die Tannen
> und ihr Ungeziefer, die Vögel, fängt an zu schreien.

Ob das jetzt meinen Kindern einfiel? Meinem Sohn eher als meiner Tochter. Ob ich ihnen das Gedicht schon einmal vorgelesen hatte? Ob ich, wenn nicht, das bald nachholen sollte? Nur um beim Aufwachen nicht darüber nachzugrübeln?

Jetzt aber: nichts. Jedenfalls kein Geräusch. Ich drehte mich zu meiner Frau, sah sie ruhig atmen, hörte es aber nicht. Auch ihr tiefer Schlafatem war nicht zu hören. Zuerst blieb ich ziemlich steif und reglos liegen. Doch unterbrach ich diese Ruhelage durch aufgeregte, unkoordinierte Bewegungen, mit denen ich aber meine Frau nicht unnötig wach machen wollte. Ich kratzte mit dem Fingernagel über die Bettdecke, mit dem Finger vorsichtig auf dem Bettrand, auf dem Nachtkästchen. Nichts.

Meine Frau fuhr aus dem Schlaf.

»Was machst du denn schon wieder?«, fragte sie.

»Ich höre nichts!«, sagte ich. »Hörst du was?«

»Ja, dass du wieder Krach machst im Bett!«, sagte sie. »Du hast mich geweckt.«

»Hörst du die Vögel?«, fragte ich.

»Jetzt ja!«, sagte meine Frau. »Du hast mich ja geweckt.«

»Ich aber höre sie nicht«, sagte ich. »Und dich höre ich wie durch Watte.«

»Was ist denn das schon wieder?«, sagte meine Frau.

»Ich höre nichts!«, sagte ich. »Ich habe mein Gehör verloren! Wie der späte Beethoven!«

Je heller es wurde, desto deutlicher geriet ich in Panik, weil ich immer mehr von der Furcht befallen war, über Nacht taub geworden zu sein. Meine Frau hatte gemeint, dass ich wahrscheinlich nur Wasser im Ohr hätte. Vom Schwimmen. Ich hüpfte daraufhin abwechselnd auf dem rechten und dem linken Bein herum, wobei ich den Kopf neigte und mir den Zeigefinger in das jeweils gesenkte Ohr steckte oder mit der flachen Hand gegen die passende Schläfe schlug. Nichts. Ich sagte meiner Frau, dass ich nicht das Gefühl hätte, Wasser im Ohr zu haben.

»Wahrscheinlich bin ich taub«, sagte ich dumpf. »Ich bin wahrscheinlich taub.« Nach einer Pause: »So ist das im Alter! Es überfällt einen! Über Nacht! Nie mehr die Vögel hören!«

Es war Sonntagmorgen. Sechs Uhr. Ich habe mir dann bei der verschlafenen jungen Frau an der Rezeption ein Taxi bestellt. Ehe es kam, es brauchte von Klagenfurt eine Weile, bin ich vor dem Hotel auf und ab gelaufen, habe mit den Füßen aufgestampft, mein Fußstampfen nicht gehört. Ich habe den Kopf gegen den See geneigt. Weder hörte ich sein Platschen und Schmatzen, noch hörte ich Menschen- oder Tierstimmen. Auch die vielleicht fünfhundert Meter entfernte Bundesstraße schwieg wie ausgestorben.

Taub! Taub! Taub!, dachte ich. Taub, das ist ein Wort für alt, morsch, unfruchtbar. Für dumm! Du taube Nuss!, hat man in Tübingen geflucht. Und in der Studentenkneipe murmelte einer einem Mädchen hinterher, nachdem sie ihn betrunken, nach seinem fünften Bier, einfach hatte sitzen lassen: »Diu taube Sau! Diu, mittelhochdeutsch! Diu taube Sau!« Taub wie dumm, wie saudumm, wie hohl, wie eine taube Nuss. In meiner kreisenden Verzweiflung fiel mir der Spruch ein: »Die Taube im Bett ist besser als die Schwerhörige auf dem Dach!«, aber da war glücklicherweise das Taxi schon da.

Ich ließ mich zum Landeskrankenhaus fahren. Das Taxi war ein alter Diesel. Ich hörte ihn nicht. Ich fuhr wie auf Watte. Ich hörte wie durch Watte. So muss es sich in einem Rolls-Royce fahren, dachte ich. Wo das lauteste Geräusch das Ticken der Uhr ist! Und selbst das, dachte ich mit bitterer Genugtuung, würde ich wohl kaum gehört haben.

Beethoven, hat einmal David Hockney gesagt, der selbst schwerhörig ist, Beethoven war so taub, dass er dachte, er wäre Maler. Ich war weder Beethoven noch Maler. Ich war einfach alt und taub.

Auch beim langen Warten in der Notaufnahme – alle anderen Patienten hatten nur zerschnittene Arme, Platzwunden am Kopf, blutunterlaufene Augen, kurz, die Folgen wunderbarer Erlebnisse junger Menschen in einer lauen Sommernacht – prüfte ich immer wieder mit Schritten auf dem Steinboden meine beklagenswerte Lage. Sie schien mir hoffnungslos. Auch diese Schritte hörte ich nicht. Ich war Peter Schlemihl, ohne akustischen Schatten. Ohne Echo. Ich war eine taube Nuss.

Die Ärztin hat mir dann nicht nur das Leben, sondern einen zweiten Frühling wiedergeschenkt. Mein Ohr sei hoffnungslos verstopft, sagte sie, und nachdem ich geniert gesagt hatte, dass ich sie immer mit Wattestäbchen säubern würde, erklärte sie mir, dass genau das der Fehler sei. Man schiebe das Ohrenschmalz auf diese Weise immer fester und kompakter zu einem Klumpen zusammen. Während unseres Gesprächs hatte sie sich schon eine Spritze präparieren lassen, mit der sie beide Ohren ausspülte, von ihrer dumpfen Taubheit befreite. Mit einem Mal drang der Lärm der Welt wieder in mich. Ich hörte, wie meine Schritte auf dem Steinboden hallten, ich hörte das Taxi knatternd und laut röhrend zurückfahren. Ich war wie Münchhausen, der das eingefrorene Posthorn im sibirisch kalten Russland erst hört, wenn es am Kachelofen behaglich auftaut. Die Vögel waren inzwischen weitgehend zur Ruhe gekommen. Der menschliche Lärm hatte die Lufthoheit erobert.

»Du bist eben ein Hypochonder«, sagte meine Frau.

»Was heißt hier Hypochonder. Ich möchte dich sehen, wenn du nichts mehr hörst.«

Jetzt fällt mir ein, dass ich die Grillen beim Check-up vielleicht aus dem gleichen Grund nicht gehört hatte. Obwohl ich keine Wattestäbchen mehr benutze. Das ist meine letzte Hoffnung.

Die Wut über den verlorenen Groschen

> Ja, ja, lang leben will halt alles,
> aber alt werden will kein Mensch.
> **Nestroy**

Gott, was habe ich mich über den älteren Herrn geärgert, neulich beim Bäcker! Wie er umständlich in Taschen und im Portemonnaie nach den Cents fingerte, die er immer noch Pfennige nannte: »Ich glaube, ich hab es passend! Ach nein, das is 'n Sechser! Ich meine, ein Fünfer! Hahaha! Mein Großvater hat den Fünfer noch Sechser genannt, damals war das Geld noch nicht dezimal ...« Wieder lacht er mit einem leichten Hüsteln, weil er merkt, dass er geschwätzig zu werden droht. »Egal! Schrecklich, das neue Geld! So schwer auseinanderzuhalten! Wie soll man sich daran gewöhnen!«

Wie er mit der jungen Verkäuferin zu flirten versuchte. Irgendwas von knackig und frisch in Bezug auf Brötchen sagte und sie dabei angrinste. Wenn er sie wenigstens wirklich angegrinst hätte, aber er lächelte so spitz, als wollte er gleich pfeifen. O Gott! Lächelte sie zurück? Gequält? Und als er merkte, dass er etwas vergessen hatte, und mit gespielter Selbstironie sagte: »Wo hab ich bloß wieder meine Gedanken!« Fast hätte er gesagt: »Was man nicht im Kopf hat, das muss man in den Beinen haben, ha, ha!« Aber das murmelte er, was noch schrecklicher war, nur vor sich hin, weil er noch rechtzeitig begriff, dass er überhaupt noch nicht aus dem Laden gegangen war, er brauchte sich ja bloß noch einmal umzuwenden. Nichts musste er in den Beinen haben! Aber alles im Kopf.

Verdrehten die anderen Kunden, die zwei kleine Schlangen vor den Verkäuferinnen bildeten, die Augen hinter seinem Rücken? Er vermeinte das im Blick und Gesichtsausdruck der Verkäuferin zu sehen.

Diese älteren Leute, dachte ich schon, aber da merkte ich, dass *ich* es war, über den ich mich geärgert hatte und den der Jüngere in mir (der Junggebliebene will ich nicht sagen) beiseiteschubsen wollte. »Nun mach mal, Alter! Sonst ist bald Weihnachten.«

So ist das mit dem Altwerden, dem Älterwerden, das ein Altsein ist: Immer guckt ein Jüngerer zu: dem Alter Ego ein altes Ego. Im Spiegel, beim Rasieren, schau ich mich an, während ich das grüne Gel auf der Backe zu weißem Schaum verreibe, und denke: Ich seh aus wie mein Vater! Nur dass der einen Rasierpinsel hatte, Dachshaar, sagte er stolz.

Wir ähneln uns schon verdammt sehr, denke ich, und so war er, als er zehn Jahre jünger war, als ich es jetzt bin, und dass er damals zehn Jahre älter ausgesehen hat als ich jetzt. Und ein bisschen traurig-schadenfroh denke ich: Das kommt davon, dass er Sport getrieben hat, immer. Und nicht erst so spät wie ich! Immer Sport getrieben – und nie was getrunken. Wie hat er immer gesagt: »Mein Vater (also sein Vater, mein Großvater) hat gesagt, ein Vater kann vier Söhne ernähren. Und vier Söhne können keinen Vater ernähren!« Das stimmt. Aber ich habe nur drei Söhne. Und mein Vater hatte auch nur drei Söhne. Und sein Vater auch, vier Kinder, drei Söhne!

Jetzt hat die Verkäuferin zu dem Alten, als wollte sie ihn aus dem Laden schieben, »junger Mann!« gesagt! Junger Mann! Die hat's nötig. Ausgerechnet die. Die neulich, am Sonntag vor einer Woche, als ich drei Zeitungen, ein Baguette, zwei Kümmelstangen und zwei Brezeln gekauft hatte, zur Kasse ging, die von ihrer Kollegin offen gelassen worden war. Sie schob die Kasse zu. Und die andere, auch eine junge Türkin oder so, hatte noch nicht bonniert. Und da sagte meine Verkäuferin: Du hast nicht bonniert. Und dann suchte sie einen Kugelschreiber, fand ihn, suchte einen Zettel, fand auch den. Und begann die Zahlen hinzuschreiben. Erst nebeneinander, dann untereinander. Zwei Brezeln, das macht ... Die »Welt am Sonntag«, das macht ... Sie schrieb Zahlen untereinander, blies sich die Haare, die sehr dunkel glänzend beim Beugen des Kopfes nach vorn gefallen waren, aus dem Gesicht, kritzelte sinnlos Zahlen, warf den Kugelschreiber hin, rief in die Backstube: »Mirko, hast du ein' Taschenrechner?« Und um ein Haar hätte ich gesagt: Fünf schreib hin! Eins im Sinn! Aber da hatte der nun wirklich »junge Mann« mit dem Dreitagebart schon den Taschenrechner gebracht, und so konnte ich mein Wissen aus der guten alten Zeit, meine Altersweisheit »Fünf schreib hin! Eins im Sinn!« nicht anbringen. Stattdessen hatte ich mich gefragt: Heißt das wirklich noch Kugelschreiber? Oder einfach Stift! Und seit wann hat der Kugelschreiber keine Kugel mehr? Und dann hatte ich gedacht: Ist ja auch egal. Und war hinausgegangen aus der Bäckerei auf die Straße.

Und während ich jetzt die Bäckerei verlasse, höre ich die Verkäuferin mir nachrufen: »Junger Mann ...« Junger Mann! Das klingt nicht einmal mehr wie Hohn. »Junger Mann ... Ihr Schuh ist offen. Sie werden hinfallen!« Ich drehe mich mit einem verlegen dankbaren Lächeln um. »Ich weiß«, sage ich, gehe aber weiter. »Sie werden hinfallen!« »Ich weiß!«, sage ich. »Ich pass schon auf!« Und ich gehe weiter, als wäre nichts passiert.

Ich gehe weiter, spähe nach einem Mäuerchen, einem Zaun, Gitter, Haus, suche am Straßenrand ein Auto mit geeigneter Stoßstange, ein Gebäude mit geeignetem Treppeneingang. Ich will mich nicht vornüberbeugen, mit verzerrtem Gesicht, in das feuerrot das Blut schießt. Ich will auch keine Kniebeuge versuchen. Zwar komme ich, das wäre ja gelacht, noch leicht bis zum Boden. Ich kann einen Groschen aufheben (Groschen!), wenn er mir runterfällt. Bückt sich ein anderer, sage ich: »Lassen Sie's liegen, tritt sich fest!« Wie ich, will mir jemand in den Mantel helfen, sage: »Danke! Geht alleine schwer genug!« Oder mit ebenso gestanzter Schlagfertigkeit: »Danke! (Lachen, gequältes Lachen.) Erst nach dem zweiten Schlaganfall!«

Ich könnte mich also zum Schuhzubinden bücken. Leicht. Aber wie würde ich dabei ächzen, welche Figur abgeben, wie würde ich aussehen, wenn mir beim Aufrichten jemand in das vor Anstrengung verzerrte Gesicht blicken würde. Lieber nicht. Vor allem aber, kurz bücken, das ginge ja noch! Aber einen Schuh zubinden. Wo ich schon von oben sehe, dass das eine Schuhbandende inzwischen so kurz geworden ist, dass ich erst das andere lockern müsste, indem ich von unten die Spannung zwischen den Löchern lockerte, erst in der zweiten Reihe und so weiter bis zur untersten, um dann den Schnürsenkel justierend nachzuziehen. Bis beide Enden etwa gleich lang aus den obersten Ösen hingen. Das würde dauern. Und die ganze Zeit würde sich das Blut im Kopf stauen.

Lieber nicht! Also gehe ich weiter und schaue vorsichtig nach, wie weit das längere Schuhband beim Gehen peitschend ausschlägt. Um nicht draufzutreten und doch zu stolpern oder, wie es mir die Verkäuferin vorausgesagt hat, gar hinzustürzen, lasse ich das Bein mit dem Schuh, aus dem das offene Band bei jedem Schritt um sich schlägt, vom Körper wegschwingen. Es sieht behindert aus, wie ein bei jedem Schritt nach außen kreisendes steifes Bein, ich weiß, aber immer noch besser, als wenn ich jetzt ächzend über den Boden gekrümmt an meinem Schuh herumfingern würde.

Wahrscheinlich habe ich einen zu hohen Blutdruck und zu ungeschickte Finger. Und ein zu steifes Rückgrat! Und einen hinderlichen Bauch. Aber warum habe ich nie gelernt, eine richtige Schuhschleife zu binden? Beziehungsweise: Warum habe ich es gelernt und bin zu ungeduldig, meine Mutter sagte, zu »schlampig«, um mir den Schuh »richtig« zu binden?

Binde dir den Schuh doch gleich richtig zu! Das ist einer der kategorischen Imperative des Alters, die man nie einhält. Ich mache einen Umweg zu einer Bank. Hier habe ich zwei Möglichkeiten. Ich kann stehen bleiben und den Fuß mit dem offenen Schuh auf die Bank stellen. Wenn schon jemand da sitzt, mache ich das nicht, denn das wird nicht gern gesehen. Es droht der Dialog:

»Machen Sie das zu Hause auch so?«

»Was?«

»Den Schuh auf die Bank stellen, auf der andere sitzen!«

»Ich habe zu Hause keine Bank.«

»Aber einen Stuhl.«

»Ja!«

»Und stellen Sie den Schuh, wenn Sie damit schmutzig von der Straße kommen, auf Ihren Polsterstuhl?«

»Nein, da ziehe ich ihn vorher aus. Ich möchte ja auch meine Wohnung nicht dreckig machen.«

»Na, sehen Sie!«

»Was heißt ›Na, sehen Sie!‹? Soll ich hier vielleicht auch den Schuh ausziehen und mit den Socken durch den Dreck laufen?«

»Aber andere Menschen sollen sich in Ihren Schmutz setzen!«

»Sie sitzen ja schon!«

»Aber wenn ich nicht säße und später kommen würde, würde ich mich genau in den Dreck setzen, den Sie hier rücksichtslos ...«

Derjenige, der schon auf der Bank säße, wäre auch schon alt. Alte Leute sind rechthaberisch. Und streitsüchtig. Weil sie den Kampf ums Dasein schon aus der Defensive führen. Wer im Rückzug ist, ist besonders aggressiv. Streitsüchtig. Er schlägt um sich, mit Worten, weil die Kraft zu nichts anderem mehr reicht.

Da ich diesen Dialog vermeiden will, setze ich mich auf die Bank. Auch wenn sie leer ist. Auch wenn das Wetter schön und der Weg trocken ist. Ich setze mich, ziehe den Fuß mit dem offenen Schnürsenkel hoch; auch dabei muss ich ächzen, aber mein Gesicht wird nicht hochrot. Elegant sieht das auch nicht aus. Mir fällt ein, dass ich, als ich schon sechzig war, auf einer Liege an einem Pool den großen Zeh beim Sitzen noch in den Mund stecken konnte. Auf einer anderen

Liege war ein Baby, das seine kurzen, kugeligen Beine aus den knisternden Windeln streckte. Dann steckte es einen Fuß, der wie eine kleine rote Semmel aussah, in den Mund und krähte vor Stolz.

»Guck mal!«, sagte meine Frau. »Was das Baby kann!«

»Das kann ich auch«, sagte ich. »Glaube ich jedenfalls.« Ich zog den Fuß über den Schneidersitz nach oben, während ich ihm den Rücken entgegenkrümmte und den Kopf entgegenbeugte. Mein Gott, zog und knackte das. Aber es gelang. Während ich dachte, nie wieder, sonst brichst du auseinander, oder dein Zeh bleibt dir ewig im Mund stecken, sagte die Mutter des Babys: »Bravo!«

Ich hatte es für sie gemacht, aber ich krähte nicht.

Ich dachte nur: »Süßer Vogel Jugend«!

Heute würde ich mich vor keinem Baby der Welt, und hätte es noch so rosige Beinchen und noch so knisternde Windeln und krähte es noch so lustig seine hübsche Mutter im Bikini an, mit dem Versuch abstrampeln, meinen großen Zeh zum Mund zu führen. Ich weiß noch, dass auf einer anderen Liege ein junger Mann (der wirklich jung war und deshalb auch von niemandem so angeredet wurde) erst den rechten Zeh in den Mund steckte, dann den linken. Und seine Übung dadurch steigerte, dass er seinen Fuß hinter den Kopf in den Nacken zog.

Meine Frau sagte: »Bravo!«

Er wiederholte das Gleiche mit dem anderen Bein.

Meine Frau sagte wieder: »Bravo!« Die Mutter im Bikini lachte. Das Baby hatte das Interesse an seinen Zehen verloren und knisterte mit den Windeln. Das war im August 93. Am Wörthersee. Das Hotel ist inzwischen ein Seniorenheim. Oder eine Managertagungsstätte. Eine der gehobenen Art. Managertagungsstätten sind die Vorstufe zu Seniorenheimen oder die Nachstufe. Je nachdem, wer eher Pleite gemacht hat.

Ich habe den Schuh jetzt zugebunden. Ich prüfe. Richtig fest sitzt die Schleife nicht. Es liegt daran, dass ich den Finger der einen Hand nicht fest genug auf das übereinandergezogene Band gepresst habe, während ich mit der anderen Hand versucht habe, die Schleife zu vollenden. Als Kind dachte ich, dass man eigentlich zum Schuhzubinden drei Hände bräuchte. Eine Hand, die die beiden Bänder an ihrer Kreuzstelle festhält, zwei Hände, um die Schleife gleichzeitig zu legen. Als meine Mutter einmal meinte, ich hätte zwei linke Hände, vergaß ich schnell den Wunsch nach der dritten. Dass ich ein unterdrückter Linkshänder bin, wurde mir erst klar, als es zu spät war. Daran hat es schon immer gelegen. Jetzt, wo ich das alles weiß, es mir jedenfalls, sobald der Schuh aufgegangen ist, ins Bewusstsein rufen kann, bin ich zu faul und empfinde es als zu lästig, die Schleife noch einmal zu lösen, um sie dann neu, diesmal straffer, zu binden. Sie würde sich spätestens in fünf Minuten wieder lösen. Da ich in weniger als fünf Minuten zu Hause sein werde, lasse ich es dabei bewenden. Ich ließe es auch auf sich beruhen, wenn mein Weg länger wäre. Nur würde ich dann wieder strategisch und fluchend Ausschau nach einem Sockel, einer kleinen Mauer, einem niedrigen Zaun, einer Treppe, einer Stoßstange halten. Und bis ich die gefunden hätte, würde ich missgelaunt denken, dass die Turnschuhe, die ich bei diesem Wetter zum Laufen trage, zu lange Schuhbänder haben. Und dass sie daher, würden sie durch den Dreck und um meine Beine peitschen, die Jeans total versauen würden. Die würden dann den Teppich in der Wohnung ... Für mich und meine Schuhbandprobleme hat Deutschland meist das falsche Wetter. Aber was soll ich machen, der Arzt hat mir geraten, mich zu bewegen. Gehen! Laufen! Angehen, anlaufen gegen das Alter.

Früher konnte ich sogar Seemannsknoten knüpfen, die man für Schuhe naturgemäß nicht braucht. Früher wusste ich noch nicht, das war aber viel früher, dass das Schuhband Schnürsenkel heißt. Als ich Kind war, gab es keine Schnürsenkel, nur Schuhbandel. Wenn das Blechende kaputt war, fransten die Schnürsenkel, die noch Schuhbandel hießen, aus, sie sahen aus wie Pinsel, und ließen sich nicht durch Schuhlöcher ziehen, sosehr man auch versuchte, sie mit Spucke zusammenzudrehen. Auch für ein Kind ist das Leben mit Schuhen schon schwierig. Allerdings konnte ich damals den Zeigefinger, wenn ich die Schuhe der Einfachheit halber beim Ausziehen zugebunden ließ (oder lassen musste, weil aus der Schleife ein Knoten geworden war), als Schuhlöffel benutzen. Das tat weh, aber es ging. Es wurde nur der Finger, nicht der Kopf, rot.

Inzwischen brauche ich lange Schuhlöffel. Mir fällt das Sprichwort ein: »Wer mit dem Teufel essen will, muss einen langen Löffel haben.« Passt das? Im Alter braucht man einen längeren Schuhlöffel. »Wenn die Sonne tiefer steht, werfen auch Zwerge längere Schatten.« Das ist von Karl Kraus und passt auf jeden Fall.

Mit fünfzig habe ich mir in ein Schmierheft notiert: Ich bin jetzt fünfzig und kann mir immer noch nicht richtig die Schuhe zubinden. Ich werde es wohl nicht mehr lernen. Ich habe inzwischen gelernt, dass Kinder und Alte die gleichen Schwierigkeiten mit dem Schuhzubinden haben.

Für beide wurde der Klettverschluss erfunden. Und der Reißverschluss. Kinder sind unmündig. Sobald ich mir die Schuhe nicht mehr allein zubinden kann, möchte ich nicht mehr leben. Wir werden sehen. Ich habe so was Ähnliches schon oft gesagt und wollte dann doch leben, weiterleben, als ob von der Länge des Schuhlöffels die Seligkeit abhinge. Aber Schuhe mit Klettverschluss oder Reißverschluss, die werde ich nie, nie, nie tragen. Behaupte ich trotzig. Ich unterscheide Menschen zwischen alt und jung danach, ob sie Schuhe mit oder ohne Klettverschluss tragen. Tragen können. Tragen müssen. Behaupte ich bockig. Ich bedaure Menschen, die Gesundheitsschuhe tragen müssen. Das ist hochmütig, ja hochfahrend, denn ich weiß, dass das Alter viele Risse und defekte Stellen findet, durch die es in uns eindringen kann. Wir sind eine belagerte Festung, die von der Zeit mürbe geschossen wird. Auch im Schuhwerk steckt unsere Achillesferse.

Wachtraum: Ödel sei der Mensch, hilfreich und gut

> Ein älterer Patient kommt zum Arzt.
> »Herr Doktor, ich kann mir gar nichts mehr merken. Ich vergesse sofort alles.«
> Arzt: »Seit wann haben Sie denn das?«
> Patient: »Was?«

Neulich, etwa zehn Tage nachdem ich an einem Wochenende in der Toskana mit Professor Stölzl zusammen im Dom von Siena war, den er mir sachkundig erklärte, neulich also wachte ich auf und dachte – wie heißt Christoph Stölzl?

Das heißt, so dachte ich nicht. Ich dachte: Wie heißt der Mann, von dem ich vergessen hatte, dass er Christoph Stölzl heißt.

Oder noch genauer: Ich dachte, als ich am Morgen um halb sechs aufwachte, dass ich so etwas früher »präsenile Bettflucht« genannt hatte, um mich mit einer höhnischen Bemerkung über meine Zukunftsaussichten beim Schlafen zu trösten (vorbeugendes Pfeifen im Walde), und dass ich jetzt, meinem Alter entsprechend, diese Phase erreicht hatte, die man nicht mehr ironisch, sondern zu Recht so nennt. Wie denn anders, wenn ich immer, Nacht für Nacht, Morgen für Morgen, um fünf Uhr oder halb sechs aufwache. Ich dachte also, während ich noch im Halbschlaf oder halb wach war, jetzt wirst du gleich wach sein und aufs Klo gehen und einen Schluck Wasser trinken und noch einen und noch einen großen Schluck, mehr, als du Durst hast, weil du gelernt hast, dass dir Wasser bekommt, dass es gesund ist, und weiter dachte ich, dass ich abends leider immer wieder vergesse, dass ich weiß oder zu wissen glaube oder mir einbilde, dass Wasser gesund ist und dass ich viel davon trinken soll und kaum was davon trinke, jedenfalls abends ...

Ich dachte also, noch im Bett liegend und vielleicht nicht von der präsenilen Bettflucht geweckt, sondern von den Gliederschmerzen – sind heute die Beine nicht schwerer als gestern? Die Knie, ich tastete meine Knie ab, die Füße gar geschwollen? –, ich dachte, jetzt bist du wach, und du wirst versuchen, wieder einzuschlafen, aber es wird dir nicht gelingen. Die Lappalien des heutigen Tages werden dröhnend und wuchtig wie Felsbrocken auf dich fallen und dir deinen Schlaf austreiben, und das, obwohl du noch nicht weißt, ob es überhaupt so sein wird. Jedenfalls wird eins der dröhnenden und wuchtigen Probleme sein, dass du jetzt wach wirst, weil du denkst: Mein Gott, werde ich in spätestens drei, vier Stunden müde sein, weil ich jetzt wach bin. Und ich werde müde sein, weil ich dann das Wachsein brauche, so wie ich jetzt das Müdesein brauchte (»bräuchte«, sage oder denke ich, weil ich lange in Schwaben gelebt habe), um später, wo ich das Wachsein brauchen werde, wach und nicht müde zu sein.

Ich will jetzt müde sein, dachte ich wütend. Aber meine Wut machte mich nur wach. Und ich wusste, dass ich müde sein würde, wenn ich mir, in Stunden, das Wachsein sehnlich herbeiwünschen würde, während ich jetzt ...

Sei müde, dachte ich. Wünschte ich mir. Und denk bloß jetzt nichts, was dich noch weiter wach macht. Denk nicht daran, was dich jetzt wach machen wird, du würdest nur in Panik darüber geraten, weil du später, in drei, vier Stunden, das nicht meistern, nicht bewältigen kannst, weswegen du jetzt schlafen müsstest.

Ich dachte also: Statt an das zu denken, was dich aus dem Schlaf treibt, den du in drei, vier Stunden bitter benötigen wirst, damit du dein Leben bewältigen kannst, denk lieber was Harmloses ...

Denk lieber darüber nach, wie Christoph Stölzl heißt, von dem ich in diesem Moment nicht wusste, dass er Christoph Stölzl heißt.

Das beruhigt dich vielleicht, dachte ich, das bringt dich zurück in den Halbschlaf, gar in den Schlaf, wenn du weißt, wie der Mann heißt, von dem du im Moment nicht weißt, dass er ...

Komisch, dachte ich, noch halbwegs gelöst und noch halbwegs von der Annahme beseligt, ich könnte gleich, nachdem mir der Name von Christoph Stölzl eingefallen wäre, gar in einen traumlosen Schlaf zurückfallen ...

Obwohl ich aus Erfahrung weiß, dass ich in glücklichen Momenten am Morgen, wenn es mir gelingt, wieder in den Schlaf zurückzufallen, damit nicht besser bedient bin als mit dem Wachbleiben, denn wenn ich noch einmal einschlafe, dann versinke ich in so schwere Träume, aus denen ich dann aufwache wie aus einem zähen, nun ja, zähen Tod, der sich an den kommenden Tag hängt, schwerer noch als die Müdigkeit, die aus der Schlaflosigkeit resultiert ...

Trotzdem, als wüsste ich es nicht, begab ich mich im unausgelüfteten Dunkel meiner Hirnkammern auf die Suche nach dem Namen von ...

Erst später sollte ich wissen, dass ich nach Christoph Stölzl suchte. Mein Gott, dachte ich, kürzlich warst du noch mit ihm zusammen. In ... nein, nicht in Florenz, sondern in Siena, ja. Und du weißt noch, dass er dir erklärt hat, mit seinem weichen bayerischen Akzent, mit seinem weich verschmitzten Gesicht und seinem weichen Lächeln, dass selbst sein strengstes Urteil weich korrigieren würde, dass er dir mit seiner eierförmigen, jeden für ihn einnehmenden Glatze erklärt hat, dass Siena aufgrund der Habsburger Sekundogenitur besonders gut regiert und beherrscht wurde, bis Napoleon ...

Das weißt du noch, dachte ich befriedigt und neigte mich bereits beruhigt meinem Halbschlaf zu. Und fuhr gleich wieder auf: Aber dass Stölzl Stölzl heißt, das weißt du nicht.

Nein, so dachte ich nicht. Vielmehr: Wie heißt der Mann, der mir eben die Sekundogenitur der Habsburger in Siena erklärt hat. Das ist doch lächerlich, dachte ich, dass mir der Name nicht einfällt, dabei waren er und ich in Siena doch so vertraut, während er mir, ein freundlicher Cicerone, bei dem Gang durch die überfüllte Stadt – trotz des Regens, es war ein Feiertag – sein von einem leichten Schweißfilm überglänztes Gesicht und seine leicht schweißglänzende Glatze zudrehte. Und mir Siena erklärte, so gut er es konnte. Besser, als ich es gekonnt hätte. Er erklärte mir die Stadt. Und im halb wachen Zustand des Morgens, als ich mich an seinen Namen zu erinnern suchte, *erklörte* er mir die Stadt.

So ein Unsinn, dachte ich, war aber dankbar, dass mir meine Erinnerung ein »ö« anbot. Er heißt mit »ö«, dachte ich. Mit ö! Wie Goethe! Ödel sei der Mönsch, dachte ich. Und dann dachte ich, du Dödel! Er *erklört* mir Italien. Wie Goethe! Ödel sei der Mönsch, hilfreich und gut, dachte ich. Und wollte schon zurücksinken in den Zustand, in den meine Müdigkeit in den Schlaf zurückgefunden hätte. Hätte!

Mein Gott, nein, ich dachte nicht: Mein Gött! Mein Gott, dachte ich. Ich weiß noch nicht einmal, wo der Mann, der wahrscheinlich ein ö im Namen führt, dieses ö führen mag. Vorne, in der Mitte, im Vornamen, im Nachnamen? Nein, ich weiß es nicht. Wie er heißt! Wie gut, dass er jetzt nicht vor mir steht. Ich könnte ihn nicht begrüßen, geschweige denn meiner Frau vorstellen. Aber das ist eine geringere Sorge, da wir noch allein im Bett liegen. Und außerdem kennt meine Frau Herrn … also den Herrn, dessen Namen ich nicht weiß, schon. Sie kennt sowieso alle Namen. Weil sie jünger ist, dachte ich wütend. Aber sie wusste die Namen schon immer, beruhigte ich mich. Sie war eben schon immer jünger!, dachte ich erregt.

Und auf einmal wusste ich, dass ich meist auch nicht wusste, wie der zweite James-Bond-Darsteller heißt, der eigentlich der dritte ist. Nein, nicht der erste, Sean Connery! Der fiel mir immer ein! Immer. Auch dass Sean wie »Schoon« gesprochen wird. Eben schottisch. Das wusste ich tadellos.

Aber der zweite. Ja, verflucht, wie heißt der? Nie fiel mir das ein. Ums Verrecken nicht. Und das, obwohl ich bei einem Film, in dem dieser Zweite den James Bond spielte, meine Frau kennengelernt habe!

Jetzt fang nicht mit der alten Scheiß-Psychologie an, dass du, obwohl du deine Frau seit über 25 Jahren kennst und mit ihr zusammenlebst, von unwichtigen Unterbrechungen wie dem Schlafen abgesehen, den Namen des zweiten James-Bond-Darstellers verdrängt hast, unbewusst, versteht sich, weil du unbewusst, versteht sich, verdrängen willst, wie du deine Frau kennengelernt hast. Immer weißt du den Namen des ersten James Bond, immer weißt du, dass er Sean Connery, ja sogar »Schoon« Connery heißt. Aber der zweite? Immer hast du gedacht, dass das blöd ist, dass du ausgerechnet den James Bond verdrängt hast, bei dem du deine Frau zum ersten Mal ...

Aber es hilft nichts. Es hilft dir nichts.

Und dann fällt mir ein, dass der zweite James Bond, der, wie mir richtig einfällt, ein Engländer ist, mir auch nicht einfällt, weil mir immer der Partner von Jack Lemmon in Wilders »Manche mögen's heiß« nicht einfällt. Und der, der die Monroe als Shell-Erbe liebt und verführt, mir auch als Partner des zweiten James Bond nicht einfällt, mit dem er eine Serie, hieß die nicht »Die Zwei«?, gedreht hat.

Ja, so hieß sie, die Fernsehserie, längst im gnädigen Vergessen versunken, aber das hilft mir nicht weiter.

Mein Gott, steh jetzt bloß nicht auf und sieh nach. Erstens weckst du dann deine Frau. Und zweitens, was noch schlimmer ist, besiegelst du deine Niederlage. Hellmuth gegen Alzheimer 0 : 4. Wie gut, dass ich noch weiß, dass ich Rumpelstilzchen heiß. Sei nicht albern!

Schon bin ich so gut wie hell-, weil aufgeregt, wach. Jack Lemmon und ...? Verdammt, der Name fällt mir nicht ein. Aber hat nicht Jack Lemmon noch, nein, das war ja nicht Jack Lemmon, das war dieser, der als Shell-Erbe die Monroe auf der Yacht, die ihm nicht gehört, verführt. Vielmehr sich von ihr verführen lässt ...

Also dieser Partner von Jack Lemmon, dessen Name mir nicht einfällt, der hat doch mit dem James Bond, dessen Name mir nicht einfällt, obwohl ich in dieser Nacht meine Frau kennengelernt ...

Nein, nein, nein. Im Moment suche ich nicht den, der mit dem James Bond ... nein, ich suche den andern, der mit Jack Lemmon, also, der mit Lemmon ein so enges Paar gespielt hat wie der, der mit dem James Bond, auf dessen Namen ich nicht komme ...

The Odd Couple! hießen die beiden! Richtig! The Odd Couple! Und der neben Lemmon, der hat neben der Bergman in der »Zeit der Kaktusblüte« gespielt. Einen Zahnarzt.

Herrgott! Jetzt fällt dir nicht einmal mehr ein, wie der Partner geheißen hat, der mit der Bergman in »Casablanca«. Scheiße, Scheiße, Scheiße, jetzt fällt dir überhaupt kein Name mehr ein. Außer Eco, weil du den nicht leiden kannst. Und jetzt fällt dir ein, dass dir nie, nie, nie der Name des Helden von »High Noon« einfällt, wenn es drauf ankommt. Der mit Marlene Dietrich in, na, nicht in Casablanca ...

Wie von Furien gepeinigt, springe ich aus dem Bett. Ödel sei der Mensch, hilfreich und gut. Ödön von Horváth. Noch ehe ich beim Filmlexikon bin, vorher habe ich die Tür zum Schlafzimmer vorsichtig zugezogen, fällt es mir auf dem Weg zur Toilette ein.

Stölzl! Stölzl, denke ich befriedigt, ja Stölzl. Wirklich mit ö wie Altötting, weil er so bayerisch spricht. Und wie an einer Kette, an der sie mit Stölzl zusammenhängen, fallen mir jetzt alle anderen Namen ein: Tony Curtis. Roger Moore. Humphrey Bogart. Walter Matthau. Vor allem aber ... verdammt, den habe ich jetzt wieder vergessen. »High Noon« hat der gespielt, mit Grace Kelly?

Aber Stölzl heißt Christoph. Und trug in Siena eine gestreifte Clubkrawatte. Oder nicht. Und der aus »High Noon«, uff, heißt Gary Cooper.

Ich fühle mich wie nach einem Kampf, den ich mit dem Rücken zur Wand gewonnen habe. Gerade noch! In letzter Minute. Aber hellwach bin ich trotzdem.

Im freien Fall

> Wir alle fallen. Diese Hand da fällt.
> Und sieh dir andre an: Es ist in allen.
> Und doch ist Einer, welcher dieses Fallen
> unendlich sanft in seinen Händen hält.
>
> Rilke

Irgendwann hatte er einmal einen Witz in einer Zeitschrift gelesen (oder war es eine Karikatur gewesen, die er gesehen hatte?). Ein Mann fällt von einem Wolkenkratzer, er fällt und fällt, und während er so durch die Luft fliegt, im freien Fall, denkt der Mann optimistisch: Bisher ist ja alles gut gegangen!

Er hatte dem Witz zugestimmt, fand, er wäre eine zutreffende Parabel, ein zutreffendes Gleichnis für das blinde Vertrauen, das wir ins Leben setzen, von dem wir wissen, dass es mit dem Tod endet. Er hatte damals höhnisch über den Stürzenden gelacht, der es doch auch besser wissen müsste. Bisher ist es gut gegangen! Mein Gott, du Idiot, du weißt doch, dass du unweigerlich am Ende auf den Boden aufschlagen wirst, klatschend und platschend zerspritzen wie eine Plastiktüte mit Wasser. Dass sie Blut enthält, ist aber während des Aufpralls nur für die Beobachtenden von Bedeutung, für den im Tod sich wie eine platzende, spritzende Tüte Auflösenden dagegen unwichtig.

Aber, so hatte er damals gedacht – von heute aus gesehen noch jung, von damals in der Selbstwahrnehmung schon längst »nicht mehr der Jüngste«, wie es die Redensart für den beschreibt, der nach dem Motto »Nach uns die Sintflut!« lebt –, vielleicht hofft der Fallende ja noch auf ein von der Feuerwehr aufgespanntes Sprungtuch, so wie die meisten Menschen wider besseres Wissen aus Angst und Trostbedürftigkeit auf eine abgefederte Landung, ja auf eine Aufnahme ins ewige Leben hoffen.

Lassen wir mal, sagte er sich damals spöttisch, die Feuerwehr beiseite, die das Sprungtuch hält, und denken an die Instanz, die im Moment des Aufpralls darüber entscheidet, ob wir gleich ins Paradies kommen oder gleich in die Hölle, die sich unsere Phantasie meist wie ein ewiges Leben unter den ungünstigsten, fürchterlichsten Bedingungen ausmalt, sodass sich uns der Tod ohne ewiges Leben unter den Umständen, dass wir doch alle schreckliche Sünder sind, als bessere Alternative darstellt. Oder ob wir im Schwebezustand im Fegefeuer verharren, einer Art nicht sehr komfortablem Untersuchungsgefängnis.

Dass einen ein Sprungtuch rettet, wenn man von einem hohen, hundertstöckigen Hochhaus springt, hatte er dann gedacht, ist höchst unwahrscheinlich, so haltbar ist kein Tuch und keine Religion, das glauben nur Märtyrer und Selbstmordattentäter.

Aber die göttliche Illusion vom sanften Fall – vielleicht hängen wir ja an einem unsichtbaren Fallschirm? Oder, als nihilistische, weil vernünftige Alternative: Der harte Aufprall lässt unser Leben in einem spritzenden Nichts zerplatzen – verstörte und beunruhigte ihn nicht. Er empfand sie als gerecht, nach der Devise: Vor dem Tod sind alle Menschen gleich – egal, was danach passiert oder nicht passiert. Es ist dies der Trost von der Gerechtigkeit, die letzten Endes, und nur letzten Endes, vorwaltet.

Auch störte ihn damals nicht, dass offenbar die Menschen von sehr verschiedenen Höhen zu stürzen haben. Mozart brachte es nur auf 36 Jahre, Kafka auf 41, Büchner auf 24, Schubert auf 31 und selbst Gottes Sohn nur auf 33, während Marx 65 Jahre, Barbie 78 Jahre, Rudolf Hess 93 Jahre und Stalin 74 Jahre alt werden durften – ein langer Fall. Für sie ist das ja im Moment des Aufpralls gleichgültig, denn tot ist tot. Aber für uns? Für die jeweilige Nachwelt und jede künftige? Hätte sie nicht mit noch mehr Mozart, mit viel weniger Stalin beglückt und beschenkt werden können?

Ach, denkt er, lassen wir doch Gottes weisen Ratschluss in Frieden und hadern nicht mit Lebensläufen, solange es nicht um unsre eigene Haut geht.

Und sobald es um die eigene Haut geht und um Menschen, die uns wert und teuer sind, so sehr, dass sie unser Leben ausmachen, so bald »stimmt« das Bild vom Stürzenden im freien Fall nur noch als höhnische Illusion – jedenfalls sah er das so, seit er älter, seit er alt war. Und nichts konnte ihn trösten. Denn das Alter, so erfuhr er in seinem eigenen Fall, mit seinem eigenen Fall, birgt in sich selbst immer schmerzhaftere Verluste. Nicht erst der tödliche Aufprall erzeugt die Angst, die man vorher – bisher ist es ja gut gegangen – beiseiteschieben kann. Nein, die Sturzreise wird zur Angst und zum Leiden an sich selber. Und dass zu diesem Horror das Vergessen gehört, das scheinbar heilsam ist, weil es das Ende, den Tod vergessen macht, ist kein Trost, sondern im Vergessen selbst »erinnert« sich das Ende voraus. Das Vergessen, das den Tod vergessen machen will und soll, ist schon der Tod. Auf Raten, aber nicht nachträglich abgestottert, sondern vorausbezahlt.

Wachtraum: Nicht jugendfrei

> Man ist so alt, wie man sich fühlt.
> Man ist so alt, wie man aussieht.
> So jung kommen wir nicht mehr zusammen!
> Volksmund

Manchmal träume ich mich, halb wach am Morgen, zurück in die Zeit, als ich noch jung war. Also ein junger Theaterkritiker in Stuttgart. Damals habe ich, es war 1960, mein ältester Sohn, inzwischen Generalintendant in Kiel, war kaum auf der Welt, ein Gastspiel von Carl Sternheims »Kassette« gesehen, eine Satire auf den wilhelminischen Spießer. Theo Lingen spielte den Oberlehrer, dem seine Tante vorgaukelt, sie würde ihm ihre Aktien (in der titelgebenden »Kassette« aufbewahrt) vererben. Er dürfe sie schon mal zählen, registrieren. Der arme Lehrer sitzt nächtelang über den Papieren, vernachlässigt Weib und Tochter und verfällt dem Geldgier-Wahn – nur der Zuschauer dieser boshaften Komödie weiß, dass »Tantchen« den Lehrer längst enterbt hat: aus bösem Liebesgram wahrscheinlich.

Die Aufführung hatte Rudolf Noelte inszeniert, und die Spießersatire hat mich in ihrer ätzenden Genauigkeit so beeindruckt, dass ich mir sämtliche Stücke von Sternheim besorgte (eine Werkausgabe existierte noch nicht), um ein Buch darüber zu schreiben.

Kurz darauf wurde ich Chefdramaturg der »Württembergischen Staatstheater« und lud den Regisseur Rudolf Noelte, einen Fehling-Schüler, der bei Gründgens gearbeitet hatte, ein, in Stuttgart den »Snob« von Sternheim zu inszenieren. Die Aufführung wurde ein

Riesenerfolg und sogar zum Theatertreffen nach Berlin eingeladen. So kann ich also etwas eitel sagen, dass ich, durch Noelte angeregt, mit meinem Buch über Sternheim und mit seiner Aufführung des »Snobs« so etwas wie eine (so hieß das damals hochtrabend) Sternheim-Renaissance eingeleitet hatte. Man sah in seinen Stücken eine Art Vorausschau auf die Teile des Bürgertums, die mit fliegenden Schwarz-Weiß-Rot-Fahnen zu Hitler übergelaufen waren. Die sogenannte »Sternheim-Renaissance« ist längst vorüber. Noelte, in den fünfziger und sechziger Jahren einer der großen Theaterregisseure, der Antipode Fritz Kortners, ist längst vergessen. (»Dem Mimen flicht die Nachwelt keine Kränze«, das gilt auch für Regisseure.) Und sein Tod nach langer Krankheit, bei der er die Welt vergaß wie die Theaterwelt allmählich ihn, ist eher eine bestürzende Erinnerung.

Aber darum fiel er mir nicht ein vor dem eigentlichen Aufwachen, sondern weil ich mich erinnerte, dass man jung älter aussehen will, als man ist. Ich sah damals, etwa Mitte zwanzig und doch »schon« Chefdramaturg, offenbar sehr jung aus – um nicht zu sagen, kindisch, kindlich jung. Unreif jung. Und das, obwohl ich schon Sternheim auf die Bühne in Stuttgart gebracht hatte. Und Albees »Wer hat Angst vor Virginia Woolf?«. Das galt wegen des praktizierten Ehebruchs und der für damalige Verhältnisse freimütigen Sprache als »mutig«, um nicht zu sagen: »skandalös«. »Mach die Tür auf!«, sagt nach missglücktem Ehebruch die versoffene Martha (im Film spielte sie später Liz Taylor) zu ihrem jungen, durch Alkohol offenbar zu stark geschwächten Lover. »Oder kriegst du den Riegel auch nicht hoch?« Sehr gewagt war das damals. Und mein Intendant empfahl mir, das Stück auf die Kammerspielbühne zu verlagern, was ich aber trotzig-mutig nicht tat.

Am Nachmittag, nach den Proben zu dem Wagestück, wollte ich mich im Kino entspannen und informieren. Ingmar Bergmans »Schweigen« sorgte als Film für eine ähnliche Aufregung wie Albees Stück auf der Bühne. Da wurde in einer Kirche kopuliert und in einem

Bett onaniert, und so fragte mich die Frau an der Kinokasse nach meinem Personalausweis, der Film war nämlich nicht »jugendfrei«. Den hatte ich nicht dabei, und so musste ich gedemütigt, obwohl Dramaturg am größten Stuttgarter Theater, ohne den Film sehen zu dürfen, wie ein geprügelter Hund oder ein ertappter jugendlicher Kinospanner wegschleichen.

Kurz darauf besprach ich mit Rudolf Noelte bei einem Spaziergang im Stuttgarter Schlossgarten unser nächstes Projekt. Tschechows »Drei Schwestern« (auch dies wurde später eine preisgekrönte, ausgezeichnete Inszenierung, auch die wurde zum Berliner Theatertreffen eingeladen). Wir redeten über die Besetzung Werschinins, des schwadronierenden, schwermütigen, unglücklich verheirateten Garnisonskommandanten, Maschas unglücklicher Liebe. Noelte, der im Stuttgarter Ensemble keinen geeigneten Schauspieler für diese Rolle sah, schlug als Gast Malte Jäger vor.

Ich sah Noelte erstaunt an und blieb stehen. »Aber«, sagte ich, »Malte Jäger ist zweiundsechzig Jahre alt und Werschinin Mitte vierzig. Der ist doch zu alt für diese Rolle.«

Noelte blieb ebenfalls stehen und blickte mich eindringlich durch seine Brille an. »Genau deshalb«, sagte er. »Ein Mann, der zu Tschechows Zeiten, also um die Jahrhundertwende, Mitte vierzig war, muss heute mit einem älteren Mann besetzt werden, besonders im Fall des vor dem Leben längst resignierenden Werschinin. Damals alterten die Menschen viel schneller.«

Ich pflichtete Noelte nach kurzem Überlegen bei. Er hatte vollkommen recht.

Dann sah ich Noelte an, und mir fiel ein, dass er Mitte vierzig war. Und mir fiel auf, dass er eigentlich mit seinen grauen, schütter werdenden Haaren, seiner Brille, seinem wie im Lebensschmerz sich zusammenfaltenden sinnlichen Mund, seinen traurigen Augen und seinem überkorrekten Anzug, der eher zu einem Finanzamtsvorsteher gepasst hätte, wie Anfang sechzig aussah.

Hartz-Reise zum Blocksberg

> ... die Gefühle bleiben sich gleich und werden im Alter noch heftiger, weil sie keine rechte Erwiderung finden! Das ist grad als wie einer, der einen Hering isst und nix z'trinken kriegt!
>
> Nestroy

Kasten, Rassen, Klassen, Geschlechter, Altersgruppen – alle haben das Gefühl, dass sie anders miteinander reden, sobald sie allein, »unter sich«, sind. Der schwarze Komiker Eddie Murphy hat in seinen bösen Anfängen darüber einen umwerfenden Sketch gedreht. Darin tritt er vor seine Fernsehzuschauer, schwarz, wie Gott ihn schuf, und sagt, er habe einmal testen wollen, wie Weiße miteinander umgingen, wenn sie unter sich seien und keine Schwarzen ihnen auf die Finger und ins Herz blicken könnten. Also habe er sich als Weißer maskiert und auf den Weg gemacht. Den Roman »Der menschliche Makel« von Philip Roth gab es damals noch nicht, diese wahre Geschichte, in der ein illustrer Journalist als Schwarzer einen Weißen »lebte«, die der Autor zu einer Professorengeschichte »verfremdet« hatte.

Eddie Murphy geht also auf seinem morgendlichen Weg in einen Zeitungsladen in New York, schnappt sich die »New York Times« und wirft 50 Cent auf den Counter. Der Kioskbesitzer schaut ihn erstaunt an, blickt sich dann im Laden um, sieht, dass kein anderer Kunde da ist, also auch kein Schwarzer, und sagt: »Wir sind doch unter uns! Da kostet die Zeitung für unsereins doch nichts. Nehmen Sie Ihr Geld.«

Bald darauf steigt der zum Weißen geschminkte Murphy in einen Bus. Von Station zu Station wechseln die Fahrgäste, lange bunt gemischt, wie es in New York eben ist. Dann kommt der Bus in andere Gegenden, die letzten Schwarzen steigen aus, die Weißen sind unter sich. Sofort verwandelt sich die Fahrt in eine Party, Champagnerkorken knallen, man prostet sich zu, amüsiert sich, lacht.

Schließlich, in der letzten Szene, geht Eddie Murphy zu einer Bank und sagt zu dem schwarzen Bankangestellten, dass er einen Kredit brauche. 5000 Dollar. Welche Sicherheiten er zu bieten habe, fragt der Schwarze. Sicherheiten?, fragt Murphy. – Leider keine. – Ja, dann könne er auch keinen Kredit bekommen, das müsse er verstehen. In diesem Moment geht hinter den beiden ein Weißer vorbei, offenbar ein Aufsichtsbeamter, hört das Gespräch und sagt zu seinem schwarzen Kollegen und Untergebenen: »Jack, warum machen Sie nicht jetzt Ihre Mittagspause?« Kaum ist der Schwarze weg, öffnet sein weißer Vorgesetzter eine Schublade, in der Dollarbündel herumliegen, und fordert den vermeintlich weißen Kunden auf: »Jetzt, wo wir unter uns sind, bedienen Sie sich! Greifen Sie einfach zu!«

Der Sketch entstand lange vor der Zeit, als Colin Powell es zum Außenminister brachte und seine Nachfolgerin Condoleezza Rice (nicht nur schwarz, sondern auch noch Frau) wahrscheinlich gegen Hillary Clinton als Präsidentschaftskandidatin antreten wird, aber er macht satirisch deutlich, was man für Vorstellungen von Gruppierungen haben kann, wenn man »außen vor« ist. So entstehen Legenden über Männerbünde oder Frauenvereine.

Was reden die, wenn sie unter sich sind? Und was veranstalten sie? Und was treiben alte Männer oder »ältere« Männer »unter sich«?

Bis zur VW-Affäre hielt ich die dementsprechenden Mutmaßungen von Ehefrauen oder weniger privilegierten Männerbünden für übertrieben. Für einen Eddie-Murphy-Sketch eben. Doch jetzt ist klar: Die Schublade mit dem Geld wird tatsächlich aufgezogen, wenn sie unter sich sind. Für Geliebte, Getränke und Huren. Auch das Viagra wird aus der Kasse bezahlt, die man nur öffnet, wenn niemand Außenstehender einem auf die Finger guckt.

Auf einmal war ein Vorhang wie weggezogen – so als würde ein leitender Angestellter, der in die Jahre gekommen ist, sagen wir: ein Bundestagsabgeordneter, seine Assistentin in einer Wallung von sexueller Begierde über den Schreibtisch legen. Es ist Abend. Die Stadt ist dunkel. Sein Büro ist hell. Weil ihn die Gefühle plötzlich überfallen, hat er die Jalousien zu schließen vergessen. Für die anderen bietet er ein Schauspiel, Hitchcocks »Fenster zum Hof« zeigt, dass wir alle Voyeure sind. Wenn wir nicht mehr anders können. James Stewart als Voyeur ist nicht alt, aber ans Zimmer gefesselt, weil sein Bein eingegipst ist. Das ist wie »vorübergehend« alt. Da wartet man im Dunkeln am Fenster, und manchmal gibt es ein Schnäppchen.

Von Hitchcock weiß man, dass er, als er wirklich alt war – schwer beweglich war er schon lange –, seinen Lieblingsstar Grace Kelly bat, sich am Abend für ihn im hell beleuchteten Zimmer bei offener Gardine für die Nacht umzukleiden. Er wohnte in Bel Air in ihrer Nachbarschaft und konnte mit dem Fernglas zu ihr hinübersehen, wie James Stewart mit seinem Teleobjektiv über den Hinterhof.

Bei VW dagegen handelte es sich mehr um ein Bündnis für Arbeit als um eine Verabredung zum Zuschauen. Die angegrauten würdigen Herren konnten vor Kraft kaum laufen, wenn sie auf Betriebskosten durch dick und dünn gingen. Eine verschworene Bruderschaft. Allerdings nur, solange es gut ging. Solche Kumpaneien sind Zweckbündnisse auf Zeit. Jeder wiegt sich in Sicherheit, weil der andere nicht nur Mitwisser, sondern auch Mittäter ist. Mitgefangen, mitgehangen, heißt das entsprechende Sprichwort. Fliegt die Sache auf, heißt es: Rette sich, wer kann. Wird der Sumpf entdeckt, in dem man steckt, tritt man im verzweifelten Bemühen, herauszukommen, die anderen hinunter, die mit im Morast stecken. Oder zieht sie mit herein, wenn man nicht rauskann.

Da es in der Welt mehrere Autokonzerne gibt, ist anzunehmen, dass es auch mehrere Hartz-Reisen im Sommer und Winter gibt. Reduziert man unser deutsches Nationaldrama, den »Faust«, auf seines Pudels Kern (was man natürlich nicht darf), so ist das eigentliche Drama im »Faust«, in dem bei einer Harzreise auf den Brocken mächtig auf den Putz gehauen wird, die Tragödie eines Professors an der Pensionsgrenze, der noch einmal jung sein möchte und dafür, da er keine Betriebskasse hat, seine Seele auf Teufel komm raus Mephisto verkaufen muss. Der Teufel schleppt Faust von Vergnügung zu Vergnügung. Erst geht es in die Hexenküche, die man sich als Verjüngungsklinik vorstellen muss, schon das Mittelalter kannte den Traum vom Jungbrunnen, in den alte Weiblein und Männchen hineinstiegen, um jung, kraftvoll und schön wieder herauszukommen. Dann wird ihm ein Zaubertrank gereicht, der es in sich hat. »Du siehst mit diesem Trank im Leibe / bald Helenen in jedem Weibe.« Es ist etwas, was Lust und Kraft schafft, eine Lust und eine Kraft, die, wenn man es im modernen Jargon sagen könnte, nicht objektgebunden, nicht auf ein anderes, besonderes Subjekt ausgerichtet ist, sondern auf alles, was einen Rock trägt: Er wird Helena, die Schöne, in jedem Weib erkennen. Altersgeilheit, die durch ein hexisches Potenzmittel gesteigert wird.

Der junge Goethe, später als »Stürmer und Dränger« charakterisiert, wollte die Tragödie eines alten Mannes beschreiben, der noch einmal jung sein will, wobei ihm der Teufel Orgien im Harz auf dem Blocksberg bietet – wo es zugeht wie auf einem Betriebsausflug nach Rio oder einem Zechgelage in Leipzig, die eher bürgerliche Form des Altersexzesses – und ihm schließlich ein junges Mädchen zum Fraß vorwirft. Auch die versucht er mit Gold und Silber zu betören, das ihm nicht gehört und ihm nicht aus seinen Altersbezügen zukommt. Er reißt das junge Mädchen in den Abgrund, macht sie zur Muttermörderin und zur Kindsmörderin. Der Wunsch, im Alter jung zu sein, verdirbt ihn und reißt sein Opfer Gretchen ins Verderben, und der mitliebende junge Dichter leiht ihr sein Mitgefühl und sein

Gerechtigkeitsgefühl – sie wird gerettet, der Himmel hat ein Einsehen. Faust bleibt des Teufels.

Erst der alte Goethe hat ihn mit aus dem Sumpf gezogen. »Wer immer strebend sich bemüht, den können wir erlösen.« Gut gesagt, gut gemeint mit älteren Herren, die der Hafer sticht und die noch als Bauherren eines Staudamms andere ins Verderben reißen – wir Zeitgenossen dürfen an den großen Staudamm in China denken –, um dort erlöst zu werden.

Da nehmen wir doch die geruhsame Variante des Alters, bei der sich niemand echauffiert und über seine Verhältnisse amüsiert, billigend in Kauf. Wir sehen unsere Alten in Gruppenreisen, wie sie vor dem Dom in Florenz stehen, alle in »praktischer« Freizeitkleidung und gesunden Schuhen, und auf einen Führer blicken, der ein beziffertes Täfelchen in einer bestimmten Farbe in die Luft hebt, um als Leithammel einer folgsamen Herde erkennbar zu sein. Oder wie sie sich in gleicher Ordnung den Vesuv zeigen lassen und das verschüttete Pompeji. Und die, ohne es zu wissen, froh darüber sind, dass ihre Lava erloschen scheint und sie nicht zu Ausflügen und Exzessen bei Harzreisen oder Hartz-Reisen führt – stattdessen: Neckermann macht's möglich!

Wir sehen Wanderer von Alpenvereinen und Albvereinen, wie sie rüstig, gestählt, gut gelaunt ihre Freizeit zu ihrer körperlichen Ertüchtigung (Fitness, sagen wir heute) nutzen. Ihre Augen erfreuen sich an der Natur, an Bergen, Wäldern, Seen, Schlössern, Sonnenaufgängen. Es ist eine Freude, ihnen zu begegnen. Es ist eine Lust, ihnen zuzuschauen, ihrem tüchtigen Optimismus. Aber sehen wir genauer hin, dann erkennen wir, es sind weder Männer noch Frauen, es sind Vereinsmitglieder. Ihre Kleidung, Kniebundhosen, Anorak, schweres Schuhwerk, Stöcke, all das ist unisex. Und auch ihr Haarschnitt ist es. Die Frauen tragen ihre grauen Haare kurz. Nicht dass sie dabei alt aussähen. Ein wenig ähneln sie alle nachtgrauen Katzen, die, obwohl sie ihm fünf Kinder geboren haben, ihrem Mann im Alter geschlechtslos ähnlich werden – eher ein Kamerad als eine Ehefrau. Die Frauen in den Vereinen haben eine mausgraue, kurze Mausfrisur. Keine geschminkten Lippen. Keinen Busen. Sie sind der Gegentyp zur Matrone. Sie sind der Kamerad. Sie zerfließen nicht im Alter. Sie straffen sich. Wie ihre Männer; auch die werden hager. Wenn Männer im Alter aber nicht hager werden, bekommen sie einen Busen. Einen äußerst unschönen. Das ist der Unisex-Ausgleich der Natur.

Bei Eddie Murphys Stück vom Schwarzen, der wissen möchte, wie es bei den – privilegierten – Weißen zugeht, wenn sie unter sich, wenn sie unter ihresgleichen sind, geht's darum, dass jemand zu einer Zeit, in der er sich, zu Recht, als Underdog, als Außenseiter, als Unterprivilegierter, ja als Outcast sieht, wissen möchte, wie die Privilegien sind, wie schamlos sie ausgenutzt werden, wenn man auf die anderen, die Ausgestoßenen und Ausgeschlossenen, nicht mehr die geringste Rücksicht nehmen muss.

Hat Marie Antoinette, die französische Königin, wirklich gefragt, als die Armen vor der Revolution nach Versailles zogen und in ihrer Armut und in ihrem Hunger nach Brot verlangten: »Sie haben kein Brot? Dann sollen sie doch Kuchen essen.«? Natürlich nicht! Es ist eine Legende, die zum Aufheizen der Wut gut erfunden war.

Hatten die Adligen im »Ancien Régime« wirklich, wie es in »Figaros Hochzeit« und in Beaumarchais' »Tollem Tag« noch als gesellschaftliches Echo nachhallt, das Ius primae noctis? Und hatte es jeder Pflanzer gegenüber seinen Sklavinnen? Das sind Fragen, die richtig gestellt und die falsch beantwortet werden. Eddie Murphys Sketch verlor erst zu der Zeit, als er im Fernsehen laufen konnte, seine Wahrheit an die Bauklötze staunende Übertreibung.

Gleiche Wunderdinge, was Macht, was Einflussnahme betrifft, glaubten diejenigen, die »außen vor« waren, von den Jesuiten, dem Opus Dei, den Golfclubs, den Industrieverbänden, den Rotariern, den Kolonialclubs, den Offizierskorps.

Und auch Frauen übertreiben ihr Misstrauen sicher nicht, wenn sie sich vorstellten, was Männer in Verbänden anstellten, wenn keine Frauen dabei waren. Es gibt viele Romane zu diesem Thema. Schnitzlers »Traumnovelle« und der nach ihr gedrehte Kubrick-Film »Eyes wide shut« handeln davon. Davon – und auch von dem gefürchteten Gegentraum. Was ist, wenn die Frauen »zurückschlagen«? Über die gleichen Stränge? Dann gnade uns Gott!, dachten die Männer. Mit weit geschlossenen Augen.

Das ist dem, was Männer von Frauen und Frauen von Männern wissen möchten, wenn die unter sich sind, schon viel näher. Was haben die sich zu sagen, was sie uns verschweigen. »Mäuschen müsste man sein!«, heißt die Redensart. Unsichtbar. Mit Tarnkappe.

»Mäuschen sein!« Männer möchten das wahrscheinlich nicht so sehr, weil sie wirklich wissen wollen, was an Frauen so total anders ist. Sie möchten es, in erster Linie, um weibliche Taktiken und Strategien durchschauen zu können – um sie durchkreuzen zu können. Es handelt sich um Geschlechterspionage. Wie tickt das andere Geschlecht? Auf keinem Gebiet glaubt man so sehr an Verallgemeinerungen. »Männer sind …«, »Frauen denken …«, »Männer … je oller, je doller …« Nestroy hat diese aberwitzige Generalisierung auf die unschlagbare Formel gebracht:

> Die Frauen ham's gut!
> Sie rauchen nicht.
> Sie trinken nicht.
> Und Frauen sind sie selber!

Das stimmt zwar in den Details überhaupt nicht – zum Beispiel rauchen zurzeit mehr junge Frauen als junge Männer, und immer mehr Frauen »stehen ihren Mann«. Aber im Großen und Ganzen ist dieser Satz absolut unwiderlegbar.

Mich hat der Zufall als Mann auf die Welt gewürfelt, und die Gnade und Ungnade dieser Geburt hat mich als Mann alt werden lassen. Und so erkenne ich die Wahrheit und Richtigkeit dieser Nestroy-Erfahrung für mich vorbehaltlos an. Ich bin mir nur zu sicher, dass es bei Menschen, die der liebe Gott als Frauen hat zur Welt kommen und als Frauen hat leben lassen, ähnliche Wahrheiten gibt. Doch ich gestehe, dass ich in diesem Zusammenhang eines bestimmt nicht will: Ich möchte »nicht Mäuschen sein«, ich möchte »nicht Mäuschen spielen«, wenn Frauen unter sich mit der vollen Wahrheit herausrücken. Ich möchte, dass sie ihr Geheimnis bewahren. Ich möchte von ihnen nichts haben, außer meine Neugier auf sie. Es ist das einzige Geheimnis, das ich mir bewahren möchte bis zum Tod, damit es mich interessiert: über den Tod hinaus.

Im Sog der Elemente

> ... denn die Elemente hassen das Gebild der Menschenhand.
>
> Schiller, »Lied von der Glocke«

Ein Seufzer, wenn über frühere, bessere Zeiten geklagt wird, gilt dem Respekt vor dem Alter. Man habe in den guten alten Tagen noch auf den Rat der Alten gehört, ihre Lebenserfahrung genutzt, Respekt vor ihrer Lebensleistung gezeigt, schon allein deshalb, weil man an sie anknüpfen konnte. Der Bauer vererbte mit seinem Hof seine Tiere, Gerätschaften, Scheuern und Erfahrungen (Bauernregeln, Bauernkalender) an Erben und Nachkommen; der Sohn des Gastwirtes erbte die Wirtschaft und Rezepte des Vaters und der Mutter; der Kaufmann seiner Vorfahren Kontobücher, Handelsverbindungen und Wege. Und so weiter und so fort. Das Sprichwort »Wie die Alten sungen,/so zwitschern auch die Jungen« ist Ausdruck dafür. Dass es in Rom einen »Senat« gab, in Amerika »Senatoren« die Bundesstaaten vertreten und dass es im Bundestag immer noch einen »Ältestenrat« gibt, das alles ist Ausdruck dieses Respekts vor der Erfahrung, vielleicht auch von der Abgeklärtheit der Alten – man fürchtet ja junge Heißsporne in der Politik. Und diese Ämter für Alte sind Ausdruck eines Traditionsbewusstseins, bei dem die Alten den Jungen möglichst lange, wenn schon nicht mit Tat, dann mit Rat und Erfahrung, helfend zur Seite stehen sollen.

In Wahrheit hat das aber so ideal nie funktioniert, immer herrschte auch Krieg zwischen den Generationen, immer auch ächzten die Jungen unter der »konservativen« Lebenshaltung der Alten, immer gab es Aufstände, Jugendrevolten, ja, selbst Freud nimmt an, dass die Urhorde sich durch einen Vatermord, einen Mord an den Clan-Ältesten, von Zeit zu Zeit neu bestimmte. Die griechische Mythologie ist voll von Geschichten der gewaltsamen Ablösung übergewaltiger Alter. Und doch mag und kann man an eine Kontinuität glauben, sie hat im mächtigen Geschichtsstrom stattgefunden. So lange, wie Menschen unter gleichen Bedingungen und damit unter gleichen Erfahrungen lebten. Brüche fanden dann statt, wenn sich Lebenstechniken stark veränderten – etwa in der Landwirtschaft nach dem Ende der Dreifelderwirtschaft, in der Seefahrt durch neue Segel-Erfindungen, die zur Entdeckung neuer Länder, ja Kontinente führten. Aber im Grunde, von Kriegen und seinen Techniken abgesehen, lebten die Menschen seit der Erfindung des Rades und des Pfluges und der Mühle in einer kontinuierlichen Welt. Da konnte man den Rat der Alten, die Erinnerung der Uralten gut gebrauchen. Sie waren praktisch für die Jüngeren.

Das änderte sich gewaltig mit der ersten Industriellen Revolution. Und noch einmal entscheidend mit der elektronischen Revolution. Auf einmal und in beiden Fällen waren Alte schnell zu lebenden Anachronismen, also Hindernissen, geworden; diese Beschleunigung hält an.

Ich habe dafür ein augenfälliges Beispiel: Wenn mich meine jüngeren Kollegen, meine Kinder, meine Frau befremdet anschauen, wenn ich beim Arbeiten zum Lexikon greife, heißt es gleich: »Mensch, warum suchst du das nicht im Internet, warum lernst du nicht googeln? Du bist ja völlig hinterm Mond!« Und mir fällt nur eine Rechtfertigung ein, die natürlich gleichzeitig eine halbfaule Ausrede ist.

Die elektronische Wissensspeicherung ist gleichzeitig mit dem atemberaubenden Fortschritt, den sie in der Wissensvermittlung bietet, die Vernichtung des historischen Bewusstseins. Wie Bücher Zeugen vergangener Zeiten sind, oder Baudenkmäler oder Kunstwerke, die der Vernichtung historischen Bewusstseins entgegenstehen, schon allein, weil sie zumindest konservieren, was war. Auch Lexika vergangener Zeiten sind Punkte historischer Fixierung: Wann heißt Petersburg Petrograd, Leningrad? Wie viele Einwohner hatte es damals? Wann nahm Adolf Hitler in einem deutschen Lexikon den meisten Raum ein? Ab wann war Stalin in einem Lexikon der DDR nicht mehr der reine Halbgott? Wann erschienen die von ihm angeordneten Massenmorde und Liquidationen nicht mehr unter dem verlogenen Rubrum »Auswirkungen des Personenkults«?

Ich will hier ein sozusagen »unschuldiges«, weil naturwissenschaftliches Beispiel geben: das Stichwort »Elemente«, chemische Elemente, um historische Punkte zu fixieren. Dass in Elementen und Elementarteilchen auch historische Konsequenzen stecken, sei nur mit Stichworten wie Hiroshima, wie der Kalte Krieg, wie, im Moment, in dem ich das schreibe, der Iran angedeutet.

Also wie viele Elemente gibt es? 1905 waren es 78. Das Lexikon schwankte schon, als schwanten den Autoren mehr, es sprach von »rund achtzig«. Das Lexikon von 1929 nennt 92 chemische Elemente. Der Brockhaus von 2000 kennt »z. Zt.«, wie er vorsichtig sagt, 109 Elemente, die genau untersucht sind. Und der Band 4 (BRN bis CRN) fährt fort: »... die Elemente 110 und 111 wurden 1994, das Element 112 wurde 1996 entdeckt.« Mein ältestes Lexikon, der Brockhaus von 1819, erinnert daran, dass »die Alten seit Aristoteles vier sogenannte Elemente annahmen: Feuer, Wasser, Luft und Erde«. »Diese Meinung hat sich bis auf die jetzigen Zeiten unter denen fortgepflanzt, die sich um die Fortschritte der Naturwissenschaften nicht bekümmern.« Die Sprache, die manchmal konservativ hinterherhinkt, hält diesen Stand fest, bis heute, wenn sie sagt, jemand sei im Wasser in seinem Element. Und Schillers »Lied von der Glocke«: »Denn die Elemente (gemeint sind Feuer und Wasser) hassen das Gebild aus Menschenhand.«

Und das Lexikon, vierzehn Jahre nach Schillers Tod und vierzehn Jahre vor Goethes Tod erschienen, fährt fort, auf dem damaligen Stand der Naturwissenschaften: »Hingegen beweisen die neueren Untersuchungen, dass nur das Feuer (Wärmestoff) unter diesen (vier) ein wahres Element ist.« Sofort weiß ich, was für Goethe der Stand der Dinge war. 55 Elemente zählt das Lexikon, darunter »unwägbare« wie »Lichtstoff«, »Sauerstoff«, »Salzsäure«, »positive und negative Elektrizität«, »alkalische Metalle«, darunter »Talk«, »Kalk« und »Kiesel«, »eigentliche Metalle« und, außerhalb der Rechnung, noch vier »problematische Metalle«, darunter »ein von Trommsdorf angekündigtes« und »ein von John im Graumanganerz entdecktes Metall«. Was mag das wohl gewesen sein?

Ich, der ich vor dem Abitur 1952 zweiundneunzig Elemente lernen durfte und folgende Regel kannte: »Chemie ist das, was knallt und stinkt, Physik ist das, was nie gelingt«, somit noch einer der letzten »Universalgebildeten« meiner Zeit sein durfte, weiß längst, dass ich, um mit dem Lexikon von 1819 zu sprechen, nicht mehr auf dem »Stande der Naturwissenschaften« bin. Laut Wikipedia gibt es (Stand: Mai 2006) 118 Elemente. Feuer und Wasser sowie Feuerwasser gehören nicht mehr dazu.

Kollegen, Freunde: Unter Geiern

> In der Jugend sind wir Männer,
> im Alter Kinder.
>
> Talmud

Die Tage zwischen Weihnachten und Silvester und die Tage nach Neujahr sind wieder so, wie die Erinnerung sie aufgespeichert hat, nur schlimmer. Besonders wenn die Böllerstimmung verflogen ist und die kurzen Tage schnell in eine feuchte, verhangene Dunkelheit flüchten, kriecht die depressive Stimmung wie klamme Nässe in die Kleider und ins Gemüt. Vereinzelt krachen noch Böller, die den Jahreswechsel überlebt haben. Und wer die Hände tief in die Manteltaschen vergräbt, den Kopf zwischen die Schultern zieht und dabei nach vorne auf den Boden blickt, sieht Dreck, Hundekot und die zerfetzten roten und grünen Hülsen des Feuerwerks, die sich fleckig im Matsch auflösen.

So wird es künftig immer sein. Immer, nur von Jahr zu Jahr schlimmer, die Perspektiven verengen sich wie der halb zum Boden gesenkte Blick. Du musst dir klarmachen, dass es besser nicht mehr wird. Und du musst dir auch deutlich machen, dass du Trost nur aus dem eher niedrigen Gefühl der Befriedigung darüber ziehst, dass es anderen in deinem Alter noch schlechter geht. Du bist, ohne es vor anderen oder auch nur vor dir selbst zuzugeben, in der Stimmung, die den misanthropisch gelaunten Nachkriegsdirektor des Wiener Burgtheaters Raoul Aslan befallen hatte, als sein Betriebsdirektor in sein Büro trat, um ihn zu fragen, als schonende Vorbereitung, mit einer Miene vorausdienernder Trauer: »Wissen S', wer gestorben ist, Herr Direktor?«

Und der Direktor, noch ehe sein Büroleiter Gelegenheit hatte, den Namen des Verstorbenen zu nennen, antwortete: »Mir is jeder recht!«

Wäre einem jetzt auch jeder recht? Wäre man sogar selber jeder, der einem recht ist? Kleinlaut schränkt man hier ein: Ja, wenn es friedlich und unmerklich geschähe. Einschlafen oder so. Aber dann gerät man gerade bei diesem Gedanken in eine Panik, die das zu erwartende Nichts schon dadurch auslöst, dass man es sich nicht vorstellen kann. Er, das heißt: ich, hatte immer die Assoziation von einem gurgelnden Wasserabfluss, in dem das schmutzige Wasser ins Nichts fließt, besser: vom Nichts mit gierigen Schlucken aufgesogen wird. Eine Vorstellung, die mich als Kind geängstigt und bis in die Träume verfolgt hat.

Nein, nein, es würde doch wieder schönere Tage geben, bei denen die Nässe nicht durch Ärmel und Hosenbeine zur Seele, zum Herzen kriecht. Und so schob er, so schob ich, auch die miesen Gedanken an meine fiesen Seiten beiseite, die sich zeigten, wenn in Gesprächen meine Antworten hinter dem vorgezeigten Schrecken und dem vorgeschützten Mitleid die saftige Befriedigung verbargen, mit der ich die Nachricht aufgenommen hatte.

Ach, der Arme! Hat sich in seinem Alter den Knöchel gebrochen! Wo das doch so mühsam heilt, in seinem Alter.

Ach wirklich? Seine zweite Frau ist ihm doch weggelaufen! Ich hab's vorausgesehen. Trotzdem tut er mir jetzt so leid!

Schrecklich! Der Arme! Ich hätte ja auch an seiner Stelle nicht in Wohnungen in Chemnitz investiert.

Dass der eigene Sohn ihn in der Firma betrogen hat! Nein, das hat er wirklich nicht verdient!

In unseren Kommentaren zu fremden Unglücksfällen sind wir selten so misanthropisch ehrlich wie Raoul Aslan. Und nicht einmal heimlich so schadenfroh wie der Bauer Schlich, der da bei Wilhelm Busch hinter vorgehaltener Hand und mit einem scheelen Blick zur Seite, ob es wirklich keiner hört, sagt:

> Ist fatal, bemerkte Schlich,
> He, he, aber nicht für mich.

Man sollte die Entlastung, die der eigenen Depression durch das Leiden anderer zukommt, allerdings als psychisches Ventil nicht zu gering erachten ...

Als ich so weit war und mit den Füßen etwas gelassener durch das noch nicht geräumte Schlachtfeld der Neujahrsfeier und seiner Papphülsen und Hundehaufen stapfte, kam mir, unter anderen Fußgängern, die ihren Kopf lüfteten, ein Freund – oder soll ich sagen, ein Bekannter, der mir durch ähnliche Berufs- und Lebenserfahrungen grad durch seinen Sarkasmus und seine Anflüge von Selbstironie manchmal im Gespräch wie ein Freund erschien – entgegen. Wir konnten uns in unserer momentanen schlechten Laune – seine habe ich erst im Nachhinein entschlüsselt, meine war mir schon bekannt – nicht mehr rechtzeitig übersehen und aus dem Weg gehen. Und so blieben wir nach einer Schrecksekunde stehen, in der wir beide einen halben Schritt, den wir schon in die entgegengesetzte Richtung getan hatten, zu der wir schon einen Fuß gehoben hatten, wieder zurücknahmen.

Er war einer jener Künstlernaturen, der das Outfit seiner jungen Jahre beibehalten hatte, ein Rebellentum mit zerbeulten und zerfransten Jeans, einer angegammelten Jeansjacke, einem Jeanshemd über einem dunklen T-Shirt und breiten, hohen Turnschuhen. Ein fransiger, zerzauster, brauner, grau gesprenkelter Bart, schüttere, wilde graubraune Haare, die ungekämmt wirkten, und die Kassenbrille im runden, aber fahlen Gesicht gaben ihm das Aussehen eines Clochards, eine Rolle, die er trotz seines gut situierten Lebens gerne spielte. Zu Hause war er wohl ein fleißiger, gewissenhafter, sehr genauer Arbeiter. Draußen gab er sich als ewiger anarchischer Rebell, obwohl er dabei leise und angenehm schüchtern war. Wahrscheinlich hatte seine anarchische Rebellion längst ihr Ziel verloren, und er war nur noch ein verletzbarer, verletzlicher Mensch, der sich seit seiner Jugend gegen sein großbürgerliches Elternhaus verkleidet hatte. Er war zehn Jahre jünger als ich, also alt, gehörte aber nicht zu denen, von denen ich zu meiner geheimen Befriedigung sagte: Der ist zwar zehn Jahre jünger als ich, sieht aber zehn Jahre älter aus. Nicht als er, sondern als ich! Ist fatal, bemerkte Schlich, he, he, aber nicht für mich! In Wahrheit sieht er natürlich jünger aus als ich, aber ... Schwamm drüber!

Wir begrüßten uns, unsere Körpersprache war dabei distanziert wie immer. Wie immer machte er die Parodie einer korrekt angedeuteten Verbeugung. Manchmal sagte er sogar: Euer Ehren! Oder einen ähnlichen Unfug, den er für ironisch hielt.

Nachdem ich ihn gefragt hatte, wie es ihm gehe, und er das übliche »gut« oder »blendend« oder »hervorragend« geantwortet hatte, fragte er: »Und Sie?« Und da ich noch meinen trüben Gedanken über den Jahreswechsel und die entsprechende Stimmung nachhing, sagte ich, dass man sich von Jahr zu Jahr weniger darüber freue, dass man unweigerlich älter werde.

Er stutzte, und dann legte er los, wobei er mich anfangs trotz seiner Zurückhaltung und Schüchternheit fast am Mantelknopf näher zu sich gezogen hätte, in sein Vertrauen.

Das, was er mir zu erzählen habe, müsse ganz »unter uns« bleiben. Er erzähle es nur mir, er wisse auch nicht, warum. Er hielt inne: »Haben wir uns nicht letztes Mal geduzt?« Als ich ihm keine Antwort gab und seinen fragenden Blick in meinem stumpfen Blick ins Leere laufen ließ, sagte er: »Egal!« Also, er habe in Basel eine Veranstaltung gehabt. Und danach habe er eine Amateur-Harfenistin kennengelernt und mit der gevögelt. Nun wisse ja jeder, dass er sechzig sei. Und sie, sie sei vierundzwanzig gewesen, wie sie ihm »dabei«

gesagt habe. »Du« – er wechselte vom zwischen uns üblichen »Sie« ins »Du« –, »du, ich bin mir dabei vorgekommen wie ein Pädophiler. Sarah hieß sie übrigens. Sarah.«

Und während ich noch mit dem aufkeimenden Widerwillen kämpfte, der mich überfiel, als er mich beim Erzählen in das braune Gehege seines Bartes blicken ließ, redete er weiter. Unerbittlich. Und ich dachte, nie mehr will ich mit sexuellen Eroberungen prahlen, wenn mich jemand dabei anschauen kann, womöglich noch von Kopf bis Fuß!

Früher, sagte er, früher habe er es bei Tourneen, wenn er eine Woche unterwegs gewesen sei, jede Nacht an einem anderen Ort, so höchstens auf ein, zwei Mädchen gebracht. »Diesmal«, fuhr er fort und blinzelte mich triumphierend durch die runde Brille an, »diesmal waren es fünf. Fünf!«, rief er, für seine Verhältnisse ziemlich laut, und hob die Hand und streckte mir fünf erhobene Finger entgegen. »Und das Gute«, fuhr er fort, »und das Gute war: Sie hießen alle Sarah.« Er grinste. »So musste ich mir nicht einmal einen neuen Namen merken!«

Ich habe mich dann ziemlich schnell und ziemlich wortkarg von ihm verabschiedet. Und als wir uns nur ein paar Minuten darauf bei einer U-Bahn-Station zu treffen drohten – ich sah ihn von Weitem –, blickte ich schnell weg. Und ich glaube, er tat das Gleiche. Ich drehte mich um, hoffte, er hätte mich nicht gesehen. Nichts wie weg!

Mir war es für ihn peinlich. Hat er das nötig? Bin ich so alt, dass er es mir gegenüber nötig hatte? Was wollte er? Sich einen Ruf zulegen, dem er nicht mehr nachkommen konnte. Worte statt Taten. Und dann dachte ich erschrocken: So war er noch nie! Ist das das Alter? Und bin ich auch so? Wenn auch auf anderen Feldern. Lege ich mir Verdienstorden für fünf Abschüsse namens Sarah zu.

Das Dumme war nur: Ich würde künftig jedes Mal, wenn ich ihn träfe, an diese blöde Geschichte denken müssen. Sie würde an ihm kleben wie seine knittrigen Jeans.

Der ewige Jugendstil

> Erst geht es auf allen vieren,
> dann auf zwei Beinen,
> dann auf dreien.
> Was ist das?
>
> Der Mensch

Meine Mutter, 1910 geboren, starb mit 95 Jahren 2005. Da war ich 71 Jahre alt. Ich hatte eine sehr junge Mutter und war ein uralter Sohn. Das war einerseits Ausdruck der Tatsache, dass meine Mutter zu der Generation gehörte, die jung Kinder bekommen hatte, und andererseits, dass sie in die Generation hineinwuchs, die alt wurde und immer älter.

Irgendwann, von einem bestimmten Zeitpunkt an, kam es mir »pervers«, »unnatürlich« vor, mit über 70 Jahren noch eine Mutter zu haben; noch dazu, da ich mit 18, also als junger Sohn, radikal mein Elternhaus verlassen hatte, verlassen musste. Damals, zu Zeiten des Eisernen Vorhangs, floh ich von Ost nach West und damit gründlicher aus der mütterlichen Obhut als jedes andere Kind, das kein Waisenkind, kein verstoßenes Findelkind war.

Diese Konstellation dauerte zwar kein Jahrzehnt lang, dennoch bin ich nicht mehr in den »Schoß der Familie« zurückgekehrt.

Dass meine Mutter so alt wurde, war auch eine genetische Konstellation, zu der mich immer wieder alle beglückwünschten: Wir beneiden dich, sagten sie, wer eine so alte, geistig bewegliche Mutter hat, der sieht seine Perspektive genau vor sich – auch er wird alt.

Ich beneidete mich keineswegs, denn ich wusste, wie bewusst meine Mutter zwar noch lebte, aber wie ungern: Damit hielt sie nicht hinterm Berge. Sie empfand das hohe, das biblische Alter nicht als Segen, sie nannte es nicht ein gesegnetes Alter. Sie empfand es auch nicht als Fluch, sie haderte nicht mit ihrem Schicksal, sie fand sich stoisch – nicht ergeben! – damit ab.

Seit ich sie kannte, also etwa seit der Zeit, da sie, die mich mit 24 Jahren zur Welt gebracht hatte, vielleicht 28 oder 29 Jahre alt war, habe ich sie als jung empfunden, als sehr jung, obwohl sie da schon sehr erwachsen, sehr reif gewesen sein musste. Die wirtschaftlichen und politischen Verhältnisse erforderten das. Es gab, wie man so sagte, nichts zu lachen. Keinen Grund zum Übermut.

Trotzdem war sie unvorstellbar jung. Jung auch deshalb, weil sie das Alter, vorsichtig gesagt: nicht mochte. Ihre Jugendzeit war die Zeit der Jugendbewegung, ihr Jugendstil war der Jugendstil. Sie gehörte zu einer Jugend, die gegen die Alten revoltierte, mit Klampfe und Wandervogel, mit: »Aus grauer Städte Mauern ziehn wir durch Wald und Feld. Wer bleibt, der mag versauern, wir fahren in die Welt! Halli, hallo wir fahren, wir fahren in die Welt«.

Meine Mutter sang mir als Kind schon ein Lied vor, das sich gegen den Griesgram der Alten richtete:

> Hab mein Wagen vollgeladen,
> voll mit alten Weibsen.
> Als wir in die Stadt reinkamen
> greinten sie und keiften.
> Drum lad ich all mein Lebetage
> nie alte Weibsen auf mein Wagen ...

Und als Gegenstrophe:

> Hab mein Wagen vollgeladen,
> voll mit jungen Mädchen.

> Als wir in die Stadt reinkamen,
> sangen sie durchs Städtchen.
> Drum lad ich all mein Lebetage
> nur junge Mädchen auf mein Wagen ...

Konnte eine solche Mutter, die mir von der Grämlichkeit und Verdrießlichkeit alter Leute vorgesungen hatte, je alt werden? War sie im Alter verdrossen, weil sie nie auf einem Wagen sitzen wollte, der voll »alter Weibsen« war?

Meine Mutter wollte nie in ein Altersheim. Sie hat es trotzig geschafft. Wenn ihre Enkel zu ihr kamen, hat sie gekocht und gekocht. Noch heute erinnern die sich daran, wie sie fragte: »Willst a Würschtl?« Sie hat ihre österreichische Jugend überallhin mitgenommen.

In meiner Kinderfibel, meinem ersten Lesebuch, stand ein Rätsel. Was ist das? Erst geht es auf allen vieren, dann auf zwei Beinen, dann auf dreien? Unten stand klein, verkehrt herum gedruckt, sodass man das Buch umdrehen musste, um es lesen zu können, die Lösung: der Mensch. Als Säugling krabbelt er auf dem Boden wie ein Kriechtier; dann ist er der Zweifüßler, schließlich geht er gebückt, geknickt am Stock.

Für mich ist der Stock ein Kriterium dafür, wann es »aus« ist, weil ich alt bin. Neben den Schuhen mit Klettverschluss ist es diese Krücke, die ich eines Tages zum Gehen brauchen werde. Wie den Fahrstuhl im Einfamilienhaus, für den im Fernsehen Werbung gemacht wird.

Ich lebe jetzt offensichtlich in einer Zeit der Alten, und im Fernsehen wird eigentlich die meiste Werbung für Alte gemacht. Für die, die das Wasser nicht halten können. Für die, die Gelenkprobleme haben. Für die, die wollen, dass ihre dritten Zähne haften. Für die, die nicht alles vergessen wollen.

Bis vor einigen Jahren hieß es, Fernsehsendungen für Alte seien für die Katz. Weil die Alten nichts mehr kaufen. Keine Autos, keine Zigaretten. Kein Bier. Keine Auflaufgerichte oder Maggi-Pfannen. Keine Mode. Kein Haribo. Kein Deo. Kein Ikea.

Inzwischen stelle ich mit grimmiger Genugtuung fest, dass die Alten offensichtlich erstklassige Werbeträger geworden sind. Senta Berger zum Beispiel biegt einen Ast, nachdem sie vorher einen anderen Ast zerbrochen hat, der alt und brüchig war. Der junge Ast ist ein gelenkig gemachter alter. Du bist nicht allein!, soll diese Werbung sagen. Froh darüber wird man nicht.

In meinem ältesten Lexikon, der »Allgemeinen deutschen Real-Enzyclopaedie für die gebildeten Stände«, dem Brockhaus von 1819, steht unter dem Stichwort »Alter«: »Alter, im Allgemeinen eine bestimmte Anzahl von Jahren. Das Leben des Menschen, von seiner Geburt bis zu seinem Tode, geht durch verschiedene Epochen hindurch, welche man Lebensalter nennt und welche sowohl in physischer als in geistiger Hinsicht ihre Eigenheiten haben. Man nimmt meistens vier Lebensalter an: die Kindheit, die Jugend oder Jünglingschaft, das Mannesalter und das Greisenalter.« Man sieht, damals war der Mensch noch ein Mann, »ein Jüngling, ein Mann, ein Greis«. »Man vergleicht«, fährt das Lexikon fort, »diese (vier Lebensalter) auch nicht unpassend mit den vier Jahreszeiten.«

Frühling, Sommer, Herbst und Winter. Vom Herbst an geht's abwärts, die Tage werden kürzer, das Laub welkt. Und früher sagten jüngere Mädchen: »Hasch mich, ich bin der Frühling!« Und ältere antworteten: »Auch der Herbst hat schöne Tage!« Mag sein. Hildegard Knef, die für alle ihre Zeitgenossen das Leben im Aufstieg und Abstieg besang, fing ziemlich früh mit der Einsicht an: »Von nun an ging's bergab.« Pessimisten sagen: Der Anfang ist auch schon der Anfang vom Ende. Und das Volkslied, das uns doch trösten sollte, weiß dennoch: »Denn jedes Leben hat nur einen Mai!« Wehe, der ist schon verhagelt.

Shakespeares großer Melancholiker Jacques, der in der Komödie »Wie es Euch gefällt« aus dem Weltgetriebe, dem höfischen Glanz und Prunk in die Einsamkeit und Einsiedelei der Ardenner Wälder geflüchtet ist, betrachtet die Welt, die Menschen und ihr Treiben als ein eitles, und das heißt nichtiges (weil vergängliches), Welttheater: »Die ganze Welt ist Bühne / und alle Frau'n und Männer bloße Spieler, / Sie treten auf und gehen wieder ab.«

Ich zitiere Shakespeares Bilder und Visionen der Lebensalter in einer alten, längst kostbar gewordenen Übersetzung von August Wilhelm Schlegel. Sieben Akte also, die das Leben umfassen, begrenzen:

> Sein Leben lang spielt einer manche Rollen
> Durch sieben Akte hin. Zuerst das Kind,
> das in der Wärt'rin Armen greint und sprudelt,
> Der weinerliche Bube, der mit Bündel
> Und glattem Morgenantlitz, wie die Schnecke
> Ungern zur Schule kriecht; dann der Verliebte,
> Der wie ein Ofen seufzt, mit Jammerlied
> Auf seiner Liebsten Brau'n; dann der Soldat,
> Voll toller Flüch' und wie ein Pardel bärtig,
> Auf Ehre eifersüchtig, schnell zu Händeln,
> Bis in die Mündung der Kanone suchend
> Die Seifenblase Ruhm. Und dann der Richter,
> Im runden Bauche, mit Kapaun gestopft,
> Mit strengem Blick und regelrechtem Bart,
> Voll weiser Sprüch' und neuester Exempel
> Spielt seine Rolle so. Das sechste Alter
> Macht den besockten hagern Pantalon,
> Brill' auf der Nase, Beutel an der Seite;
> Die jugendliche Hose, wohl geschont,
> 'Ne Welt zu weit für die verschrumpften Lenden;
> Die tiefe Männerstimme, umgewandelt

> Zum kindischen Diskante, pfeift und quäkt
> In seinem Ton. Der letzte Akt, mit dem
> Die seltsam wechselnde Geschichte schließt,
> Ist zweite Kindheit, gänzliches Vergessen
> Ohn' Augen, ohne Zahn, Geschmack und alles.

Schon beim Lesen der beiden letzten Lebensstufen erfasst einen Heulen und Zähneklappern. Doch wollen wir nicht übertreiben, und deshalb sage ich: müsste einen (eigentlich!) Heulen und Zähneklappern erfassen. Und doch erkenne ich in der romantischen Übersetzung, die rund zweihundert Lebensjahre auf dem Buckel hat, die heutige Angewohnheit, auch noch im Alter die »jugendliche Hose« zu tragen, »'ne Welt zu weit für die verschrumpften Lenden«. Sind das nicht die Bluejeans, die, einst Protestkleidung einer jugendlichen Moderevolte, inzwischen nicht nur »verschrumpfte Lenden«, sondern auch eingefallene Ärsche und Hängebäuche bis ins Alter umkleiden, so als wäre das ewige Jungsein eine ewige Maskerade, ein zwar verschlissenes, aber dauerhaftes Kostüm, bevor wir in die »zweite Kindheit« des »gänzlichen Vergessens« abtauchen – eine Altersstufe, in der wir uns an den Tod langsam gewöhnen, uns vorbereiten sollen. Die Vorstufe des Erlöschens.

Kein Zweifel. Der alte Mensch, der alte Mann ist, bevor er ins hilflose Kindisch-Sein zurückfällt, eine komische Figur mit falscher Stimme, borniert, oft verliebt, immer geprellt, wahrscheinlich weil er über seine körperlichen und geistigen Verhältnisse lebt. Und in zu jungen Hosen, mit der Brille auf der Nase und einem prallen Geldbeutel. Wir kennen Pantalone heute: Er trägt Jeans oder Freizeithosen und schnauft in Turnschuhen über den Joggingparcours. Shakespeare beschönigt nichts. Und auch dass dieser Typ komisch ist, bedeutet keine Gnade, keine Begnadigung. Wird er ernst genommen und zum Helden der Tragödie, dann heißt er König Lear, weiß alles besser, hat im Alter aber noch nichts gelernt, bezahlt dafür mit

Blindheit, Verstoßenwerden und dem Tod und blickt vorher noch im Beckett'schen Nihilismus, ach, was sag ich, in Shakespeare'schem Nihilismus auf die Welt und ihre Lebensbühne.

Das Alter, seine Gebrechen, sein Starrsinn und seine Ungelenkigkeit, die Vorstufen des Erlöschens, sein allmähliches der Welt-abhanden-Kommen machen uns Angst. Die Stufe der zweiten Kindlichkeit hat alles vom Schrecken, nichts vom Charme der ersten. Der Brockhaus von 1819 ähnelt in der Beschreibung der Symptome nicht nur Shakespeare, er ähnelt auch den Diagnosen, wie sie Horaz in seiner »Ars poetica« beschrieb. Er sieht den Alten, die Alten, vorwiegend als Schwärmer für das Gestern. Er nennt den Alten, Vers 173, den Laudator temporis acti, den Lobhudler abgelebter Zeiten.

Für die vorletzte Strophe billigt das Lexikon dem Alter noch Gewinn bei allen Verlusten zu: »Die gesammelten Ideen werden verarbeitet, der Geist wird veredelt, die Urteilskraft wächst und wird freier von den sie vorher befangenden Sinnlichkeiten ...«

Schön wär's, doch traue ich da mehr den Erfahrungen meines Lieblingsautors Nestroy, weil sie meinen ähnlicher sind, was die Befreiung von den »sie vorher befangenden Sinnlichkeiten« anlangt.

> ... die Gefühle bleiben sich gleich und werden im Alter noch heftiger, weil sie keine rechte Erwiderung finden! Das ist grad als wie einer, der einen Hering isst und nix z'trinken kriegt.

Nach außen einen besonnten Lebensherbst, Zeitung lesen, im Wald spazieren gehen, Karten spielen, das Gleiche im Sommer in Ischl statt im schönen Graz. Drinnen aber ein Verdurstender ...

Aber geben wir wieder dem Brockhaus von 1819 sein begütigendes, besänftigendes Wort über den Herbst des Lebens: »So wie der Körper abwärts geht, hebt sich der Geist desto höher; die Vernunft zeigt sich in ihrem reinsten Licht.«

Dann aber geht's ohne Beschwichtigungen bergab. In den Winter. »Im Alter nehmen die Äußerungen der Seelenvermögen in dem Grade ab, als die Maschine dazu an Tauglichkeit verliert, ohne daß jedoch die Vernunft selbst von ihrer Höhe herabsteigen muß. Im Gegenteil scheint diese bei dem an Körper und Geist gesunden Greise sich immer mehr von den irdischen Schlacken zu reinigen und von den Verhältnissen des Lebens unabhängiger zu werden. Dagegen werden auch moralische Fehler durch die zunehmende Schwäche des Greisenalters desto hervorstechender. Besonders will Ehrsucht und Geldgeiz, Neid auf die Vorzüge und Freuden der Jugend, Tadelsucht, Geschwätzigkeit, Festhalten an vorgefaßten Meinungen, Krittelei und murrköpfiges Wesen sich herrschend machen.«

Schöne Aussichten, denke ich, während ich das niederschreibe: »Neid, Geschwätzigkeit, Festhalten an vorgefaßten Meinungen, Krittelei und murrköpfiges Wesen.« Schon beim Zuhören wird man zum Murrkopf, ob man will oder nicht.

Und je weniger man sich Hoffnung auf eine Zukunft auszumalen wagt, umso mehr gehen die Gedanken zurück und verbittern frühere Erinnerungen.

Jetzt, im kalten Winter, sah ich auf einem kleinen zugefrorenen Weiher Schlittschuh laufende Kinder mit ihren Müttern und Vätern, die sie an der Hand hielten oder lachend aufhoben, wenn die schreiend und kreischend gefallen waren. Und meine Erinnerung übersprang die Zeit, wo meine Frau mit meinen Kindern auf dem gleichen Weiher Schlittschuh fuhr, während ich vom sicheren Ufer zusah, mich fröhlicher gebend, als ich es war. Und dann landete ich in meiner Kindheit. Ich bin sieben Jahre alt, bin allein mit Schlittschuhen auf einem Eisplatz, wo alle tollen, tanzen, gleiten, zusammen, allein. Es ist Krieg, deshalb habe ich keine Schlittschuhe wie meine Kinder, sondern nur Kufen, die man mit einem Schlüssel an den Schuhen festdrehen kann, was mir viel Mühe macht, auch weil ich es allein machen muss. Und dann halten die Kufen nicht, und als sie halten, stakse ich unbeholfen aufs Eis, stolpere über meine Schlittschuhe ... Und wenn ich endlich losgleite, komme ich aus dem Gleichgewicht und setze mich auf den Hintern; es tut weh. Ich stehe wieder auf, setze mich wieder auf den Steiß, fange an zu weinen, gebe auf ...

Jetzt, als ich das denke, ist meine Mutter schon ein Jahr tot. Und es ist, als ob ich es zum ersten Mal wagte, weiter zu denken. Daran, dass mir meine Mutter erzählt hat, wie sie sich in meinen Vater und mein Vater sich in sie beim Eislaufen verliebt hat. Und wie mein Vater jetzt im Krieg ist und mir weder das Skifahren (er war ein großartiger Skifahrer) noch das Eislaufen beibringen konnte und wollte. Und wie meine Mutter, mit der ich doch die ersten fünf Jahre allein war, woran ich mich aber kaum erinnere, auf einmal ein Geschwisterchen nach dem anderen auf die Welt brachte, Bruder, Schwester, Schwester ... und wie sie keine Zeit für mich hatte. Und ich deshalb bis heute nicht Schlittschuh laufen kann, jetzt, wo ich es sowieso nicht mehr könnte, selbst wenn ich es früher gut beherrscht hätte.

Und meine Gedanken laufen weiter, und sie klagen meine Mutter an, die tot ist – nie hätte ich gewagt, ihr das zu sagen, nicht einmal zu denken, auch nicht, als sie schon abgewandert war ins störrische Alter –, jetzt also denke ich: Hat sie dich, den Ältesten, als sie mit den Kleineren pausenlos zu tun hatte, nicht immer abgeschoben? Jedes Wochenende zu einem kinderlosen Freundespaar in eine Villa am Stadtrand. Und wollten die beiden dich nicht adoptieren? Und hat deine Mutter dir das nicht lachend erzählt, scheinbar zum Scherz, aber in Wahrheit doch mit prüfendem Ernst? Und dann kommt dieser übliche starre Altersgedanke: Bin ich deshalb so, wie ich bin, lieblos, liebeleer?

Als ich mit meinem zwanzigjährigen Sohn zusammen bin, erzähle ich ihm davon. Nicht alles, nur vom Schlittschuhfahren. Und dass ich es nicht gelernt hätte, weil meine Mutter, die doch eine so selige Schlittschuhläuferin war, dass sie und mein Vater eigentlich nur deshalb geheiratet hätten, mir das Schlittschuhlaufen nicht beigebracht hat. Aber da lacht mein Sohn und sagt: Aber ich kann es auch nicht und setze mich wie du immer auf den Arsch, obwohl meine Mutter es mir mit viel Geduld beigebracht hat. Und wieso kann das nur meine Schwester? Und da merke ich, wie alt meine rückwärtsgewandten Gedanken sind. Und dass ich mir einbilde, ein Eiskunstläufer sei an mir verloren gegangen, nur weil meine Mutter keine Zeit hatte. Und ein Ski-Olympia-Läufer, bloß weil mein Vater ...

Schlafes Bruder

> Sterben – schlafen –
> Nichts weiter! Und zu wissen, daß ein Schlaf
> Das Herzweh und die tausend Stöße endet,
> Die unsers Fleisches Erbteil, 's ist ein Ziel,
> Aufs innigste zu wünschen.
>
> Shakespeare, »Hamlet«

»Schlafes Bruder« heißt ein Roman von Robert Schneider, der 1992 ein Bestsellererfolg war, weil jeder Leser mit dem Titel das beunruhigend beruhigende Traumpaar Tod und Schlaf assoziiert. Der Tod ein Schlaf, der Tod ein Traum – auf Spanisch gibt es für Traum und Schlaf nur ein Wort: sueño; bei »Hamlet« heißt es: »Schlafen! Vielleicht auch träumen, was in *dem* Schlaf für Träume kommen mögen ...« Ich denke wieder darüber nach, ob das Schlimmere am Tod die unbekannten Träume sind, die wir ihm zutrauen, wenn er uns in seinen Griff nimmt. Oder ob es die Furcht, ja die Panik vor einem traumlosen Schlaf ist, die uns bei der Vorstellung vom Tod ergreift. »Sterben – schlafen – schlafen ...«, sinniert Hamlet und hält diese Angst vor der Ungewissheit für die größte Hemmschwelle, die uns, wir mögen noch so lebensmüde, verzweifelt, krank, unglücklich, gepeinigt, gescheitert sein, ja sogar in einer bösen, verbrecherischen Welt leben, davon abhält, selbst Hand an das eigene Leben zu legen:

> Sein oder Nichtsein; das ist hier die Frage:
> Obs edler im Gemüt, die Pfeil und Schleudern
> Des wütenden Geschicks erdulden oder,
> Sich waffnend gegen eine See von Plagen,
> Durch Widerstand sie enden? Sterben – schlafen –
> Nichts weiter! Und zu wissen, daß ein Schlaf
> Das Herzweh und die tausend Stöße endet,
> Die unsers Fleisches Erbteil, 's ist ein Ziel,
> Aufs innigste zu wünschen. Sterben – schlafen –
> Schlafen! Vielleicht auch träumen! Ja, da liegts:
> Was in dem Schlaf für Träume kommen mögen,
> Wenn wir die irdische Verstrickung lösten,
> Das zwingt uns stillzustehn. Das ist die Rücksicht,
> Die Elend läßt zu hohen Jahren kommen.
> Denn wer ertrüg der Zeiten Spott und Geißel,
> Des Mächtigen Druck, des Stolzen Mißhandlungen,
> Verschmähter Liebe Pein, des Rechtes Aufschub,
> Den Übermut der Ämter und die Schmach,
> Die Unwert schweigendem Verdienst erweist,
> Wenn er sich selbst in Ruhstand setzen könnte
> Mit einer Nadel bloß? Wer trüge Lasten
> Und stöhnt' und schwitzte unter Lebensmüh?
> Nur daß die Furcht vor etwas nach dem Tod,
> Das unentdeckte Land, von des Bezirk
> Kein Wandrer wiederkehrt, den Willen irrt,
> Daß wir die Übel, die wir haben, lieber
> Ertragen als zu unbekannten fliehn.

Sein oder Nichtsein – auf diese am stärksten beunruhigende Alternative hat Shakespeare die Grenze, den Übergang vom Leben zum Tod, formuliert. Das Nichtwissen über den Zustand danach – da mag es noch so viele besänftigend traurige, beunruhigende Mythen geben – ist etwas, was uns noch inmitten der äußersten Lethargie in eine nervöse Unruhe versetzt. Vielleicht löscht der Vor-Tod (der Vorruhestand des Lebens) aus diesem Grund bei vielen Vergreisenden das Gedächtnis und den Verstand: um ihnen diese ängstliche Unruhe vor der Ungewissheit zu ersparen. »Warum ist etwas und nicht vielmehr nichts?« Diese Frage Heideggers ist allein in der Lage, uns in panische Schlaflosigkeit zu versetzen.

Ich erinnere mich, glücklicherweise nur dunkel, wie schrecklich in meiner Kindheit die »abstrakten« Träume waren, die keinen greifbaren Inhalt hatten. Von nichts in blubbernden Farbblasen, in geometrischen Figuren, in Hellräumen zu träumen, in denen hohle Nichtstimmen nichts sagten, wie in gespenstischen Grotten oder figurenentleerten Geisterbahnen – das schien furchtbarer als greifbare Träume, in denen ich versagte, nicht am gesteckten Ziel ankam, das mir Aufgegebene nicht erreichte, es womöglich aus sündigem Nichtsnutz versäumte. Schlimmer auch als greifbare Träume, in denen mich Räuber raubten, Diebe bestahlen, Peiniger folterten, Schuldgefühle heimsuchten. Vielleicht, so denke ich heute und lasse die Gedanken verschwommen bleiben, ohne die optische Schärfe zu justieren, waren diese beunruhigend gestaltlosen Träume, die mich wie in Panik aus dem Schlaf trieben, so etwas wie erste unbewusste Todesahnungen. Besser: Ahnungen davon, dass sich der Tod nicht einmal ahnen lässt. Keinem Psychoanalytiker oder Traumdeuter könnte ich sie erzählen. Selbst wenn ich mich ihnen anvertrauen wollte, würden sie keine unterdrückten Mutterschändungs-Phantasien, Vatermord-Absichten, Kastrationsängste entdecken. Das Einzige, was ich heute in diesen vorpubertären Träumen zu entdecken glaube, ist: die Ahnung vom Tod.

Später habe ich mein Leben lang in meinen Träumen die Traumstruktur der Romane und Erzählungen Kafkas entdeckt und festgestellt, dass der Verlauf meiner Träume, schon bevor ich irgendetwas von Kafka gelesen hatte, auf seine Gesellschafts- und Kulturerfahrungen angelegt war. Schuld war Versagen; anstatt mich auf meinen Prozess vorzubereiten, landete ich bei Fräulein Bürstner, von der ich immer schon wusste, warum sie so hieß; anstatt mir die Beamten vom Schloss gewogen zu machen, warf ich mich, auf dem Weg zu ihnen, schleckend und schmatzend, sie mit den Beinen umschlingend, auf die Schankkellnerin Frieda.

Immer kurz vor dem entscheidenden Moment versäumte ich etwas, verlor mich in den warmen Dunkelheiten von haarigen Achselhöhlen oder tauchte meine Zunge zwischen feuchte, hingebungsvolle Lippen und Schamlippen. Ich kann gar nicht zählen, wie oft ich mein Abitur im Traum versäumt habe, weil mich auf dem Weg zur Prüfung etwas ablenkte, mich vom Weg abbrachte. Und kurz vor der Erfüllung meiner verbotenen Wünsche (die mich doch am Fortkommen, am Bestehen der Prüfungen des Lebens hinderten, und die deshalb verboten, das heißt: nicht geboten schienen) trieb mich mein boshafter Traumteufel aus dem Schlaf. Ich taumelte in eine dumpfe Wachheit, in der vom Traum nur Kopfschmerzen und Schuldgefühle blieben. Wieder hatte ich versagt, wieder den falschen Zug genommen, wieder die Hauptstraße nicht erreicht, wieder den falschen Vortrag auf die Reise mitgenommen und stand mit falschem Text vor dem erwartungsvollen Auditorium, wieder mich irgendwo verplempert: und das ein Leben lang.

Träume sind für andere, denen man sie zu erzählen versucht, lästig uninteressant. Einmal, weil man sie gleich nach dem Erwachen gnädig vergisst und sie daher sofort falsch erzählt, ungenau rekonstruiert, vielleicht weil sie unser waches Bewusstsein nur so aushält, will heißen: erträgt.

Kafkas Schärfe des Traum-Erinnerns, seine Fähigkeit, die Träume mit einer solchen juristischen Präzision zu schildern, dass sie zu Fällen in der Wirklichkeit werden, handhabbar für Plädoyers, Urteile, Schuldsprüche, geht uns anderen ebenso ab wie seine Fähigkeit, im Individuellen das Kollektive abzubilden, im Privaten das Allgemeine zu fassen: So träumte damals Prag die Welt, das Leben ein Traum, das Leben ein Schlaf, la vida un sueño.

Ich kann solche »kollektiven« Traumerfahrungen nur sehr kursorisch rekonstruieren, nicht wie Kafka in der »Verwandlung«: »Als Gregor Samsa eines Morgens aus unruhigen Träumen erwachte, fand er sich in seinem Bett zu einem ungeheueren Ungeziefer verwandelt«, oder im »Prozess«: »Jemand musste Josef K. verleumdet haben, denn ohne, dass er etwas Böses getan hätte, wurde er eines Morgens verhaftet«, oder in der längst zur geflügelten Quintessenz gewordenen Einsicht im »Landarzt«. »Einmal dem Fehlläuten der Nachtglocke gefolgt – es ist niemals gutzumachen.«

Also weiß ich im Rückblick, warum ich als Heranwachsender so oft geträumt habe, dass ich jemanden ermordet, totgeschlagen, umgebracht oder aus Versehen getötet habe. Und das Furchtbarste war die Angst: Mein Gott, wenn das rauskommt, bin ich verloren. Und auch wenn es nicht morgen entdeckt wird, oder übermorgen oder in einem Monat oder einem Jahr, sondern erst in dreißig, vierzig, fünfzig Jahren, ja bis zum Grab, stirbt er – »Wie ein Hund« (Kafka), »es war, als sollte die Scham ihn überleben.« Es ist nie wieder abzuwaschen. Und die Erleichterung, wenn ich aufwachte und mir heiter klarmachte: Du hast ja gar niemanden getötet, niemand kann dich verfolgen, zur Verantwortung ziehen.

Diese Träume handelten nicht nur von der sprichwörtlichen »Leiche im Keller«, dem »Skelett im Schrank«. Sie waren auch der Nazizeit nachgeträumt, wo ganze Generationen versuchten, die Leichen zu verstecken, und von der Angst heimgesucht waren, es könnte aufkommen, herauskommen, aufgedeckt werden. Und der Traum fiel in die »Verjährungsdebatte«. Mord sollte nicht verjähren – solange sich Nazis noch verstecken könnten in aller Welt.

Kafka hat deutlich gemacht, dass der Schrecken, ohne sich zu verlieren, auch komisch ist, wenn man ihn nur mit absoluter Logik und Präzision erzählen kann. Es sind die Träume eines jungen Mannes, der ankommen will und der sich von der Welt der Alten verurteilt sieht.

Ich habe vor ein paar Tagen, in einem Alter, das Kafka nicht im Entferntesten bestimmt war, einen Traum gehabt, der buchstäblich in einen Slapstick überging, als ich aus ihm gestoßen wurde, im wahrsten Sinne des Wortes.

Es war ein Alterstraum, der sich aus der Angst vor den Jungen nährte. Gespeist war er von Nachrichten der Woche. So war zum Beispiel Charles Taylor, der Ex-Diktator von Liberia, gerade verhaftet worden. Und es war zu lesen und zu hören, dass er seinen blutigen Terror mithilfe von Kindersoldaten, einer Armee von blutrünstigen Zehn- bis Vierzehnjährigen, ausgeübt hatte, die mit kindlicher Grausamkeit ihre Kalaschnikows auf alles, was sich ihnen in den Weg stellte, richteten: Sie mähten die Feinde ohne Erbarmen nieder, wie kriminelle Jugendbanden waren sie von skrupelloser, ungebremster Grausamkeit.

Zur gleichen Zeit hatten die Lehrer an der Rütli-Schule in Neukölln vor dem Bandenwesen an ihrer Schule kapituliert. Und, im Zusammenhang mit der Diskussion darüber, ob die Deutschen überaltert aussterben könnten, wurde veröffentlicht, dass im Iran über die Hälfte der Bevölkerung unter achtzehn Jahre alt und dort eine besonders aggressive männlich-islamische Jugendrevolte im Gange sei. Die Bevölkerung hat sich in nur dreißig Jahren verdoppelt. Auch die Palästinenser haben sich explosionsartig verjüngt und vermehrt. Standen dem Staat Israel bei seiner Gründung 500 000 Palästinenser gegenüber, so sind es jetzt drei Millionen. Junge Männer sind Selbstmordattentäter, ihnen wird versprochen, im Paradies mit Jungfrauen belohnt zu werden, die Erfüllung ihrer sexuellen Wünsche erreichen sie erst mit ihrem Tod, in den sie möglichst viele Feinde mitzureißen versuchen. In den französischen Vorstädten waren es Kinder und Halbwüchsige, die gegen den alterserstarrten Staat anrannten. Und so weiter und so fort.

Jedenfalls spiegelte mein Traum diese Vision eines Krieges der Generationen wider. Angesichts einer bevorstehenden Reise nach Indonesien, wo sich eine blutjunge muslimische Mehrheit ständig militant radikalisiert, waren diese Vorstellungen offenkundig bis in die dunklen Tiefen des Traummeeres vorgedrungen.

Ich ging jedenfalls eine helle, schattenlose Straße entlang, die in erbarmungslos gleißender Hitze lag. Plötzlich wurde ich von Kindern und Halbwüchsigen aus dem Hinterhalt, aus verborgenen Seitenstraßen, mit Knallkörpern und Raketen wie zu Silvester beworfen. Vor meinen Füßen landeten albernerweise Kerzenstummel, die noch nach dem Wurf flackerten wie Lebenslichter kurz vor dem Erlöschen in dem Grimm'schen Märchen vom Gevatter Tod.

Plötzlich überfiel mich ein kleiner Junge (ihn hatte ich hundertfach auf islamischen Demonstrationen gesehen, schön und wild wie in einem Pasolini-Film), umklammerte mich und verbiss sich in meinen Oberarm. Ich war hilflos in der Umklammerung, und er schrie und winkte mit dem freien Arm (merkwürdigerweise konnte er schreien und winken, obwohl er mich doch umklammert hielt und sich an mir festgebissen hatte) seine Horde von jugendlichen Mitkämpfern herbei. Sie kamen aus ihren Verstecken und begannen mich einzukreisen, meine Ausweglosigkeit wurde immer bedrohlicher, ich schien wie gelähmt. Aber die Verzweiflung gab mir Kraft, ich konnte meinen rechten Arm lösen. Und schlug dem mich Umklammernden, ehe seine Mitkrieger mich erreicht hatten, voll mit der Faust ins Gesicht ...

Von dem Schlag wachte ich auf und spürte einen heftigen Schmerz. Ich hatte mir, zum ersten Mal in meinem langen Traumleben, selber die Faust auf die Nase gesetzt. Als ich Licht machte, sah ich Blut; rote Tropfen auf der Bettdecke zeigten den Erfolg meines Faustschlages. Neben dem Bett, wo sich gelesene und ungelesene Bücher stapeln, waren etliche Exemplare heruntergefallen. Ebenso der Wecker, der oben auf dem Stapel gestanden hatte. Von dem Lärm war auch meine Frau aufgewacht und fragte schlaftrunken, was denn nun passiert sei. Als ich ihr von meiner energischen Errettung aus den Fängen der Kindersoldaten berichtete, fragte sie, was ich denn künftig gegen diese Art von Traumarbeit zu tun gedächte.

Ich drückte mir ein Tempotaschentuch gegen die Nase, um nicht im Sieg doch noch zu verbluten. Ich werde künftig mit Boxhandschuhen schlafen, schlug ich vor. Um mir nicht das Nasenbein zu zertrümmern. Oder, scherzte ich bitter, in einer Zwangsjacke. Dann aber kann ich den Kampf gegen die junge Übermacht der Zukunft nur noch verlieren.

Ich hoffe, das wird keine neue Angewohnheit, sagte meine Frau.

Habe ich das je schon vorher gemacht?, fragte ich mit rhetorischer Entrüstung.

Einmal ist immer das erste Mal!, sagte meine Frau.

Mir fiel Freuds Traumdeutung ein, in der der Traum, zunächst und zuerst, der Hüter des Schlafes ist. Er gaukelt zum Beispiel dem durstigen Zecher, der zu spät ins Bett gekommen ist und nun unter einem ungeheuren Durst leidet, solange es geht und solange sich der Schlafende betrügen lässt, vor, er liege an einer sprudelnden Bergquelle und trinke das frische Nass in durstigen Zügen. Das geht so lange gut, bis sich die Physis gegen die Psyche durchsetzt.

In Zuchtanstalten wie Internatsschulen oder Schullandheimen werden auf die gleiche Weise Bettnässer produziert. Da die Schlafzeiten hier immer zu kurz gehalten werden, gaukelt der Traum dem Übermüdeten vor, er habe die rettende Toilette erreicht, ohne das warme Bett verlassen zu müssen.

Ich liebe in diesem Zusammenhang eine Bettnässergeschichte, die sich über die Erfolge der Psychoanalyse spöttisch hermacht. Da gesteht ein Erwachsener seinem Hausarzt, dass er sich so schrecklich schäme, weil er immer noch ins Bett nässe, obwohl seine Internatszeit doch längst vorbei sei. Der Arzt schickt ihn zu einem bekannten Psychoanalytiker, der werde ihn von dem Übel befreien. Mehrere

Monate später fragt er seinen Patienten, ob denn die psychoanalytische Behandlung bereits Erfolge zeitige.

Ja, sagt der Patient, sie ist erfolgreich.

Sie nässen also nicht mehr das Bett?, fragt der Arzt.

Doch, doch, sagt der Patient, aber ich schäme mich nicht mehr deswegen.

Mir scheint diese Psychoanalytiker-Geschichte eine Lehre für das Alter zu enthalten: Man sollte sich mit seinen Schwächen, wenn man sie nicht mehr ändern kann, befriedet und besänftigt abfinden: »Glücklich ist, wer vergisst, was doch nicht zu ändern ist.« Mein Motto, das Motto der »Fledermaus«, für die Toleranz im Alter den eigenen Gebrechen gegenüber. Das soll aber kein Plädoyer für eine wachsende Zahl alter und glücklicher Bettnässer sein.

Solange man jung ist, ist der Traum der Hüter des Schlafs. Im Alter hatte sich, mit einem Faustschlag ins eigene Gesicht, bei mir der Hüter in einen Schlafzerstörer verwandelt. Ich war ein kämpferischer grauer Panther an der Altersfront geworden, den die Jungen nicht im Schlaf überwältigen sollten. Ich, es, er wollte(n) nicht schlafend überrascht werden.

Dazu hat mir Billy Wilder zwei Schlafgeschichten aus seinem Leben erzählt, die den Unterschied zwischen Jungsein und Altwerden anschaulich machen. Als junger, mittelloser Journalist habe er in Berlin zur Untermiete am Viktoria-Luise-Platz gewohnt. Sein Zimmer habe direkt neben einer Toilette mit einer defekten Spülung gelegen, die ganze Nacht habe das Wasser gerauscht; er habe nicht einschlafen können. Jedenfalls so lange nicht, bis er sich in eine Traumwelt wegphantasiert habe. Also habe er sich ausgemalt, die ständig rauschende Toilette sei keine Toilette, sondern ein klarer, sprudelnder Gebirgsquell in den Alpen. Und er liege nah bei der Quelle auf einer duftigen Wiese oder in einer Almhütte. Beseligt sei er mit diesen Wunschvorstellungen eingeschlafen.

Jahrzehnte später, Wilder war ein erfolgreicher, ja weltberühmter

Filmemacher, habe er zusammen mit Sam Goldwyn in Österreich in Bad Gastein Ferien gemacht. In einem luxuriösen Hotel. Und wieder habe er nicht einschlafen können. Sein Zimmer habe nahe bei einem rauschenden Wasserfall gelegen. Aber er habe diesmal unter der Vorstellung gelitten, er liege in einem Zimmer neben einer defekten Toilette.

Die Geschichte vom Wasserfall in Bad Gastein und der nächtelang rauschenden Toilette am Viktoria-Luise-Platz ist ein einprägsames Exempel dafür, dass das Alter griesgrämig macht, übellaunig und schlaflos. Das Erschwerende an der Altersschlaflosigkeit, die häufiger eine eingebildete als eine durchlittene Krankheit ist, besteht auch darin, dass sie mir als der einzige Zustand erscheint, bei dem man zu zweit noch einsamer ist als allein. Während meine Frau mit ruhigen Atemzügen neben mir schläft, sich ab und zu wohlig von einer Seite auf die andere dreht, dann wieder das gleichmäßige, den Tiefschlaf verratende Atmen aufnimmt, wälze ich mich unruhig hin und her, finde die Decke zu warm und friere, wenn ich sie von mir schiebe oder ein Bein herausstrecke. Und ich beneide meine Frau nicht nur um ihren Schlaf, sondern habe auch Angst, sie durch meine schlaflose Unrast aus diesem Schlaf zu reißen. Da bin ich auch zu zweit allein. Aber stimmt das? Notfalls, aber nur im äußersten Notfall, könnte ich sie aus dem Schlaf reißen, wenn es gar nicht mehr anders ginge. Aber ich möchte mir nicht gern vorstellen, dass dieser Fall wirklich eintritt.

»Der Starke ist am mächtigsten allein.« Diese Quintessenz des selbstbewussten Eigenbrötlers und Armbrustattentäters Wilhelm Tell gilt nicht einmal für die scheinbar kernige Zeit des besten Mannesalters. Ich bin sicher, dass Tell hervorragend schläft und dabei so kräftig schnarcht, dass seine Frau nicht schlafen kann. Meine Frau sagt, ich schnarche nur, wenn ich am Abend zuvor zu viel getrunken habe. Ich glaube, das ist ein pädagogisch gemeinter Satz. So wie der Satz, dass meine Zigarre stinkt, ekelhaft stinkt. Obwohl sie das auch wirklich so empfindet, als ekelhaft, will sie mit ihrem Abscheu auch meiner Gesundheit dienlich sein. So ist es. Und so lege ich mir das zurecht. Ich bin eben nicht griesgrämig und alt. Jedenfalls nicht immer. Ich kann einen Wasserfall noch von einer Toilette unterscheiden. Einschlafen kann ich, manchmal, trotzdem nicht. Meine Frau behauptet, ich schlafe wie ein Stein. Sie sagt, ältere Menschen, besonders Männer, seien Hypochonder.

Ich denke, Hypochondrie ist eine Form von Lebenserfahrung, die man früher Altersweisheit genannt hat. Altersweisheit! Shakespeare, der große Menschenkenner, hat altersweise Männer beschrieben. Den aus Erfahrung verbitterten Shylock, den am Schluss seine Tochter verrät. Den närrischen Polonius, einen Spitzel und Schwätzer, der eines macht, was alte Leute gerne machen: Er redet zu viel. Er redet andere um Kopf und Kragen. Er spitzelt und diensteifert sich zu Tode. Er ist ein uneinsichtiger Anpasser, der den anderen nach dem Munde redet und immer glaubt, recht zu behalten. Ein alter Narr. Oder Lear! Wenn man erst durch so viel Schaden altersweise wird, ist, wie eine heutige Redensart sagt, alles zu spät. Bei Shakespeare ist im Alter alles zu spät. Bleibt Prospero. Aber der kann zaubern, der lässt zaubern. Das gilt nicht.

Die Schlaflosigkeit des Alters ist nicht darin begründet, dass alte Leute Angst haben, einzuschlafen, um dann nicht mehr aufzuwachen. Man sagt ja, dass dies der schönste Tod sei. Entschlafen heißt es, sanft entschlafen! Aber will man den nach der Geburt wichtigsten Moment wirklich verschlafen? Nachdem man schon die Geburt versäumt hat, worüber man später mit albernen Kindergeburtstagen hinweggetröstet wird. Bewusst leben heißt auch bewusst sterben. Statt »sanft entschlafen«, nach »langer, schwerer, geduldig ertragener Krankheit«? Bitte keine Alternativen, wo es keine Alternativen gibt. Der Tod ist kein Wahltag, er ist der Einzige, der ein Kreuz macht.

Nein, die Schlaflosigkeit resultiert (auch) aus der lebenslangen

Erfahrung damit, was einen alles schlaflos machen kann. Liebeskummer (»Schlaflos in Seattle«), Trennungsschmerz, ein gezogener Weisheitszahn, die berufliche Katastrophe, die Schuldenfalle, die sich vor einem auftut. Das zu schwere Essen – mein Gott, habe ich einen Fehler gemacht, stöhnt man, während man sich im Bett wälzt. Und weiß, dass man durch Schaden nicht klug wird.

Im Alter problematisiert sich alles. Ohne Licht kann ich nicht schlafen. Mit diesem Licht kann ich nicht schlafen! Diese Geräusche! Dieses Kissen bringt mich um den Verstand. Es ist zu warm, es ist zu kalt. Die Matratze ist zu hart, zu weich. Das Bett steht nicht im richtigen Magnetfeld. Der Schlaflose repetiert seine Versäumnisse, die Schamröte über Erniedrigendes steigt einem im Dunkeln als Hitze ins Gesicht. Man formuliert Antworten für morgen, die einem gestern nicht eingefallen sind. Man entwirft Dialoge, Repliken, man ist Schiller: »Und er wirft ihr den Handschuh ins Gesicht: ›Den Dank, Dame, begehr ich nicht!‹« Den Dank, Dame, großartig! Begehr ich nicht! Epochal. Den Dank, Dame, begehr ich nicht! Wenn doch der Satz endlich einmal passen würde. Anstatt: Also, Erika, ich muss dir einmal ehrlich sagen, sei mir nicht böse ... Stattdessen: Den Dank, Dame, begehr ich nicht! Oder: Sire, geben Sie Gedankenfreiheit! Oder: Sire, geben Sie Gehaltserhöhung! Oder Norbert Blüm: Die Rente ist sicher! Arm in Arm mit dir vors Blutgerüst!

Im Alter fallen einem des Nachts all die Sätze ein, die man in der Jugend hätte sagen sollen. Dafür fallen einem die Haltungen nicht mehr ein, die sofort zum Schlaf geführt haben. War es rechts in Babybeuge, den linken Arm angewinkelt unter dem gefalteten Kissen, den rechten Fuß unter der Bettdecke hervorgestreckt, das Ganze nur in Boxershorts?

Es gibt Menschen, die noch im Alter, oder erst recht im Alter!, ohne ihre Stofftiere nicht einschlafen können. Sie müssen sich mit ihren Kindheitsgewohnheiten in den Schlaf schnüffeln, brauchen den felligen Geruch ihrer verwitterten, verschlissenen, schütter gewordenen Teddybären, um wenigstens in die selige, weil traumlose Schlafstimmung ihrer Kindheit regredieren zu können.

Doch dann stellt sich dem Schlaf, der sich schon mit der wohltuenden Lähmung der Müdigkeit angekündigt hatte, wie ein jäher Riss ein erwachendes Erschrecken in den Weg, es ist wie ein Muskelzucken, das die Müdigkeit aus allen Gliedern scheucht, meist der Blitz eines absurden Gedankens, der sich im Moment seines Entstehens schon nicht mehr an sich selbst erinnern kann und nur dadurch mit hohlwangigem Grinsen lebendig bleibt, weil er den Schlaf ermordet hat.

Ich habe diesen Moment immer in der Geschichte von einem alten, schmalen, weißhaarigen Mann, der einen langen weißen Bart hatte wie ein weiser orientalischer alter Mann, dingfest zu machen versucht. Noch nicht Bin Laden! Noch kein Hassprediger! Er hatte, noch frei vom Bösen, etwas Abgeklärtes, etwas aus dem Alten Testament, aus den Geschichten von Tausendundeiner Nacht, etwas vom Sultan und von Nathan dem Weisen. Der weiße lange Bart war nicht fransig, sondern leicht gewellt.

Neulich, beim Flug von Frankfurt nach Singapur, saß er, leibhaftig, im Flugzeug schräg hinter mir, ich sah ihn beim Einsteigen flüchtig, dann wieder, als ich während des Fluges auf die Toilette ging. Er hatte einen auffällig langen Bart, so wie man ihn sonst nur bei Wettbewerben oder Weltmeisterschaften um den schönsten Bart sieht, wo es um Backenbärte à la Kaiser Franz Joseph geht oder um den Nietzsche-Schnurrbart »Genie und Wahnsinn«, die Knebelbärte, wie sie Napoleon III. getragen hat, die breiten Teppichflächen, die Karl Marx das Kinn zierten, oder die gezwirbelten »Es-ist-erreicht«-Spitzen von Kaiser Wilhelm II. Kurz, um all die Bärte, die in modernen Wettkämpfen um den schönsten nostalgischen Anblick eines Ganghofer'schen Oberförsters, austriakischen Zollbeamten, Tirolers Andreas Hofer wetteifern. Ich sah den Mann, im Vorübergehen, scheinbar flüchtig, aber so gründlich, dass er sich mir einprägte. Und als ich ihn nicht mehr sah, sah ich ihn vor meinem inneren Auge, sein Bart flammte weiß und wellig auf, und ich duzte ihn in Gedanken und sagte stumm zu ihm: Du wirst es sein, das weiß ich jetzt schon ganz genau, der mich später, via Singapur, nach fünf Stunden Zeitunterschied, aus dem Schlaf scheuchen wird! Dein Bart wird es sein! Dein Bart, der mich nicht wieder einschlafen lassen wird!

Weil mir zu ihm eine Geschichte einfallen wird. Eine Geschichte von einem älteren Herrn mit einem schönen, gepflegten, langen Bart, der von einem anderen, meinetwegen jüngeren Mann auf seine sekundär geschlechtsmerkmalige Kinnumrahmung angesprochen wird, die, weil es sich um einen weißen Bart handelt, gleichzeitig männlich und über das Männliche ins Altersweise hinausweisend wirkt. Also sagt der Jüngere beim Anblick des gepflegten langen weißen Bartes (»beim Barte des Propheten«, heißt die entsprechende Redensart):

»Sie haben aber, wenn ich das so sagen darf, einen wunderschönen, ungewöhnlich langen, weißen Bart!« Und fügt dann die Frage hinzu: »Sagen Sie, schlafen Sie eigentlich mit dem Bart über der Decke? Oder mit dem Bart unter der Decke?«

Nachdem ihm diese Frage gestellt worden war, konnte der Weißbärtige nie mehr einschlafen. Der Frager hatte seinen Bart existenziell problematisiert. Ich aber, im Flugzeug von Frankfurt nach Singapur, wusste nur zu gut, dass ich wegen des Zeitunterschiedes und des Jetlags in Singapur aus dem Schlaf gescheucht werden würde. Und dass ich dann zwanghaft an den Mann im Flugzeug denken würde, dessen Bart ich mir nur flüchtig, aber dennoch gründlich eingeprägt hatte.

So war es dann nicht. Als ich nicht schlafen konnte, dachte ich, dass es nicht wegen des Mannes mit dem Bart so wäre, auch nicht wegen der Geschichte von dem Mann mit dem Bart, an die er mich erinnert hatte.

Du willst dich nur, dachte ich, von ernsten Gründen für deine Schlaflosigkeit ablenken. Aber – ich wurde grimmig – dennoch fällt dir dieser Mann im Flugzeug ein, hinter dessen Bart du schon sein Gesicht vergessen hast.

Und dann stürzten die vielen besseren, weil in Wahrheit schlechteren Gründe auf mich ein, die einen im Alter vor dem Einschlafen überfallen oder im Schlaf aus dem Schlaf scheuchen. Schmerzen, Ängste, Todesängste. Ich aber war, jedenfalls momentan, nur schlaflos, weil meine Zeit um fünf Stunden vorgeschoben worden war. Ich nahm zwei Tabletten, und mit dem Schlaf waren alle sich verheddernden Bärte verschwunden. Nur beim Erwachen kehrten sie im dumpfen Kopf wieder, während mir die Klimaanlage vorgaukelte, dass sich nichts geändert hätte, weder zeitlich noch geografisch.

Im Konjunktiv

> Relata refero.
> (Ich erzähle vom Hörensagen.)
> Lateinische Redensart

Ich hätte doch, sagte er zu mir, vor gut einem Jahrzehnt etwas übers Handy geschrieben, über dessen Vorteile und, er lachte hüstelnd gequält, vor allem über dessen Nachteile. Wie immer, wie bei fast allen Neuerungen, überwögen die Nachteile, jedenfalls »in the long run«. Er benutzte diese amerikanische Floskel aus seinen besten Jahren, weil er sich für seine Geschichte schämte, die lächerlich und peinlich war und sein Selbstbewusstsein ins Wanken gebracht hatte, weshalb er dem Druck, die Geschichte loswerden zu müssen, eine weltläufige Indifferenz, ja Distanz zufügen wollte. Würde des Menschen, nennt das die Verfassung, Würde des alten Mannes, das ungeschriebene Grundgesetz der Gefühle, das die sprichwörtliche Einschränkung kennt: »Wenn's dem Esel zu wohl wird, geht er aufs Eis.« Im Alter ein Esel zu sein ist etwas Zwangsläufiges. Oder: wie Hemingway es im »Schnee am Kilimandscharo« sagen lässt: »Liebe ist Mist« – und ich bin der Hahn, der draufsteht und kräht.

Er habe, »auch das sei schon einige Donnerstage her« (wieder dieser Distanzversuch mit einer saloppen Floskel aus besseren Tagen), bei einer Veranstaltung seiner Firmengruppe in Frankfurt eine hübsche junge Hostess kennengelernt, Studentin der Medizin, wie sich herausstellen sollte, die keine zwanzig Jahre alt gewesen sei. Er sei damals schon über fünfzig gewesen, knapp, beeilte er sich hinzuzufügen, also das, was er noch für das beste Mannesalter gehalten habe, wieder hüstelte er lächelnd. Sie, eine Naturerscheinung, ein Inbild der Jugend, eine Figur, Beine bis zur Halskrause. Es sei damals schon abzusehen gewesen, dass sie eines fernen Tages zur Überfülle tendieren würde, aber jetzt, also damals, habe das feste Fleisch, ihre wie nach Ferien und Strand braun glänzende Haut, ihn nur wie eine Verheißung bedrängt. Etwas Ähnliches habe für ihr Gesicht gegolten. Nicht eigentlich schön, jedenfalls nicht klassisch schön zu nennen, habe es sich energisch in die Kinnpartie gedrängt. Ihre sinnlichen, fast wulstigen Lippen hätten einem mehrere paradiesische Vorstellungen verheißen. Sie können sich das vorstellen, fügte er ein, so etwa wie Charlotte Gainsbourg jetzt, die gleiche Ausstrahlung habe die Frankfurter Studentin gehabt, etwas, was damals noch nicht offiziell gefragt gewesen sei, schon allein, weil man einem älteren Herrn, der sich für einen Mann in den besten Jahren halte, sofort, wenn er in Begleitung so eines jungen Mädchens auftaucht und ihr gemeinsames Auftreten Vertrautheit, ja Intimität ausstrahlt, unterstellen würde, dass die beiden gemeinsam nur ins Konzert gehen oder sich ausschließlich Schöngeistiges vorlesen würden. Ha, ha, diesmal lachte er frei. Es sei ja vielleicht so, dass man sie gerade deshalb ausgewählt habe, wegen dieses unpassend sinnlichen Anscheins, dass man mit einer solchen jungen Frau, sobald man die Tür im Hotel oder im Apartment hinter sich und ihr geschlossen habe, sofort übereinander herfallen würde, noch im Flur auf dem Teppich, ja vorher im Lift, und manchmal sogar, mitten im Café, wenn man, von der Lust nach ihrem Mund überfallen, sich sofort für die Damentoilette zu verabreden versucht. Nacheinander, in kaum vorsichtigem Abstand. Das alles allerdings nur in den Augen der anderen, fügte er beschwichtigend hinzu, die sich das ausmalten, wenn sie des ungleichen Paares ansichtig würden.

Er gebe zu, fuhr er fort, dass er jetzt, jedenfalls aus der Distanz, wisse, dieser Gedanke, bei Beobachtern den Neid im Blick auf das

Paar zu sehen, habe am Anfang durchaus stimulierend gewirkt. Er habe sich damals, unbewusst wahrscheinlich, nicht einmal, wie vor der Geschichte mit Hannah, so habe das Mädchen geheißen, und (sagte er gequält) so heiße die junge Frau immer noch, und auch nicht wie nach der Affäre mit ihr, Mühe gegeben, so richtig abzunehmen oder auch nur seinen Bauch einzuziehen, weil er den Kontrast des Altersunterschieds für eventuelle neidvolle Gaffer, vorwiegend Männer in seinem vorgerückten Alter, habe verstärken wollen, um ihren Sexualneid – nennen wir das Kind doch beim Namen, fügte er hinzu – noch zu steigern.

So seien wir Männer, sagte er, weil wir uns irgendwo und irgendwie mit den Jahren zu kurz gekommen vorkämen, sei es beruflich, sei es in der Familie, sei es mit dem Aussehen oder der Gesundheit, und da genüge die Freude »an jungem Frischfleisch« (er gebrauchte das brutale Wort aus der Schlachterei und fletschte dazu einen Augenblick die inzwischen dritten Zähne) allein nicht. Nein, man müsse es auch anderen zumindest andeutend vor Augen führen. Er jedenfalls habe einmal, in einem Straßencafé, als sie sich bei Sonne und Hitze getroffen hätten und Hannah dementsprechend leicht und aufreizend verführerisch gekleidet gewesen sei, er also habe, als er den sich unbeobachtet wähnenden älteren Herrn mit der älteren Frau einen tiefverlorenen Blick auf Hannah habe richten sehen, wie in Lust und Neid und Traurigkeit versunken, nicht nur die Hand auf den braunen Oberschenkel von Hannah gelegt. Nein, er habe, als er aus den Augenwinkeln sah, dass der Ältere mit der Älteren immer noch ungeschützt auf Hannah geblickt habe, so als wäre dem das Wasser im Mund zusammengelaufen, gewissermaßen, da habe er die Hand in einer für den öffentlichen Ort geradezu provokant unziemlichen Weise zwischen die Schenkel Hannahs geschoben. Jetzt könne der Beobachter sehen, jetzt kannst du sehen, habe er triumphierend gedacht, und das wortwörtlich, was ich über kurz oder gleich erwarten darf: Glück, Erfüllung. Und er habe, so mickrig seien seine Triebinstinkte gewesen, dem Mann neben seiner älteren Frau ein triumphierendes Grinsen zugesandt. So ginge es zu, so geht es zu, habe er ihm in direkter Gedankenrede zugefunkt, in der Männerwelt. Und ich bin der Gewinner, momentan. Ich habe die Beute. Und du das Nachsehen. Auch das wieder ganz direkt.

Er habe, fuhr er fort, damals in solchen übermütigen Momenten die Einsicht unterdrückt, die ihm durchaus bewusst gewesen sei, denn an Lebensjahren und Lebenserfahrung sei er alt genug gewesen, zu wissen, dass auf Übermut die Trauer folge, unausweichlich. Sei es nicht Freud gewesen, der geschrieben habe, dass Glück als Dauerzustand in der Schöpfung nicht vorgesehen sei?

Auch habe ihn die räumliche Distanz, in der er und Hannah gelebt hätten, nicht gestört. Sie war wegen ihres Studiums in Frankfurt geblieben, obwohl sie damals, als junges Semester, leicht hätte nach Berlin wechseln können, was er ihr aber, anfangs durchaus noch besonnen und vorsichtig, was Bindungskonsequenzen betraf, nicht geraten habe. Sie also in Frankfurt, in einem Apartmenthaus mit vorwiegend Einzimmerwohnungen, umringt von Gleichaltrigen. Und er in Berlin, wo er inzwischen stärker beruflich gebunden gewesen sei als zu der Zeit, als er Hannah kennengelernt habe.

Sie hätten einander manchmal vierzehn Tage nicht gesehen und sich mit dem Satz, sie könnten ja telefonieren, wir können ja telefonieren, getröstet. Mit dem Handy sei das leicht, und so hätten sie eine Zeit lang auch eine für ihn unangemessen kindliche Leidenschaft für das Simsen entwickelt, fünf Mal hin und her und oft in die Selbstbefriedigung bei einem schlussendlichen Telefonat mündend, wobei er sich meist ihre starken Lippen und wunderbar kräftigen Zähne ausgemalt habe. Doch das sei glücklicherweise schnell erloschen, bevor es in Routine verkommen wäre, denn dann hätte es ja der Zusammenkünfte vielleicht gar nicht mehr bedurft, die Beziehung wäre in Ersatzhandlungen, wie sie heute, neben E-Mail-Aktionen übrigens, gang und gäbe geworden seien, abgerutscht.

Aber davon hätten wir, er und ich, nur noch schwache Ahnungen. Mehr vom Hörensagen und Lesen als durch eigene Erfahrung.

Eines Abends also sei er in Berlin so gegen zehn Uhr nach Hause gekommen, habe sich in der leeren, aufgeräumten Wohnung, es sei der Tag der Putzfrau gewesen, umgeschaut und habe sich auf einmal, er wisse nicht, wieso, einsam und verloren gefühlt und sie in Frankfurt angerufen. An ihrem Festnetzanschluss habe sie nicht abgenommen, und törichterweise, wider alle bessere Lebenserfahrung, habe er gewartet, bis sich ihr Anrufbeantworter eingeschaltet habe. Und dann habe er sie mit einigermaßen noch fester und neutraler Stimme gebeten, sie möge ihn, sobald sie wieder zu Hause sei, zurückrufen.

Er habe sich, so sagte er in bitterer Einsicht, aber das wisse ich ja auch, auf diese Weise sozusagen selbst auf die Folter gespannt. Man tue das ja, auch das kennte ich sicherlich, selbst im Falle von harmlosen Telefonaten, etwa Terminvereinbarungen, weil man von da an in den Wartestand versetzt sei. Er habe also eine Flasche Wein entkorkt, sich scheinbar gemütlich auf die Couch gefläzt, geraucht habe er damals noch nicht wieder, fügte er leicht geschmerzt ein, das Fernsehen eingeschaltet, zerstreut in der »Hör zu« geblättert, den »Spiegel« zu lesen versucht, den er, es war Dienstag, schon gelesen hatte, jedenfalls alles ihn Interessierende, bis er nach einiger Zeit habe feststellen müssen, dass er weder das wirklich wahrnahm, was im Fernsehen mehr als Geräuschkulisse für ihn abgelaufen sei, noch dass er wirklich gelesen habe, was er sich zwischendurch zu lesen vorgenommen hatte.

Er habe auf die Uhr gesehen. Es sei halb zwölf gewesen. So habe er noch einmal bei ihr angerufen, wieder Festnetz. Wieder so lange, bis der Anrufbeantworter sich gemeldet habe. Wieder habe er um Rückruf gebeten, jetzt gebieterischer, also eigentlich flehentlicher, erbärmlich im Grunde genommen. Na ja, wie das eben so gehe. Ich kennte das ja. Etwa eine halbe Stunde später, er habe inzwischen nicht nur alle fünf Minuten auf die Uhr geblickt, habe er sie, wider alle Einsicht und Vorsicht, auf dem Handy angerufen. Und sie habe sogar nach mehrmaligem Klingeln und kurz bevor die Mailbox sich habe dazwischenschalten können, seinen Anruf mit Hallo beantwortet.

Ach, er sei es, ach, du bist's, habe sie gesagt. Und er habe im Hintergrund Stimmengewirr gehört, fröhliches Stimmendurcheinander, zumeist Männerstimmen, eigentlich nur Männerstimmen, Stimmen von jungen Männern, erkennbar, fügte er nach kurzem Nachdenken hinzu.

Es sei immerhin halb eins gewesen. Etwa. Wo sie sei, habe er gefragt, wo bist du? Und sie habe geantwortet, bei meinem Nachbarn, von dem habe sie ihm doch erzählt. Hätte sie aber nicht, warf er ein. Und was sie denn mache, habe er gefragt, er wolle doch so gerne mit ihr noch sprechen. Er sah mich an: Nein, nicht so, wie Sie denken. Keine Ersatzhandlung. Er lächelte dünn.

Sie spiele die »Siedler von Catan«. Mit ein paar anderen Studenten. Sie seien mitten in der Partie. Sie werde ihn später zurückrufen. Wann? Das wisse sie nicht. Könne sein, in einer Stunde. Aber er solle lieber schlafen gehen, sie könnten doch morgen früh telefonieren. Sie solle ihn, bitte, bitte, heute noch anrufen, habe er gesagt, es sei wichtig. Wichtig für ihn. Wichtig für mich!, habe er gesagt und sich unrettbar auf die Verliererstraße begeben. Das habe er gewusst. Klipp und klar vor Augen hätte ihm das gestanden. Die nächsten zwei Stunden habe er gewartet. Nein, nein, er rufe jetzt nicht an, er dürfe jetzt nicht anrufen, habe er sich gesagt. Außerdem habe er sich über die »Siedler von Catan« geärgert. Zu seiner Zeit, sagte er höhnisch, hätte man wenigstens noch »Monopoly« gespielt. Auch langwierig – aber wenigstens eine Schule des Lebens.

Dann habe er auch diesen letzten guten Vorsatz aufgegeben und sich zu einem haltlosen Telefonterroristen entwickelt. Er habe sich verloren, alle Würde, allen Halt. Inzwischen, so könne er zu seiner Entschuldigung sagen, habe er eine zweite Flasche Wein geöffnet und halb ausgetrunken gehabt und sei ein wenig melancholisch, chaotisch gewesen. Psychisch derangiert, sagte er.

Beide Telefone seien inzwischen auf Anrufbeantworter gestellt gewesen. Das Handy schließlich ganz abgeschaltet. Wahrscheinlich, nachdem er irgendetwas von Hure gesagt habe, und dass sie eine sei, und ob sie etwa glaube, er wisse nicht, was sie jetzt spielen würde, sicher nicht »Die Siedler von Catan«. Das habe er versucht höhnisch zu bringen. Es sei ihm aber eher kläglich gelungen, fürchte er, sagte er mir. Auf mehrere SMS-Nachrichten habe er natürlich keine Antwort bekommen. Er sei dann, wann genau, wisse er nicht, auf seiner Couch, angezogen und wahrscheinlich angetrunken, in einen kurzen, traumlosen Schlaf gefallen. Als er aufgewacht sei, sei es fünf Uhr gewesen. Er habe beim Flughafen angerufen, das erstmögliche Flugzeug nach Frankfurt gebucht. Er habe, fügte er für mich erbittert hinzu, mehrere wichtige geschäftliche Termine in Berlin platzen lassen. Einfach so! Ohne Rücksicht auf Verluste! Jetzt schaute er mich wie ein romantischer Held an.

Kurz nach acht habe er dann vor ihrem Apartmenthaus in Frankfurt gestanden, habe schon klingeln und auf ihre Antwort aus der Gegensprechanlage warten wollen. Aber dann habe er gedacht, fuhr er fort, also dann habe er gedacht, dass sie eine selige Langschläferin sei, er seufzte mit leichter Ironie, ach, die Jugend! Seine Wut sei verraucht gewesen, die fiebrige Unruhe hilfloser Eifersucht sei, kaum sei das Flugzeug gelandet gewesen, einer dumpfen Lethargie gewichen. Also habe er sich jetzt erst einmal in ein nahe gelegenes Café gesetzt, in dem er oft mit ihr gesessen habe, was heiße oft, vielleicht zwei, drei Mal, in glücklicheren Zeiten. So habe er damals schon gedacht, glücklichere Zeiten, obwohl das doch keine vierzehn Tage her gewesen sei. Nach einer halben Stunde im Café habe ihn eine

Unruhewelle erfasst, wie wenn sie jetzt, während er aus Schonung vor ihrem jungen Schlaf ... Er habe ja gar nicht gewusst, wie spät es bei ihr die vergangene Nacht geworden sei, dass er also aus Schonung und Rücksicht auf die Langschläferin hier warte, während sie ihm vielleicht gerade entschlüpfe. Solle er anrufen, habe er gedacht. Oder doch lieber zurückeilen zu ihrer Wohnung. Also habe er schnell gezahlt, sei zu ihrem Apartment geeilt, sodass er in Schweiß geraten sei, habe atemlos geklingelt, habe, als er ihre schläfrige Stimme gehört habe, ich bin's gesagt. Er sei's.

Er?, habe sie gefragt. Du? Was willst du, was machst du hier, was wolle, was mache er da? Hier? Ob er raufkommen könne, habe er gefragt, ohne ihre Frage beantwortet zu haben.

Das gehe keineswegs, das komme überhaupt nicht infrage, habe die Gegensprechanlage geantwortet. Ihre Stimme habe dann zwar leicht verzerrt, aber keineswegs sonderlich aufgeregt oder beunruhigt geklungen. Eher verschlafen träge.

Warum nicht, fragte er durch die Sprechanlage, von Berlin aus, fügte er grimmig für mich ein, hätte die Verbindung wahrscheinlich näher geklungen. Er sei durch die Nähe weiter weg von ihr gewesen, habe sich jedenfalls so gefühlt. Und was er nicht gesagt habe, sei der Satz gewesen, schließlich zahle er ja ihre Wohnung. Sie aber habe trotzdem, was heiße trotzdem, geantwortet, es gehe nicht, sie sei noch im Bett und es sei so unaufgeräumt.

Als ob, höhnte er, er nicht schon oft in ihrem, von den beiden zerwühlten, Bett im unaufgeräumten Zimmer neben halb ausgetrunkenen Weingläsern, herumliegenden Kleidungsstücken aufgewacht wäre. Und neben vollen Aschenbechern. Das heißt, das nicht, korrigierte er sich, denn sie habe ihn nach den ersten beiden Malen, nachdem er bei ihr übernachtet habe, unmissverständlich gebeten, nicht zu rauchen. Das müsse er verstehen. Und das habe er verstanden. Er rauche schließlich nicht, ergänzte er lachend, in seinem ehelichen Schlafzimmer, wo er allerdings seit einem halben

Jahr überhaupt nicht mehr schlafe, weil er ausgezogen beziehungsweise rausgeflogen sei.

Sie, an der Gegensprechanlage, habe ihm auf sein nochmaliges Warum mit einem Darum geantwortet. Trotzig. Und noch hinzugefügt: Schließlich sei er unangemeldet gekommen. Unangemeldet. Ja, unangemeldet! Sie sei schließlich am Anfang ihrer Beziehung, sie habe nicht Beziehung gesagt, habe das Verhältnis überhaupt nicht benannt, sie sei auch nicht unangemeldet und auch nicht angemeldet vor seinem damals noch mit seiner Frau geteilten Haus aufgetaucht.

Dann habe sie ihm vorgeschlagen, in dem Café zu warten, aus dem er gerade gekommen sei, nachdem er dort ohnehin schon vorher auf sie gewartet habe. Aber das hätte sie nicht wissen können, fügte er beschwichtigend hinzu.

Was soll ich Ihnen sagen, fuhr er fort. Sie habe ihn dort noch einmal eine geschlagene Stunde warten lassen. Und als sie dann gekommen sei, schließlich, habe sie ihn flüchtig auf beide Wangen geküsst, und als er sie zu beschimpfen angefangen habe, habe sie spöttisch geantwortet: Du schimpfst wie mein Opa! Er schimpfe wie ihr Großvater. Und als er sie gefragt habe, bei wem sie »Die Siedler von Catan« gespielt habe und mit wem, habe sie ihm erzählt, mit Johannes.

Johannes, von dem habe ich dir doch erzählt! Von dem hätte!, hätte! sie ihm doch erzählt. Habe sie aber nicht. Er sei angehender Jurist, habe schon das Erste Staatsexamen, sei aber ein solcher Computerfreak, dass er mit einem Freund Kunden berate, ihre PCs und Laptops in Ordnung bringe. Na und so weiter. Er seufzte. Alles, was damals auch an mir vorbeiging. An ihm vorbeigegangen sei, sodass er sich wie ein Mensch aus der Steinzeit vorgekommen sei. Wäre!

Ob sie was mit Johannes habe! Mit Johannes?, habe sie gefragt, er solle nicht albern sein. Aber sie habe es so kalt, ja gleichgültig gesagt, dass er ohnehin gewusst habe, es sei für sie in Bezug auf ihn ohnehin unerheblich, ohne Bedeutung. Sie wollte sich offensichtlich nicht mehr rechtfertigen.

Ihre Beziehung sei dann zerbröselt, nachdem er sich, leider, fügte er hinzu, bei seinem Auftritt in dem Café gegen elf Uhr, jetzt sei es schon gut gefüllt gewesen, zum Narren gemacht habe. Lautstark. Ja, so sei das gewesen.

Und?, fragte ich.

Was heißt hier und, sagte er. Hannah hat jetzt mit Johannes, mit dem sie damals doch nichts hatte, ein Kind, einen Sohn. Die beiden sind zusammengezogen. Und haben ein Kind, das etwa sieben Monate nach meiner Telefonnacht mit ihr geboren wurde. Ein kleiner Johannes, wie sie mir in einer Geburtsanzeige mitteilte.

Und Sie?

Ich bin mit meiner Frau nicht mehr zusammengekommen. Das liegt sicher daran, dass unsere Ehe kinderlos war. Nach so vielen Jahren.

Meine Ex hat mir übrigens gesagt (er nannte seine Frau jetzt salopp distanziert »Ex«), schuld, dass das mit Hannah schiefgegangen sei, wäre die Tatsache, dass Hannah sich vor seinem mürben Fleisch geekelt habe, »vor meinem mürben Fleisch«. Schließlich. »Mir ist das«, habe seine Ex hinzugefügt, »in den letzten Jahren unserer Beziehung auch so gegangen.« Frauen, so sagte er, müssten immer das letzte Wort haben. Wenigstens das!

Unsterblichkeit

> Das Gute an der Senilität ist,
> dass sie einen selbst hindert,
> sie zu bemerken.
>
> Alfred Polgar

Das Wort Unsterblichkeit hat eigentlich für den als unsterblich Bezeichneten keinerlei Bedeutung mehr. Sie kommt ganz einseitig seiner Nachwelt zugute, hier schlägt sie sich zu Buche. Wie bei Mozart zum Beispiel, der jung starb, in einem Armengrab beerdigt wurde und an dessen Hinterlassenschaft sich nicht nur die Stadt und das Land Salzburg, sondern ganz Österreich mit der Hauptstadt Wien und viele Philharmoniker und Opernhäuser in aller Welt gütlich tun. Sie sorgen für seine und zehren von seiner Unsterblichkeit, den Nutznieß kann man daran ablesen, dass auf Konzertplakaten die Namen der im Moment noch sterblichen, weil lebenden Dirigenten und Interpreten, etwa Daniel Barenboim, größer gedruckt werden als der des Unsterblichen. Indem sie sich dienend und verdienend seinem Werk widmen, arbeiten sie an der eigenen, wahrscheinlich kleineren Unsterblichkeit.

Im Mozartjahr der Salzburger Festspiele erschien für die Fernsehübertragung des »Figaro« folgende Anzeige in den Tageszeitungen:

NETREBKO
SALZBURG
FIGARO
LIVE
Die Eröffnung der Salzburger Festspiele
Heute 20.15
　　Das Erste

Der Name Mozart tauchte nicht auf. Das nenne ich Unsterblichkeit! Ungenannt unsterblich zu sein.

So lebte der Wagner-Interpret Mottl für mich beispielsweise nur durch einen unsterblichen Schüttelreim.

> Was gehst du hin zu Mottls Tristan
> Und schaust dir dieses Trottls Mist an.
> Schaff lieber dir ein Drittel Most an,
> Trink dir mit diesem Mittel Trost an.

Die Crux ist nur, dass ich meinen Kindern wahrscheinlich schon erklären müsste, wer Felix Mottl war, der ab 1886 regelmäßig in Bayreuth dirigierte und die Musik Richard Wagners nach England und in die USA – 1903 Metropolitan Opera, New York –, brachte. Und vielleicht erschließt sich, einige Pisa-Studien später, künftigen Generationen nicht mehr automatisch die Unsterblichkeit des Wagner'schen Musikdramas »Tristan und Isolde«. Bei Wagnerianern werden der Liebestod, der Liebestrank und der Tristan-Akkord sicher noch eine kleine Ewigkeit unsterblich bleiben.

Wie Goethes Weimar und Shakespeares Stratford on Avon. Aus solchen Unsterblichkeiten lässt sich Kapital schlagen. Und auf den Bahnsteigen des Bahnhofs Wittenberg steht nicht etwa nur Wittenberg Hbf, sondern Lutherstadt Wittenberg, als hätte die Stadt einen Titel oder Vornamen, das hat weniger mit dem Reformator als vielmehr mit touristischem Ablasshandel zu tun. Wo Unsterbliche gewohnt haben oder zu Hause waren, da darf man Eintritt kassieren.

Veranstaltet man das touristische Geschäft allzu dreist und geschmacklos, dann drehen sich, einer alten Redensart zufolge, die derart mit ihrer Unsterblichkeit Traktierten im Grabe um. Aus dieser Vorstellung hat ein englischer Kritiker nach einer besonders schlechten Londoner Aufführung, vielleicht des »Hamlet«, eine Echtheitsprobe entwickelt, eine Art Shakespeare-Lackmuspapier. Es wird ja immer wieder darüber gestritten, ob Shakespeare seine Unsterblichkeit sich selber verdankt oder, beispielsweise, dem Earl of Essex, der sich hinter dem Leiter seiner Theatertruppe als Autor versteckte oder verstecken musste. »Sein oder Nicht-Sein«, das ist hier die Frage, von Shakespeare oder nicht von Shakespeare. Also schrieb der besagte Kritiker, die Aufführung sei derart miserabel gewesen, man brauche jetzt nur das Grab Shakespeares zu öffnen. Habe der sich darin gedreht, dann sei er zweifellos der Urheber und Autor der Stücke, die unter seinem Namen unsterblich geworden seien.

In Wahrheit aber sind die unsterblich Toten wohl wehrlos gegen ihre Nachwelten, ihnen auf Gedeih und Verderb ausgeliefert. Bei den Unsterblichen gibt es auch eine beiläufige Unsterblichkeit, gewissermaßen aus Versehen. So werden wir den Namen des römischen Statthalters Pontius Pilatus kennen, solange es Christen auf der Erde gibt, die ihr Credo noch kennen, wo es heißt, dass Jesus »unter Pontius Pilatus« Prozess, Marter und Tod erlitten habe. Der Römer ist in diesem Text wahrhaft unsterblich geworden. Und so heißt es von unverdientem Ruhm, er sei in die Unsterblichkeit geraten wie Pontius Pilatus ins Credo.

Auch Xanthippe, die böse Ehefrau des Sokrates, wäre ohne Sokrates kein Synonym für diese Spezies Hausfrau geworden und damit auch nicht unsterblich. Und ob eines Tages ein Schriftsteller wie Arthur Miller für eine kleine Ewigkeit nur als der Mann von Marilyn Monroe gelten wird, ist eine Frage des Blickwinkels. Christus jedenfalls hat in der Unsterblichkeit einen sogar genau lokalisierten

Platz. Er sitzet zur Rechten Gottes. Rechts von Gott, rechts neben ihm. Seine Aufgabe da: zu richten die Lebenden und Toten.

Der Volksglaube stellt sich die Unsterblichen selbst als Nutznießer und Teilhaber ihrer Unsterblichkeit vor, was ein heutiger deutscher Sozialpolitiker phraseologisch so ausdrücken würde: Unsterblichkeit ist keine Einbahnstraße! Beileibe nicht! Nach dieser Vorstellung sitzen die Unsterblichen in irgendeinem, irgendwie wolkigen Himmel, auf Wolke sieben, auf dem Parnass oder in Walhalla, auf dem Olymp oder im Paradies, und blicken nicht ohne Genugtuung und Wohlgefallen und mit besonders scharfem optischen Gerät mit Tag- und Nachtsicht auf ihre wuselnde und wimmelnde Nachwelt und ihre Nachfahren herab.

Der Kinderglaube billigt ihnen ausgleichende Gerechtigkeit zu. Durch kriegerische Jahrtausende waren es die jungen Helden (Friedrich II. von Preußen: Hunde, wollt ihr ewig leben!), die mit dem höchsten Feld- und Kriegsherren – Gott mit jeweils uns! – tafeln durften. Der kämpferische Islam malt sich einen Himmel aus, in dem Selbstmordattentäter mit der Deflorierung einer Anzahl von Jungfrauen belohnt werden. Und dann? Ja und dann wird es wohl nach dem Lauf der Welt weitergehen. Jungfrau ist man nur einmal, und auch der Heldentod ist eine nur einmal zu erbringende Leistung. Ein Unikum, wobei der Heldentod den Helden paradoxerweise erst zu dem macht, was er werden will, und ihn gleichzeitig dabei auslöscht. Schon merkwürdig, dass für ein solch windiges Paradox Menschen zu sterben bereit waren, bereit sind – per saecula saeculorum!

Die Hochkultur im Himmel, die sogenannte E-Musik der Sphärenklänge, hat da ein anderes Gerechtigkeitsgefühl. Da schaut Mozart herab, sieht, wie die Nachwelt sein Armengrab vergoldet, er darf den Grafen Arco, der ihm im Namen des Erzbischofs einen Arschtritt versetzte, nun seinerseits allabendlich in den Hintern treten, so er das in den Sphären des himmlischen Friedens tun will, schaut aber auch immer wieder auf das alte und das neue kleine Festspielhaus in Salzburg und begutachtet, ob Harnoncourt wirklich den historisch richtigen Mozartton mit alten, zeitgerechten Instrumenten hervorzubringen vermag, und ist gerührt, dass ein gewisser Köchel sein Werk so gewissenhaft verzeichnet hat. So stellt man sich das vor, so malt man sich das aus: die Unsterblichkeit als ausgleichende Gerechtigkeit in Ewigkeit, Amen.

So was darf man nicht mit scharfen Sinnen weiterdenken, geschweige denn: zu Ende denken. Nestroy hat in einer Improvisation darüber nachgedacht, wobei er sich schon bei anderer Gelegenheit wunderte, dass man den verstorbenen Gemahl den »seligen«, also den glücklichen, nenne, ja preise. Die Schlussfolgerung wäre, der lebende Ehemann ist »unselig«. Eine ähnliche sprachlogische Deduktion, wie sie Karl Kraus zu Zeiten der Doppelmoral des Fin de Siècle anstellte. Wer die illegitime Frau des verheirateten Mannes »die Geliebte« nenne und das verächtlich meine, müsste folgerichtig die Ehefrau die »Ungeliebte« nennen. Aber das ist längst obsolet, unsere Zeit hat zum Lebenspartner den Lebensabschnittspartner hinzubuchstabiert. Ohne selig oder unselig.

Schon allein anhand dieses Exkurses müsste klar sein, dass im Himmel der leibhaftig Unsterblichen nicht nur wohlgefälliges Kopfnicken, sondern augenrollendes Kopfschütteln herrschen müsste – also der gleiche Zustand wie auf Erden in einem Seniorenheim, wenn morgens die Zeitung kommt und abends die »Tagesschau«. Alte verstehen die Welt nicht mehr, wollen sie nicht mehr verstehen – je länger sie hilflos zuschauen müssen, nachdem der Zeitgeist sie ausgespien, zur Seite geschoben hat, desto weniger. Und erst die im Himmel ohnmächtig Unsterblichen, die nicht einmal eine Graue-Panther-Partei, einen Nobelpreisträgerverband e. V. gründen könnten, die auf die Erde und die Nachwelt einwirken wollen.

Darauf zielt Nestroys Extempore, dass die Zensur alsbald verboten hatte. Er sagte, die Unsterblichkeit im Himmel mit beobachtender Teilhabe an der Erde würde eine unvorstellbare Zumutung und eine schreckliche Grausamkeit für die Toten im Himmel darstellen. Wenn sie beispielsweise ansehen müssten, wie ihre Erben das mühsam Erworbene sinnlos verprassen und verschleudern würden, wie ihre Witwen (natürlich darf man auch an die Witwer denken, obwohl Frauen auch damals schon im Schnitt länger lebten als ihre früher »Seligen«) ausgerechnet den schlechtesten Freund ins Haus nehmen, mit dem sie ihn schon zu Lebzeiten hintergangen haben. Und so weiter! Und so fort! Nicht auszumalen, was die Toten als Betrachter und Mitwisser der Lebenden auszuhalten hätten. Der Himmel, das wäre dann sofort die Hölle, ein ewiges Fegefeuer tatenloser Verzweiflung über den Gang der Dinge, den Lauf der Welt, das Treiben der zurückgebliebenen Lieben.

Nur wer bedingungslos an Fortschritt glauben könnte und dürfte, könnte sich in den Toten als Zuschauer des permanenten Welttheaters sehen, applaudierend, Bravo rufend. Aber auch dieser Fortschritt würde eine schreiende Ungerechtigkeit für das Bewusstsein der unsterblichen Seelen darstellen. Warum, würde Lessing fragen, musste meine Frau noch im Kindbett sterben? Warum, so dürfte der tote Arzt Schiller klagen, habe ich meine Gesundheit durch absurde Aderlässe verkürzt und ruiniert? Hätte ich, so müsste sich Goethe mit Ingrimm fragen, Ulrike von Levetzow, eine Siebzehnjährige, als über Achtzigjähriger nicht doch in Marienbad ehelichen können, wenn der Badeort schon ein modernes Spa- und Wellness-Center gewesen wäre, in dem man Haare färben, berlusconilike transplantieren, Figuren auf Fitness trimmen und durch Operationen die Gesichtshaut zu faltenloser Glätte hätte straffen können? Ich war, so müsste er seufzen, meiner Zeit voraus. Wir, die wir wirklich von Goethes Unsterblichkeit profitieren, wenn wir wollen, werfen ein: Gewiss, er hat sich damals lächerlich gemacht, er war, würde Brecht sagen, allerdings ohne Vorwurf, ein unwürdiger Greis (wie es Brecht übrigens schon mit Mitte fünfzig war und wie er in seinen Kalendergeschichten anerkennend seine Großmutter genannt hat – die

Unwürdige Greisin). Aber dann gäbe es, so sagen wir Nachweltprofiteure, bei dem einen keine Marienbader Elegie und bei dem anderen keine Buckower Elegien. Sie sind ja nur für uns unsterblich, und auch das nur für eine kurze Zeit, nämlich bis wir gestorben sind. Denn sterblich sein, das ist eine menschliche Eigenschaft, die Sterbliche wie Unsterbliche betrifft.

Franz Kafka starb 1924 an einer Kehlkopftuberkulose, die man, Jahre später, vielleicht hätte heilen können. Es war ein schwerer, qualvoller Tod. Kafka war einundvierzig Jahre alt, eigentlich hatte er sein Elternhaus in Prag nie endgültig verlassen. Peter-André Alt bezeichnet ihn in seiner eindringlichen Biographie als den »ewigen Sohn«; Kafka habe in seinen Werken gegen dieses Sohn-Sein rebelliert. Als er von seinem nahen Tod wusste, hat er seinen engsten Freund, Max Brod, testamentarisch dazu verpflichtet, alle seine bis dahin unveröffentlichten Werke, und das war der Großteil seiner Romane, Romanfragmente, Tagebücher und Erzählungen, zu vernichten.

Brod hat dem Willen seines auf den Tod kranken Freundes nicht entsprochen und damit Kafkas Unsterblichkeit für die Nachwelt gesichert. Hat er Kafkas Vertrauen damit missbraucht? Oder hat Kafka, vielleicht unbewusst und daraus vor sich selbst ein Geheimnis machend, gehofft und erwartet, dass Brod sein Versprechen über den Tod hinaus nicht erfüllt? Er hätte ja, so könnte man denken, das Autodafé an seinem gleichzeitig gewaltigen und bruchstückhaften (und gerade deshalb vollendeten) Werk selbst vornehmen können.

Wenn er das im Sinn oder im Unbewussten vorgehabt hätte, so hätte er den »Gewinn« dieses Freundesverrats, der uns eine der wichtigsten literarischen Deutungen und Entwürfe des 20. Jahrhunderts erhalten hat – man muss wirklich von einem epochemachenden Werk sprechen –, nur in dunklen Kammern seiner Ahnungen vor dem Tode genießen, fürchten und erwarten können. Brod hätte ihn nur betrogen, wenn er die Größe von Kafkas Werk nicht erkannt oder wenn er die kläglichen Werke eines literarischen Kümmerlings veröffentlicht hätte. So aber schuldete er der Nachwelt mehr als seinem toten Freund.

Mit dem Tod des Freundes war der Vertrauensbruch die einzig mögliche Entscheidung. Sie war eine rettende Tat über den Tod hinaus, und man kann sagen: Für Kafka selbst, wenn wir uns ihn nicht in einem allwissenden, alles sehenden Himmel der Poeten vorzustellen vermögen, war sie gleichgültig, absolut gleichgültig. Sollte ihn die Erwartung der Verletzung seines Wunsches im letzten Gedanken heimgesucht, begleitet oder gar getröstet haben – wir wissen nichts davon.

Kafka hat in den letzten Jahren seines Lebens, nach dem Ende der k.u.k. Monarchie, in Prag noch die ersten nationalistischen Zuckungen der neuen tschechischen Republik erlebt und ihre antisemitischen Auswirkungen erfahren – die junge tschechische Republik war, vereinfacht ausgedrückt, schon deshalb antisemitisch, weil Prags jüdische Bürgerschicht sich für die deutsche Sprache entschieden hatte: Sie prägte wesentlich die deutsche Kultur in Prag, die ohne den jüdischen Anteil um vieles ärmer gewesen wäre. Kafka hat, wie es seine Tagebücher, seine Briefwechsel belegen, einen Ausweg aus diesem bedrohlichen Dilemma gewollt. Er hat die osteuropäischen Wurzeln seiner jüdischen Herkunft gesucht, er hat in der Angleichung des jüdischen Bildungsbürgertums an die deutschsprachige Kultur in Prag nicht nur Vorteile gesehen, er hat sich dem Zionismus Theodor Herzls zugewandt, er beherrschte die tschechische Sprache perfekt, wie eine zweite Muttersprache, er sprach sie im Büro, im Umgang mit den Kollegen in der Versicherungsgesellschaft, mit den Dienstboten und Angestellten, den Mädchen aus dem einfachen Volk – aber die Sprache des großen Schriftstellers Kafka war und blieb die deutsche Sprache, der er eine schöpferische, traumhaft präzise Deutlichkeit abgewonnen hat.

Nun rede ich mir einen Augenblick den schrecklichsten aller möglichen Albträume von einem unsterblichen Wissen nach dem Tode aus. Also Kafka hätte später in der Hölle, die der Himmel über Europa nahezu zwangsläufig wurde, ohnmächtig zusehen müssen, wie die Deutschen nach 1938 die jüdische Prager Kultur, ihre Menschen buchstäblich mit Stumpf und Stil ausrotteten, in Konzentrationslager trieben, sie vernichteten. Er hätte noch erfahren und entsetzt mit ansehen müssen, wie seine Lieblingsschwester Ottla von den Nazis in Theresienstadt umgebracht wurde. Oder wie Milena, seine große Liebe und seine tschechische Vertraute, als Widerstandskämpferin gegen die deutschen Okkupanten im Gefängnis schrecklich zu Tode kam.

Ein Leben nach dem Tode, das vom Leben auf der Erde weiß, ist unter solchen Vorstellungen undenkbar. Kafka hat von der Größe seines Nachruhms nichts gewusst. Und nichts vom schrecklichen Schicksal seiner Schwester. Das hielte sich nicht einmal die Waage. Auf den Kinderglauben von den Unsterblichen auf dem Parnass, die sich in ihrem irdisch verspäteten Nachruhm sonnen, muss schon aus humaner Rücksicht verzichtet werden. Hoffentlich gibt es kein Leben nach dem Tode!

Das ewige Leben – ein Traum ohne Todesfurcht

> Das Greisenalter, das alle zu erreichen wünschen,
> klagen alle an, wenn sie es erreicht haben!
> Cicero

Jonathan Swift hat Gulliver auf seinen Reisen in die winzigen und gewaltigen Projektionen der Außenwelt und in unsere Innenwelten auf seiner dritten Reise einen menschlichen Wunschtraum entdecken lassen: den des ewigen Lebens. Gulliver kommt in ein Land, in dem wenige Auserwählte die leibhaftige Unsterblichkeit auf Erden erleben und erfahren. Sie wird ihnen geschenkt, sie wird über sie verhängt. Es ist das ewige Leben. Leider nicht die ewige Jugend, wie Botticelli sie als »Geburt der Venus« 1484 mit unveränderbarem, unverrückbarem Zauber der schaumgeborenen Schönheit gemalt hat. Sie ist eine Verheißung, zu süß zu glauben, sodass sie mir, je älter ich werde, beim Wiedersehn in den Uffizien die Tränen, wie über unfassbares Glück, in die Augen treibt.

Swift hat den »Gulliver«, seine vier Reisen in das Land der Liliputaner, nach Brobdingnag zu den Riesen, nach Laputa, Balnibarbi, Luggnagg, Glubbdubdrib und Japan, schließlich die bitter misanthropische Reise ins Land der Houyhnhnms, der menschlichen Pferde und vertierten Menschen, der schweinischen Yahoos, zuerst 1726 unter einem Pseudonym veröffentlicht. Er befürchtete Repressionen von Kirche und Regierung und ließ sogar zu, dass lange Passagen gekürzt oder geglättet wurden. So entstand schließlich aus den ersten beiden Reisen ein Text, der auch für Kinder geeignet war.

Eine ungekürzte Fassung erschien erst 1735. Das war zehn Jahre vor seinem Tod, Swift war achtundsechzig, später versank er, hinfällig und verbittert geworden, in Einsamkeit und geistige Umnachtung.

Swift gilt als der misanthropische Autor schlechthin. Er hasste »die Menschen«, ihre kulturellen und politischen Einrichtungen schienen ihm verachtenswert; lächerlich, wenn man ihre Wichtigtuerei auf das Zwergenmaß zurückschraubte, ekelerregend, wenn man sich die Ausdünstungen ihrer Poren, die Ausscheidung ihrer Exkremente ins Riesenhafte vergrößert vorstellte. Sie waren plump oder zwergenhaft eitel, sie waren abwegig versponnen oder in schmutziger Niedrigkeit verhaftet. Auf seinen Menschenhass angesprochen, sagte er, er liebe einzelne Menschen durchaus – Hinz und Kunz, Müller und Meier –, nicht aber »die Menschen« schlechthin.

Kafka, der Swift sehr schätzte, hat nachweislich seiner kleinen Schwester aus dessen Werken vorgelesen. Gregor Samsa, der berühmte unglückliche Held in der »Verwandlung«, ist wie durch ein Swift'sches Verfremdungsglas gesehen. Auch den »Brief an den Vater« könnte Gulliver als Liliputaner geschrieben haben, als Kind in der Welt der erwachsenen, übermächtigen Riesen. Swift und Kafka – Brüder im Geiste, wenn es darum geht, was sie von sich und den Menschen wussten und hielten.

Nun also Swifts Vision von der buchstäblichen, der leibhaftigen, der auf Erden gelebten, erfahrenen, erlittenen Unsterblichkeit – in irgendeinem versteckten Winkel Asiens, einem abgelegenen Phantasiereich, das Gulliver auf seiner dritten Reise kennenlernt. Nachdem er Laputa (die schwebende Insel der weltentrückten, weltverrückten Gelehrten) und Balnibarbi besucht hat, reist er, von einem Dolmetscher begleitet, nach Luggnagg. Die Menschen dort sind, Swifts Gulliver berichtet das schnell und pflichtschuldig, oberflächlich, »großmütig«, »nicht ohne Stolz, wie allen östlichen Nationen gemein«, »höflich gegen Fremde« und, da hören wir den Menschenkenner und Satiriker Swift, »besonders (gegen) solche, welche am Hofe eine Stütze besitzen«. »Vitamin B« nennen wir das heute, wenn man, im Inland wie im Ausland, über gute Beziehungen und Vernetzungen verfügt. So findet Gulliver, von seinem Dolmetscher unterstützt, durchaus angenehme Unterhaltungen in Luggnagg bei den Luggnaggiern. So weit, so gut. Eigentlich nach den vorangegangenen Reisesensationen nicht weiter erwähnenswert.

Das wird abrupt anders, als ihn eines Tages »ein Mann von Stande« fragt, ob er denn die »Struldbrugs« oder »die Unsterblichen des Landes« gesehen habe. Als er verneint und fragt, was es denn mit diesen Struldbrugs auf sich habe, wird ihm erklärt, es gebe in dem Land ein merkwürdiges Phänomen, das sich »bisweilen, obgleich sehr selten«, ereigne. Dann nämlich würde in einer Familie ein Kind mit einem roten runden Flecken auf der Stirn, gerade über der linken Braue, geboren. Dieser Fleck, etwa so groß wie ein silberner Groschen, werde mit der Zeit größer und ändere die Farbe; im zwölften Lebensjahr werde er grün und behalte diese Farbe bis zum fünfundzwanzigsten Lebensjahr, »wo er dunkelblau wird«. Dann, im fünfundvierzigsten Lebensjahr, werde er »kohlschwarz« und so groß wie ein englischer Shilling. Von da an verändere er sich nicht mehr.

Geboren, so erläutert der adlige Herr es Gulliver, werden so Gezeichnete selten, es gebe nur etwa elfhundert Struldbrugs beiderlei Geschlechts im ganzen Königreich; fünfzig in der Hauptstadt. »Und diese Geburten seien nicht irgendeiner Familie eigentümlich, sondern ein bloßes Werk des Zufalls. Wer das Zeichen trage, sei unsterblich. Allerdings vererbe er das Zeichen und die damit verbundene Unsterblichkeit nicht auf seine Nachkommen.

Unsterbliche Menschen! Gulliver ist wie elektrisiert, er hört, wie Swift schreibt, diesen Bericht mit unaussprechlichem Vergnügen.

> Glückliche Nation, wo wenigstens jedes Kind die Möglichkeit hat, unsterblich zu sein! Glückliches Volk, welches so viele

noch lebende Beispiele der alten Tugend erblickt und Lehrer besitzt, die es in der Weisheit früherer Zeiten unterrichten können!

Solche Wesen möchte Gulliver unbedingt kennenlernen. Er preist die Unsterblichen, weil sie durch Geburt von jenem allgemeinen Unglück der Menschennatur ausgenommen sind, einen freien, ungefesselten Geist besitzen, »weil sie die Last und die Niedergeschlagenheit ständiger Todesfurcht nicht kennen!«. Gulliver wundert sich, dass er bei Hofe keine Unsterblichen gesehen hat. Er könne sich nicht vorstellen, warum sich der König nicht mit einer bedeutenden Anzahl solcher weisen Ratgeber umgebe. Vielleicht, so wendet er selber ein, sei die Tugend solcher altersweiser Unsterblicher einfach zu streng für die verdorbenen und freien Sitten eines Hofs. Man wisse ja aus Erfahrung, dass junge Leute zu eigensinnig und zu verstiegen seien, um sich durch den nüchternen Rat der Älteren leiten zu lassen.

Mit Begeisterung bittet Gulliver schließlich um die Gnade, im Lande bleiben zu dürfen und sein Leben hier mit jenen höheren Wesen, den Struldbrugs, verbringen zu dürfen, wenn es den Unsterblichen beliebe, ihn, Gulliver, in ihre Gesellschaft aufzunehmen.

Die vornehme Gesellschaft der Luggnaggier hört ihm mit feinem Lächeln zu: Sie seien sehr erfreut über Gullivers kluge Bemerkungen, die er über das große Glück und die Vorteile unsterblichen Lebens gemacht habe. Dann baten sie ihn, seinen Lebensplan zu verraten, den er entwerfen würde, wenn ihm das Los zugefallen wäre, als Unsterblicher auf die Welt gekommen zu sein.

Darauf entwirft Gulliver die folgende Utopie eines unsterblichen Lebens:

> Wäre ich so glücklich gewesen, als Struldbrug in die Welt zu kommen, so würde ich, wenn mir mein eigenes Glück aus dem Begreifen des Unterschiedes von Tod und Leben klar geworden

wäre, auf alle mögliche Weise mir Reichtümer zu verschaffen suchen; durch Geschicklichkeit und gute Verwaltung könnte ich alsdann nach vernünftiger Erwartung in ungefähr zweihundert Jahren der reichste Mann des Königreichs werden; zweitens würde ich mich von meiner frühesten Jugend an mit den Studien der Künste und Wissenschaften beschäftigen, wodurch ich zuletzt dahin gelangen müßte, alle anderen an Gelehrsamkeit zu übertreffen. Zuletzt würde ich jede Handlung und jedes Ereignis von Wichtigkeit aufnotieren und unparteiisch die Charaktere der aufeinanderfolgenden Fürsten und Staatsminister und meine eigenen Beobachtungen über jede Einzelheit niederschreiben. Ich würde mir die verschiedenen Veränderungen in Sitten, Sprache, Mode, Lebensart und Vergnügungen merken. Durch alle diese Erwerbungen müßte ich ein lebendiger Schatz an Gelehrsamkeit und Weisheit und sicherlich das Orakel der Nation werden.

Ich würde mich nach sechzig Jahren nicht mehr verheiraten, sondern ein offenes Haus machen, jedoch dabei immer noch sparen. Ich würde den Geist hoffnungsvoller Jünglinge bilden und leiten und würde sie nach meiner Erinnerung, Erfahrung und Beobachtung durch viele Beispiele von der Nützlichkeit der Tugend im öffentlichen und Privatleben überzeugen. Meine erlesene und ständige Gesellschaft würde jedoch in einer Anzahl von meiner unsterblichen Brüderschaft bestehen. Ich würde aus diesen ein Dutzend von den ältesten bis auf meine Zeitgenossen auswählen. Wo es einigen derselben an Vermögen fehlte, würde ich sie mit passenden Wohnungen in der Nähe meines Gutes versehen und sie stets an meine Tafel laden. Ich würde alsdann nur wenige der trefflichen Sterblichen hinzuziehen, und im Laufe der Zeit würde ich abgehärtet genug sein, ihren Verlust ohne oder doch nur mit geringer Erregung zu tragen; die neu kommenden Geschlechter aber würde ich in derselben Art behandeln, wie man sich über die jährliche Folge der Nelken und Tulpen im Garten freut, ohne den Verlust derjenigen zu bedauern, welche im vergangenen Jahr verwelkt sind.

Wir würden uns gegenseitig unsere Beobachtungen und Aufzeichnungen durch den Lauf der Zeit mitteilen, gewahr werden, wie die Verderbnis sich allmählich einschleicht, und bei jedem Schritt ihr entgegentreten, indem wir den Menschen immerwährende Belehrung und Warnung gäben. Dies und der starke Einfluß unseres eigenen Beispiels müßten die fortwährende Entartung der Menschennatur wahrscheinlich verhindern, worüber man sich mit so vollem Recht in allen Zeiten beklagt.

Zu allen diesen glücklichen Verhältnissen käme noch das Vergnügen hinzu, die verschiedenen Revolutionen der Staaten und Reiche, die Veränderungen der oberen und niederen Welt zu beobachten; alte Städte sähe man in Trümmer fallen und unbedeutende Dörfer zu Residenzen sich erheben; man könnte beobachten, wie berühmte Flüsse sich zu seichten Bächen verminderten, wie der Ozean die eine Küste verließe und eine andere überschwemmte; wie man bis jetzt unbekannte Länder entdeckte; wie Barbarei die gebildetsten Nationen erdrücke und wie barbarische Völker sich zivilisierten. Ich würde alsdann die Entdeckung der astronomischen Länge, des Perpetuum mobile, der Universalmedizin und anderer großer Erfindungen noch erleben, welche zur größten Vollkommenheit gelängen.

Wie wunderbare Entdeckungen würde man in der Astronomie machen, welche alsdann unsere eigenen Vorhersagungen überleben oder bestätigen müssten! Man könnte die Wanderungen und die Wiederkehr der Kometen mit dem Wechsel der Bewegungen von Sonne, Mond und Sternen beobachten.

Viel müsste man auch heute nicht hinzufügen. Ich, beispielsweise, würde mir als unendlich auf der Erde Lebender vornehmen, mit dem Internet umgehen und meine Texte mit dem Computer schreiben zu lernen. Und welche Zeit für das Erlernen von Fremdsprachen hätte ich als Struldbrug gewonnen! Und wie würde sich meine Aussprache des Englischen, vom Französischen ganz zu schweigen, verbessern.

Gulliver verbreitet sich jedenfalls über noch viele andere Themen, die ihm »die natürliche Sehnsucht nach endlosem Leben und irdischem Glück« mit Leichtigkeit liefert.

Dann jedoch folgt für den Schwärmer für die Unsterblichkeit rasch die kalte Dusche der Ernüchterung. Swifts Phantasie holt ihn schnell auf den erreichbaren Boden der Realität zurück. Und die ist erdenschwer und wird für einen endlos Alternden immer schwerer.

> Der von ihm aufgestellte Lebensplan sei unvernünftig und ungerecht, so wird ihm scharf entgegengehalten, weil er eine immerwährende Blüte der Jugend, Gesundheit und Lebenskraft voraussetze. Kein Mensch könne jedoch so töricht sein, diese zu erhoffen, wie ausschweifend er auch sonst in seinen Wünschen wäre. Hier handele es sich deshalb nicht darum, ob ein Mensch stets in der Blüte der Jugend bei Gesundheit und Reichtum leben möge, sondern wie er ein ewiges Leben mit allen Nachteilen des Greisenalters führen werde. Zwar wollten wenige Menschen ihren Wunsch eingestehen, bei so harten Bedingungen unsterblich zu bleiben; er habe jedoch in den beiden vorher erwähnten Königreichen Balnibarbi und Japan die Beobachtung gemacht, dass jeder Mensch wünsche, seinen Tod noch etwas länger hinauszuschieben, wäre sein Leben auch noch so weit vorgerückt. Er habe noch nie gehört, ein Mensch sei gern gestorben, ausgenommen in der Pein des höchsten Grades von Gram und Körperqual. Er berufe sich auf mich, ob ich nicht in den von mir bereisten

Ländern und in meinem Vaterlande dieselbe allgemeine Neigung vorgefunden habe.

Dann wird ihm in einem realistischen Bericht das Leben der Struldbrugs geschildert:

> Jene Menschen handelten wie gewöhnliche Sterbliche bis zum dreißigsten Lebensjahre; hierauf würden sie jedoch allmählich melancholisch und niedergeschlagen, und diese Stimmung steige bis zum achtzigsten Jahre. Er habe dies durch ihr eigenes Geständnis erfahren; sonst würde er sich kein allgemeines Urteil habe bilden können, da nur zwei oder drei dieser Gattung in einem Menschenalter geboren würden und somit die Zahl der Struldbrugs sehr gering sei. Gelangten sie nun zum achtzigsten Jahre, welches sonst als äußerster Lebenspunkt in diesem Lande angenommen werde, so zeigten sie nicht allein die Torheiten und Schwächen anderer Greise, sondern noch eine weit größere Anzahl, welche durch die furchtbare Aussicht, niemals zu sterben, bewirkt würden. Sie wären nicht allein eigensinnig, hölzern, habgierig, mürrisch, eitel und geschwätzig, sondern auch der Freundschaft unfähig und für jede Neigung erstorben, welche nie über ihre Enkel hinausgehe. Neid und ohnmächtige Begierde seien ihre überwiegenden Leidenschaften. Das aber, um was sie am allermeisten neidisch wären, sei das Lasterleben der jüngeren Generation und das Sterben der Alten. Gedächten sie ihrer früheren Zeiten, so fänden sie, dass ihnen jede Möglichkeit des Vergnügens abgeschnitten sei; sähen sie ein Begräbnis, so jammerten sie und murrten, daß andere in den Hafen der Ruhe gelangten, von welchem sie ewig ausgeschlossen sind. Sie erinnern sich nur an diejenigen Dinge, die sie in ihrer Jugend und in ihrem Mannesalter

gelernt und beobachtet, und auch in diesem Punkte ist ihr Gedächtnis nur sehr unvollkommen. Was aber die Wahrheit und die Einzelheiten einer Tatsache betrifft, so ist es besser, sich auf die gewöhnliche Tradition als auf ihr Gedächtnis zu verlassen. Die am wenigsten Unglücklichen unter den Struldbrugs sind diejenigen, welche wieder kindisch werden und ihr Gedächtnis verlieren; diese finden mehr Mitleid und Hilfe, weil sie viele schlechte Eigenschaften, welche man bei den übrigen trifft, nicht besitzen.

Wenn ein Struldbrug ein Weib aus seiner Art heiratet, so wird die Ehe nach dem Gesetz des Königreichs aufgelöst, sobald der jüngere Teil das achtzigste Jahr erreicht hat. Das Gesetz erachtet es nämlich für eine billige Nachsicht, daß denjenigen, welche ohne ihre Schuld dazu verdammt sind, fortwährend in der Welt zu leben, ihr Elend durch die Last eines Weibes nicht verdoppelt werde.

Sobald sie das achtzigste Jahr erreicht haben, werden sie als gesetzlich tot betrachtet. Ihre Erben sukzedieren sogleich in ihren Gütern; nur eine kleine Summe wird für ihre Ernährung zurückbehalten, und die ärmeren werden auf Kosten des Staates verpflegt. Nach dieser Zeit dürfen sie kein Amt mit oder ohne Gehalt verwalten, sie dürfen kein Grundstück kaufen oder pachten; auch wird ihnen nicht erlaubt, in irgendeinem Zivil- oder Kriminalprozess als Zeuge aufzutreten, nicht einmal bei der Entscheidung über Grenzen und Marken.

Im neunzigsten Jahre verlieren sie Zähne und Haare; in diesem Alter fehlt ihnen bereits der Geschmack; sie essen und trinken, was sie erhalten können, ohne Vergnügen und Appetit. Die Krankheiten, an denen sie früher litten, dauern fort, ohne sich zu vermehren oder zu vermindern. Beim Sprechen vergessen sie die gewöhnlichsten Benennungen der

Dinge und die Namen der Personen, sogar diejenigen ihrer nächsten Freunde und Verwandten. Aus demselben Grunde können sie sich nicht mehr mit Lesen vergnügen, weil ihr Gedächtnis vom Anfang des Satzes bis zum Ende nicht mehr ausreicht; hierdurch werden sie der einzigen Unterhaltung beraubt, deren sie sonst noch fähig sein könnten.

Da die Landessprache fortwährenden Veränderungen unterworfen ist, so verstehen die Struldbrugs des einen Zeitalters nicht mehr die eines anderen. Auch sind sie nach zweihundert Jahren nicht mehr imstande, irgendein Gespräch mit ihren Nachbarn, den Sterblichen, zu halten, wenn man einige wenige allgemeine Worte ausnimmt. Somit erleiden sie auch den Nachteil, als Fremde in ihrem Vaterlande zu leben.

Schließlich, nach diesem niederschmetternden Bericht von den Auspizien des Alters, wird Gulliver mit einigen Struldbrugs aus verschiedenen Jahrhunderten konfrontiert:

Nachher sah ich fünf oder sechs von verschiedenen Zeitaltern, der jüngste nicht unter zweihundert Jahren, welche von einigen meiner Freunde zu verschiedenen Malen mir vorgeführt wurden. Obgleich man ihnen sagte, ich sei ein großer Reisender und habe die ganze Welt gesehen, hegten sie nicht die geringste Neugier, um mir nur eine Frage vorzulegen. Sie baten mich nur, ich möge ihnen ein Slumskudask oder ein Geschenk zum Andenken geben, und dies ist eine bescheidene Art des Bettelns, um das Gesetz zu umgehen, welches ihnen Bettelei streng verbietet, weil sie vom Staate unterhalten werden, wenn die Nahrung auch nur sehr kärglich ist.

Sie werden von jeder Volksklasse verachtet und gehaßt. Wenn ein Struldbrug geboren wird, hält man dies für ein böses Vorzeichen, und ihre Geburt wird sehr genau aufgezeichnet. Man kann ihr Alter erfahren, indem man die Register um Rat fragt, welche jedoch nicht über tausend Jahre hinaus vorhanden sind oder wenigstens durch bürgerliche Unruhen und durch die Zeit zerstört wurden. Die gewöhnliche Art, ihr Alter zu berechnen, aber besteht darin, daß man sie fragt, an welche Könige oder große Personen sie sich erinnern können, und daß man alsdann die Geschichte nachschlägt. Denn der letzte Fürst, an den sie sich erinnern, hat seine Regierung bestimmt vor ihrem achtzigsten Lebensjahre nicht begonnen.

Es war der entsetzlichste Anblick, den ich je erlebt habe; die Frauen waren aber noch furchtbarer anzusehen als die Männer. Neben den Entstellungen des Alters zeigten sie auch noch entsprechend der Zahl ihrer Jahre eine furchtbare Totenfarbe, die ich nicht beschreiben kann, und unter einem halben Dutzend erkannte ich bald den ältesten, obgleich nicht mehr als ein oder zwei Jahrhunderte zwischen ihnen lagen.

Der Leser wird mir sehr leicht glauben, dass mein Wunsch eines fortwährenden Lebens auf Erden sehr herabgestimmt wurde. Ich schämte mich herzlich der angenehmen Visionen, die ich mir gebildet hatte, und dachte mir, kein Tyrann könne einen so schmerzhaften Tod erfinden, daß ich denselben nicht mit Lust einem solchen Leben vorziehen möchte.

Der König hörte alles, was zwischen mir und meinen Freunden bei dieser Gelegenheit vorgegangen war, und hatte die Güte, mich hierüber zu necken. Er wünschte, ich könnte ein paar Struldbrugs in mein Vaterland senden, um unser Volk gegen die Todesfurcht zu schützen. Dies aber war, wie es schien, durch die Grundgesetze des Königreichs verboten, sonst hätte ich gern die Last und die Kosten des Transports auf mich genommen.

Ich mußte zugestehen, daß die Gesetze des Königreichs in betreff der Struldbrugs auf Vernunftgründen beruhen und daß jedes Land unter ähnlichen Umständen zu demselben Verfahren würde gezwungen werden. Da nämlich Habsucht die notwendige Folge des Greisenalters ist, so müßten diese Unsterblichen zuletzt die Eigentümer des Vermögens der ganzen Nation werden und sich dadurch die Regierungsgewalt verschaffen, die sie aus Mangel an Fähigkeiten nicht ausüben könnten, sodass der Staat seinen Untergang finden müßte.

Man muss zugeben, dass diese gewiss eher realistische als freundliche Vision mit ihren Schrecken und Höllenvisionen einen selbst dann verstört, wenn man nur an das verlängerte Leben, nicht an das ewige denkt. Erst kürzlich habe ich gelesen, dass die Lebenserwartung eines 2006 geborenen Mädchens im Durchschnitt bei fast neunzig Jahren liegt. Selbst wenn wir von Swifts Satire die Misogynie, also die Frauenfeindlichkeit, abziehen, der er sich auch in der abstoßenden Schilderung der Ausdünstungen, behaarten Warzen und fleckigen Haut der lieblichen Jungfrauen am Hofe der Riesen befleißigt, selbst wenn wir seinen Ekel vor allen Ausscheidungen abziehen – seine Schilderungen bleiben auch in Zeiten der Schönheitschirurgie und der fortgeschrittensten Altersmedizin mit ihren Vitaminen, Enzymen, Gymnastik-, Yoga- und Spa-Programmen, mit ihrer psychiatrischen Versorgung der Alten, ein eher düsterer Horizont. Von all den Entsagungen, die das Alter mit sich bringt, einmal abgesehen.

Was fast am erschreckendsten an Swifts in eine hoffnungslose Zukunft verlängerten Prognosen ist: Es gibt im Alter keine Solidarität, weder zwischen den Geschlechtern noch zwischen den Alten und Allerältesten. Wir selber wissen und haben erfahren: Alte meiden Alte. Es ist, als ob sie das Alter als eine Art ansteckende Krankheit fürchteten. Bei Swift ist Altwerden, grenzenloses Altwerden, eine Krankheit, deren Opfer man isoliert. Wie Aussätzige.

Swift, der Visionär der Schrecken des Alters, wurde in seinem eigenen Leben von seinen schrecklichsten Visionen eingeholt und überholt. Er hatte den »Gulliver« zwischen 1721 und 1725 geschrieben, also zwischen seinem vierundfünfzigsten und achtundfünfzigsten Lebensjahr. Ungefähr von seinem sechzigsten Lebensjahr an erreichte ihn der allmähliche Verfall seiner Geisteskräfte – Angst davor hatte er ständig gehabt, Gleichgewichtsstörungen hatten ihn das ganze Leben in Furcht vor einem schrecklichen Ende gehalten, er wurde von einem ozeanischen Rauschen in seinen Ohren heimgesucht. In seinen Briefen von 1731 an klagte er über Taubheit, Schwindel, Gedächtnisschwäche und zeitweilige Verwirrung. Man wagt sich nicht auszumalen, ob die lichten Momente, in denen der Greis seinen Zustand zu diagnostizieren vermochte, nicht die noch schrecklicheren Erfahrungen des Vereinsamten waren, der seine wenigen verbliebenen Freunde durch seine zunehmend schroffe Kälte und seinen immer krankhafteren Geiz abstieß, sodass er noch einsamer wurde. Er verfiel in depressive Stumpfheit, die mit wilder Raserei wechselte, war kaum noch zum Lesen und Briefeschreiben in der Lage. Schmerzen plagten ihn; einer der größten Geister der Menschheit vegetierte kläglich vor sich hin. 1742 musste er entmündigt werden. Da war er fünfundsiebzig Jahre alt, noch fünf Jahre von der entsetzlichen Frist, der »deadline«, möchte man makaber scherzen, entfernt, die er seinen »Unsterblichen«, den Struldbrugs, im »Gulliver« gönnte. Der Tod, dessen erlösende Wohltat er angesichts der Phantasiegeschöpfe erfuhr, die er zur Unsterblichkeit verdammt hatte, befreite ihn, man darf füglich annehmen, dass es nur noch eine Befreiung war, mit achtundsiebzig Jahren. Heute könnte, müsste, dürfte er wohl noch länger leben. Vielleicht wäre die Medizin jetzt wenigstens seiner Schmerzen Herr und könnte sein Verdämmern wohltätiger gestalten. Ein Trost? Ein schwacher Trost!

Die Struldbrugs mit der Bürde (und nicht etwa der vermuteten Gnade), ewig leben zu müssen (nicht zu dürfen), hat Swift als Ge-

genmittel, Gegengift gegen einen ewigen Traum und Wunsch des Menschengeschlechts erfunden: dem, möglichst länger zu leben, als es einem bestimmt ist. Er lässt den Gesandten der Insel Luggnagg, der sein Königreich in Japan und Balnibarbi vertreten hat, nach seiner Rückkehr in die Heimat, in der es Unsterbliche gibt, berichten:

> Langes Leben sei der allgemeine Wunsch des Menschengeschlechts. Jeder, dessen einer Fuß schon im Grab stehe, stemme sich mit dem andern so stark wie möglich dagegen. Der älteste Greis hoffe noch einen Tag länger zu leben und betrachte den Tod als das größte Übel, welches die Natur ihn fortwährend zu vermeiden zwinge. Nur auf der Insel Luggnagg sei die Begierde zum Leben nicht so heftig, weil sie die Struldbrugs fortwährend vor Augen hätten.

Leben wir Gegenwärtigen schon auf Luggnagg? Jedenfalls gibt es bei uns heftige Bewegungen zur aktiven Sterbehilfe. Die Angst vor einem der Unsterblichkeit gleichkommenden Leben lässt Anverwandte zu Notaren eilen, wo sie, für den Fall, dass ihnen die Lebensverlängerung bei ohnmächtigem Elend durch eine schier über den Tod triumphierende Medizin droht, sich durch eine »Patientenverfügung« vor einer kleinen Unsterblichkeit zu schützen suchen.

Der Jungbrunnen

> Glücklich ist, wer vergisst,
> was doch nicht zu ändern ist.
> Johann Strauß, »Die Fledermaus«

Der Satiriker Swift hat bei seinem Höllenbrueghel-Gemälde vom ewigen Leben der Struldbrugs geflissentlich übersehen wollen, dass sich hinter der Sehnsucht nach leiblicher Unsterblichkeit in Wahrheit der Wunsch nach ewiger Jugend verbirgt, wie es in Alterswunschkonzerten – vom Kabarettisten Helmut Qualtinger als »Erbschleichersendungen« verspottet – heißt: »Man müsste noch mal zwanzig sein!« Und weiter: »und so verliebt wie damals.« Das wünsch(t)en Kinder und Enkelkinder per Radio ihrem »rüstigen« Großvater, die Angestellten und Nachrücker ihrem jung gebliebenen, zumindest im Herzen jung gebliebenen Chef oder Vorgesetzten beim Erreichen der Altersgrenze.

Und dabei versicherte man dem ins Alters-Abseits Gefeierten und Gefeuerten, dass man sein »Werk« in »seinem Sinne«, »in seinem Geiste« fortsetzen werde. Kaum ist er zur Tür hinaus, werden die Tapeten gewechselt, die Bilder von den Wänden genommen; seine Vertrauten werden entlassen oder auf beleidigend unwichtige Nebenposten abgeschoben. Alterspietät ist etwas für Feierstunden. Radikaler Umschwung und extremer Paradigmenwechsel die erste Rache und Befriedigung der Nachkommen.

Rüstig, im Herzen jung geblieben, anders, also mit gesunder Hautfarbe und klarem blauem Blick und schlohweiß dichtem Haar, auf einer Bank vor einem Alpenpanorama sitzend, wollte und sollte man sich den Jubilar nicht vorstellen.

Dem unerfüllbaren Wunsch, dem geseufzt gesungenen »Man müsste noch mal zwanzig sein!«, setzte man, damals, als ich Junger dem Wunschkonzert für Alte so ziemlich fassungslos zuhörte, die So-gut-wie-Gewissheit entgegen, dass man sich dann genau wie damals für die gleiche Beziehung entscheiden würde – damals waren, zumindest in Wunschkonzerten, partnerschaftliche Bindungen noch auf Dauer angelegt, noch nicht auf Lebensabschnittsgefährten oder gar auf drohende Versingelungen. Man bereute, wenn der Bariton Willy Schneider das sang, nichts, man bedauerte höchstens, dass man das Gleiche nicht noch mal von Beginn an, alles auf Anfang!, erleben konnte.

Dann, stelle ich mir vor, hob der weißschopfige Jubilar sein Glas und sagte mit, als fein empfundener, Ironie: »Prost!« und: »So jung kommen wir nicht mehr zusammen!« Damals hieß der Satz dazu: »Man ist so jung, wie man sich fühlt«, und die Partnerin sei »so jung, wie sie sich anfühlt«. Man konnte sich selbst dabei ganz schön was vorflunkern, jedenfalls solange man sich zuprostete. Vielleicht hoffte man auch auf die Suggestionskraft solcher Behauptungen, auf ihre selffulfilling prophecy.

Der Wunsch nach ewigem Leben gleicht eigentlich einem Flug von Europa über den Atlantik nach Amerika, wobei man die Uhr zurückstellt und dabei scheinbar Zeit gewinnt. Man weiß, dass man sie spätestens beim Rückflug erstatten muss. Wie die gewonnene Winterzeit bei der verlorenen Sommerzeit.

Die Lebensuhr zurückstellen, das ist der Wunsch. Und dass die Zeit, zurückgestellt, stehen bleibt. Und da das nicht geht, nicht einmal spielerisch, spielt man mit dem Gedanken, seine Uhr auf ein bestimmtes Lebensdatum zurückzudrehen, um sie dann erneut wieder ablaufen zu lassen. Vor der Ewigkeit ist das nicht mal der Bruchteil einer Sekunde. Denn die Ewigkeit, wie ich sie mit dem Märchenmaß messe, ist ein kolossaler Tausende Meter hoher Stahlfelsen, zu dem einmal im Jahr ein Vogel geflogen kommt, um einmal seinen Schnabel zu wetzen. Und was er dabei an Stahl abträgt, ist eine Sekunde der Ewigkeit, die so lange wirkt, bis dieser stählerne Mount Everest ganz abgetragen, vollkommen abgewetzt ist.

»Nein«, sagt man bei solchen hypothetischen Spielereien. »Nein, zwanzig möchte ich nicht noch mal sein!« Und jemand anderer pflichtet bei: »Um Himmels willen!«, und fügt hinzu: »So dumm und unreif, wie ich damals war!« »Dann schon eher vierzig!«, sagt eine Frau. »Ja«, stimmt ihr Mann zu. »Mit vierzig warst du am meisten bei dir!« Und fährt fort: »Die Kinder waren noch im Haus, aber aus dem Gröbsten raus!« »Nein«, ruft sie, »doch nicht vierzig. Um Gottes willen! Wie gut, dass du mich daran erinnerst! Wenn ich an die Pubertät unseres Sohnes denke. Brrr! Dann schüttelt es mich!« Und dann schüttelt es sie. Theatralisch. So als wollte sie die verflossene Zeit dafür bestrafen, dass sie verflossen wäre. Pause. »Und du, du hast dich gar nicht um das Zuhause gekümmert. Damals, da musstest du doch deinen zweiten Frühling nehmen! Mein Gott, war das schrecklich! Die Kinder im schwierigsten Alter und der Mann kindisch, trotzig, weil er sich selbst verwirklichen will! Nein, das bitte nicht noch einmal!«

Spätestens zu diesem Zeitpunkt merkt man bei solchen Gesprächen, dass sie in Wahrheit als Trostpflaster auf eine Wunde gelegt werden sollen. Und jeder sagt: »Es ist auch besser so!« Keiner sagt in solchen Gesprächen: »Mein Gott, was war ich damals noch offen! Und so voll schöner, törichter Hoffnungen!« – »Tennischampion hätte ich damals noch werden können!« – »Wenn ich mein Klavierspiel nicht aufgegeben hätte ...« – »Was wäre aus mir geworden, wenn ich dich nicht kennengelernt hätte!« – »Russisch hätte ich gelernt und Chinesisch eventuell ...« Aber keiner gräbt seine begrabenen Hoffnungen aus. So gut wie keiner!

Max Frisch hat darüber ein (leider politisch sehr zeitgebundenes) hübsches Theaterstück geschrieben. Es heißt »Biografie«, ist von 1968 und hatte damals an mehreren deutschsprachigen Bühnen gleichzeitig seine Uraufführung. Es handelt, so schrieb Georg Hensel in seinem »Spielplan«, vom »Gedankenspiel einer Wunschbiographie«: »Was wäre, wenn der Verhaltensforscher Kürmann die Chance hätte, sein Leben (an einem bestimmten Punkt) noch einmal anzufangen und alles anders zu machen«? Er würde, so Frischs resignativ-heitere Einsicht, den entscheidenden Fehler immer wiederholen. Auch hier wird der Zuschauer getröstet: Es würde ja nichts bringen, wenn man sein Leben ändern könnte, man würde die gleichen Fehler begehen (»so verliebt wie damals!«).

Georg Hensel sagte mir damals, mit seinem glücklich gluckernden Lachen – wir saßen nach der Uraufführung, wie meine Erinnerung hofft, in der Zürcher »Kronenhalle« –, Frischs Thema habe Johann Strauß in der »Fledermaus« auf die bündige Kurzformel gebracht: »Glücklich ist, wer vergisst, was doch nicht zu ändern ist!« Er schenkte mir damit mein Lebensmotto, das sich auch durch dieses Buch zieht.

Max Frisch beendete die »Biografie« mit dem Krebstod der geliebten Frau, die Herrn Kürmann so beutelt. Der Krebstod wischt alle spielerischen Lebenswahlmöglichkeiten, die ein Theaterregistrator auf der Bühne den Helden schenkt, mit tödlichem Ernst beiseite. Ein paar Jahre später (in Wahrheit: über zwei Jahrzehnte später) ist Max Frisch 1991 an Krebs gestorben.

Was wäre, wenn man sein Leben in eine Zeit drehen könnte – nicht rückwärts, sondern vorwärts –, in der der Krebs heilbar wäre?

Der Jungbrunnen, wie er aus der germanischen Sage kommt, der Sage von Wolfdietrich, hält sich mit biographischen Details nicht auf. Jedenfalls badet in der Sage die »rauhe Elfe« in einem Verjüngungsbad und wird zur reizenden Siegeminne.

Lucas Cranach schuf seinen »Jungbrunnen« 1546, im Alter von vierundsiebzig Jahren, schon vorher aber hatte er seine Malerleidenschaft für den schönen jungen nackten Körper entdeckt: die ewige

Jugend von Adam und Eva, die sich im Paradies in aller Unschuld in ihrer schönen frischen Haut wohlfühlen. Auch das »Goldene Zeitalter«, ein Reigen lebensfroher junger Menschen, zeigt vollkommen unbekleidete Männlein und Weiblein, die in naiver Freude im Wasser plantschen, als Paar beieinander mit angewinkelten Beinen auf einer Wiese lagern oder vertraulich nebeneinanderkauern in inniger Nähe, zu sechst Ringelreihen um einen Baum voller Blüten tanzen, ein Bild ewigen Frühlings, seligen Jungseins. Um dem Anstand zu genügen, hält der Maler, ein Freund Luthers, seine innere Kamera so, dass stets ein Zweiglein oder Blatt die Scham der Nackten bedeckt, dass sie das Knie so winkeln, dass ihre Blöße dahinter verschwindet, hinter dem Arm eines Ringelreihentanzpartners ihr Schoß sich versteckt oder sie uns im Reigen den Rücken zukehren. Nichts ist versteckt, alles schierer Zufall. Jungsein ist Lebensfreude pur, Trunkenheit ohne Rausch. Im Goldenen Zeitalter ein Zustand ohne die Sorgen irgendeiner Zukunft.

Das Goldene Zeitalter, in dem die Menschen alles in Hülle und Fülle vorfanden, daher in aller Unschuld und Sorglosigkeit lebten, brauchte noch keinen Jungbrunnen. Die Schönen, Nackten, Jungen und Schlanken machen klar, dass wir es nicht mit dem Schlaraffenland verwechseln dürfen, dessen Bewohner nach dem Schlemmen eher einer Fast-Food-Hölle mit Big Macs, Currywürsten, Leberkäse und triefenden Broilern entkommen zu sein scheinen und dringend eines radikalen Heilfastens, wenn nicht gar einer Null-Diät bedürfen.

Lucas Cranach (der Ältere wird der Arme, auch wenn es sich um Kunstwerke seiner Jugend handelt, genannt, um ihn von seinem gleichnamigen Sohn zu unterscheiden) wurde immerhin einundachtzig (wobei Malen ein beim Altwerden günstiger Beruf ist, Tizian wurde 101 Jahre) und malte die Jungbrunnen im Greisenalter. Er wusste also, was er malte, wenn er die alten Frauen vor dem Bad im Brunnen darstellte: Gebrechliche, schwächliche (meine Mutter:

Wagen voller »alter Weibsen«, die »schimpften und keiften«), runzlige und gekrümmte werden zu dem Schönheitspool gefahren und getragen, wo sie ihre Kleider ablegen und in den Verjüngungsquell steigen – auf der Hälfte ihres Weges durchs heilende Nass beginnen sie sich zu freuen und scheinen zu frohlocken (meine Mutter in ihrem Lied vom voll geladenen Wagen: »sangen sie durchs Städtchen«) und verwandeln sich zu den jungen Mädchen zurück, die sie früher einmal gewesen waren. Und während sie auf der anderen Seite aus dem Wasser steigen, werden sie von erwartungsfrohen, galanten jungen Männern erwartet, von einem Leben voller Lust, voller Fröhlichkeit.

Die Party geht weiter. Es ist ein Bild, das unseren Werbebildern vom »Vorher« und »Nachher« gleicht, etwa für Haarwuchsmittel, Antifaltencreme und gegen abstehende Ohren, Pickel oder Schuppen. Nur, dass »Vorher« und »Nachher« hier vertauscht sind. Jedenfalls zeitlich. Es ist, als ob ein alter Mann ein Porsche-Cabrio bestiege und nach kurzer Fahrt als junger Spritzer mit einer Flanke über die geschlossene Tür auszusteigen in der Lage wäre.

Unsere Gegenwart kennt, oder verspricht zumindest, solche Jungbrunnen. Sie heißen Schönheitsfarmen, Diätkliniken, bieten Fastenkuren, Schönheitsfasten, Thalasso, Ajurveda, Verjüngungskosmetik. Mit Quellen, Bädern, Brunnen hängen sie alle zusammen: Spa heißt Gesundheit durch Wasser, sanitas per aqua. Wellness und Spa sind die neuen Devisen eines neuen goldenen Zeitalters, das wir aus den Heilquellen, den Blubberbädern, den Saunen und Fitnessstudios betreten, von den Messern der Schönheitschirurgen zurechtgestutzt, von Massagen gestärkt, auf Trimmpfaden vorbereitet. Die Jungbrunnen entstammen einer gewaltigen Anti-Aging-Industrie, die ein Forever-Young versprechen. Forever young! Aus dem Alter kann man aussteigen, man kann ihm schwimmend, schwitzend, joggend und fastend entlaufen. Es gibt einen Weg zurück! Jedenfalls gibt es das Versprechen.

Marienbad – der letzte Jungbrunnen

> Die Tragödie des Alters ist nicht, dass man alt,
> sondern dass man jung ist.
>
> Oscar Wilde

»Neue Bäder heilen gut«, spottete Lichtenberg in seinen »Sudelbüchern«, eine Abwandlung des Sprichworts von den neuen Besen, die gut kehren. Nicht aber deshalb ist Goethe von Karlsbad, wo er so regelmäßig kurte, dass er heute dort durch ein Standbild geehrt wird, 1821 nach Marienbad ausgewichen. Er war vielmehr, wie der verlässliche Goethe-Biograph, Richard Friedenthal, mitteilt, von Karlsbad nach Marienbad gewechselt, weil er neben der Erholung durch junge, fröhliche Gesichter und Kurwässer in einem neuen Revier seinem alten geliebten Hobby frönen konnte: Er war wandernd mit einem Hämmerchen unterwegs, machte von Marienbad Ausflüge zum Kammerberg bei Eger und schlug Gesteinsproben, nachdem Karlsbad als geologisches Jagdrevier für ihn erschöpft war.

Greifen wir kurz vor. Als Goethe schon dem jungen Fräulein von Levetzow die Kur schnitt und den Hof machte, brachte er von seinen Ausflügen als Hammerwerk »fleischroten Granit« oder »losen Zwillingskristall« mit und war stolz, seine Beute auch dem jungen Ding zeigen zu können, Steine, mit denen sein Tisch bis zum Brechen voll war. Ulrike war siebzehn, der Steinesammler und Geheimrat Goethe zweiundsiebzig, beinahe ergab der erhebliche Altersunterschied einen Zahlendreher, aber selbst dazu war der gewaltige Altersunterschied von 55 Jahren, in Worten: fünfundfünfzig, um ein Jahr zu hoch. Vielleicht hätte sich auch ein weniger älteres Mädchen bei Steinen gelangweilt, und so altersblöd war der verliebte Goethe nicht, das nicht zu merken, also versteckte er eine Tafel Schokolade unter den harten Brocken. Mit Speck fängt man Mäuse. Wenn man bedenkt, dass der alte Brecht (er war alt schon, als er Mitte fünfzig war; mehr als achtundfünfzig Lebensjahre sollten ihm sein krankes Herz und der Stand der damaligen Herzchirurgie in Ostberlin nicht zubilligen) seine junge Geliebte Isot Kilian, als sie einmal schmollte und sich bei Theaterproben von ihm wegsetzte, mit einer leeren Zigarrenkiste, zum Spielen, für ihre ehelichen Kinder, wieder zur kuscheligen Nähe brachte.

Der Bestechungsversuch des alten Galans Goethe war süßer. Dem Ehemann Harich, dem Brecht die junge Schauspielerin ausgespannt hatte, gab er 1954 den fordernden Rat: »Lassen Sie sich jetzt von ihr scheiden und heiraten Sie sie in ungefähr zwei Jahren noch einmal.« »Ungefähr zwei Jahre« später, die kalte Prophezeiung des schmächtigen Grobians sollte sich ziemlich genau erfüllen, starb der »arme B. B.« als reicher Mann 1956. Im gleichen Jahr kam Harich für viele Jahre ins DDR-Zuchthaus Bautzen, was mit Brechts Tod wenig oder nichts zu tun hat.

Isot Kilian war es, der Brecht sein Testament diktiert und ihr den Auftrag erteilt hatte, es abschreiben und notariell beglaubigen zu lassen. Das blieb leider durch eine Nachlässigkeit unerledigt. Die Kilian wollte beim zuständigen Notar nicht stundenlang anstehen. Und die Witwe Helene Weigel focht das Testament an und erreichte, dass Brechts nachgelassener und teils lange schon vernachlässigter Harem – Käthe Reichel, Isot Kilian als junge Geliebte und Elisabeth Hauptmann und Ruth Berlau, die den Meister nicht nur jung geliebt, sondern ihm auch textlich unentgeltlich zugearbeitet hatten – leer ausging.

Goethe überlebte sein »Marienbad«, ein Desaster der Unerfülltheit, um ganze elf Jahre. Leere Zigarrenkiste und Schokolade unter

Felsbrocken – so weit der Unterschied im Umgang mit der letzten Liebe zwischen den beiden größten deutschen Lyrikern, wobei der eine bei seiner Werbung, erfolgreich, auf seine stupende Theaterkarriere zurückgreifen konnte, der andere, erfolglos – sieht man vom unsterblichen dichterischen Erfolg der »Marienbader Elegie« ab –, seinen hohen Dienstherrn, den Herzog August, als seinen Werber einsetzte.

Beider Tod war, gemessen an ihrer Lebensgröße und Bedeutung, kläglich – wie es der Tod wohl gewöhnlich (in beiderlei Wortsinn) ist. Brecht hatte sich von Buckow (seinem Elegien-Ort) schwindlig und geschwächt nach Berlin zu seinem Ensemble geschleppt, um Proben für ein Londoner Gastspiel zu leiten, brach aber vor Schwäche zusammen und starb – nachdem die Ärzte einen seit drei Tagen verschleppten Herzinfarkt konstatiert hatten – in der Charité. Vergeblich hatten ihn vorher, als sich die Schwächezeichen mehrten, sein Verleger Peter Suhrkamp und seine Frau bedrängt, doch nach München, der Stätte seiner wilden Jugend und einer besseren Medizin, zu fahren. Tot, wurde er in einen Zinksarg eingeschlossen, nachdem ihm ein Arzt in die Herzschlagader gestochen hatte. Er hatte das so verfügt – aus Angst vor dem Gewürm im Grab und davor, scheintot, also lebendig, begraben zu werden. Und traurig war auch der Abschied.

An Caspar Neher, den Augsburger Jugendfreund und kongenialen Bühnenbildner, der nicht nach Berlin kommen konnte, schrieb Suhrkamp: »Das Preislied und den Abschiedskanon kann man nur in Gemeinschaft singen. Für Brecht könnten es nur ein paar Männer. Das Haus an der Chausseestraße ist jetzt ein Haus voll düsterer Trauer.« Da mag der Macho-Geist des verstorbenen Weiberhelden seinen Nachhall gefunden haben – düster bleibt das Gemälde allemal.

Und Goethe? Bis zum Steinerweichen ist sein Sterben zum Abschied eines Olympiers stilisiert worden, der mit der vieldeutig-eindeutigen Sentenz »Mehr Licht!« aus dem Leben in eine höhere Welt geschieden war – so sehr, dass sich hartnäckig die bösartige Dialekt-Parodie angeschlossen hat, Goethe habe »Mer licht hier schlecht« (also Hessisch: Man liegt hier schlecht) sagen wollen. Der Tod sei ihm nach »Mer licht« gebieterisch ins Wort gefallen.

Die Wahrheit war jämmerlicher. Der Arzt, der am frühen Morgen gerufen wurde:

> ›Ein jammervoller Anblick erwartete mich. Fürchterliche Angst und Unruhe trieben den seit lange nur in gemessenster Haltung sich zu bewegen gewohnten hochbejahrten Greis mit jagender Hast bald ins Bett, wo er durch jeden Augenblick veränderte Lage Linderung zu erlangen vergeblich suchte, bald auf den neben dem Bette stehenden Lehnstuhl. Der Schmerz, welcher sich mehr und mehr auf der Brust festsetzte, preßte dem Gefolterten bald Stöhnen, bald lautes Geschrei aus. Die Gesichtszüge waren verzerrt, das Antlitz aschgrau, die Augen tief in ihre lividen Höhlen gesunken, matt, trübe; der Blick drückte die gräßlichste Todesangst aus. Der ganze eiskalte Körper triefte von Schweiß, den ungemein häufigen, schnellen und härtlichen Puls konnte man kaum fühlen; der Unterleib war sehr aufgetrieben; der Durst qualvoll.‹
>
> Ehe er im Lehnstuhl neben seinem Bett am 22. März 1832 gegen Mittag starb, hat er noch geträumt, laut phantasiert: ›Seht den schönen weiblichen Kopf – mit schwarzen Locken – in prächtigem Kolorit – auf dunklem Hintergrund.‹

Er zeichnete in die Luft. Er war, so ließ es sein Todestraum vermuten, wieder in Marienbad. Wieder bei Frauen. Einen Männerabschiedskanon wird er kaum erwartet haben.

Anfang 1823 war Goethe schwer erkrankt, an einer Herzbeutelentzündung. Der Dreiundsiebzigjährige, so vermuten die Ärzte in der Retro-Diagnose, hatte einen Infarkt der Herzkranzgefäße überstanden. Zwanzig Jahre lang hatte er ohne ernst zu nehmende Störungen gelebt. Jetzt erschütterte ihn die Krankheit schwer, er litt an Atemnot, wurde von Schüttelfrost heimgesucht, dem schweren, mächtigen Körper wurden die Füße schwer. Sarkastisch spottete der Alte über die Ärzte: »Treibt nur eure Künste, ihr werdet mich doch nicht retten!« Sie retteten ihn nicht. Doch er erholte sich. Goethes Gene triumphierten über die Medizin.

In seinem Haus, in der Mansardenwohnung, lebten sein Sohn August und seine Schwiegertochter, die auch während seiner lebensbedrohlichen Erkrankung laut und lärmend ihren feuchtfröhlichen Vergnügungen nachgingen. Goethe selbst sagte ihnen, sie sollten sich nicht durch ihn stören lassen. Doch bei seinem Freund Friedrich von Müller beschwerte er sich. Er fühlte sich so belästigt, dass er davon sprach, es in Weimar nicht mehr aushalten zu können. Er spielte mit dem Gedanken, nach Frankfurt, an den Ort seiner Geburt, umzuziehen, zurückzukehren. Dort warte man auf ihn …

So viel zum Zusammenleben zweier Generationen unter einem Dach – eine Form des Zusammenlebens zwischen Alten und Jungen, dessen Fehlen aufgrund der Enge in zu kleinen Großstadtwohnungen heute beklagt wird.

Der kranke Goethe nannte die Schwiegertochter des lieben häuslichen Friedens willen, wenn sie leise an sein Bett trat, ein leise schleichendes »Seidenhäschen«. In ihrer Abwesenheit schalt er ihr Treiben »hohl und leer«, sie sei laut, »weder aus Leidenschaft, Neigung, noch aus wahrem Interesse«, alles sei nur eine »Wut, aufgeregt zu sein«. So urteilen heute noch gerne Alte über das laute Treiben der Jugend – zu Unrecht und mit Recht zugleich.

Goethe selbst hatte sich, Jahre zuvor, als seine Frau 1816 einen tagelangen schrecklichen Tod mit unerträglichen Schmerzen gestorben war, in einen weit entfernten Winkel seines großen Hauses zurückgezogen, hatte eine Erkältung vorgeschützt. Der alte Goethe wich Tod und Begräbnissen weiträumig aus.

Man kann den Todesschilderungen jener vergangenen Zeiten, die man, wie jede Zeit, die so weit hinter einem liegt, dass man sie selbst nicht erlebt hat, gern »glückliche Zeit« oder zumindest: »glücklichere Zeit« nennt, entnehmen, dass Menschen, so sie es konnten, den Tod anderer weit von sich schoben, wenn auch noch nicht in die antiseptische Welt der Maschinen und Schläuche. Auch ist es gut, sich vor Augen zu halten, dass inzwischen zumindest der Schmerz, der sich in lautem Schreien und wilden Zuckungen und Verkrampfungen entlud, gelindert, wenn nicht gestillt und betäubt werden kann. Wer schon in der Verlängerung des Alters keinen Fortschritt zu erblicken vermag – im Beruhigen und Beschwichtigen des Schmerzes sind wir doch gegenüber angeblich glücklicheren Zeiten ein paar große Schritte weiter. Schmerzen muss heute wohl niemand mehr erleiden. Sie sind abstellbar. Manchmal aber ist Schmerz nur zu beherrschen, wenn man das Bewusstsein des nahen Lebensendes billigend in Kauf nimmt. Es ist eine Abwägung zwischen kürzer leben und dafür weniger leiden. Manchmal, wenn die Ärzte den Schmerz besiegen, sagen sie dem Patienten damit: Es ist aus! Es geht zu Ende! Tschechow bekam von dem ihn behandelnden Arzt in Badenweiler, im Juli 1904, als sein Tod unmittelbar bevorstand, ein Glas Champagner. Es heißt, dass Ärzte im 19. Jahrhundert ihren todkranken Kollegen mit dieser Geste das Sterben ankündigten.

Doch zurück zum Herzschmerz, der der Liebe entspringt, den Goethe wie kaum ein Zweiter in deutscher Sprache besungen hat, volksliedhaft gereimt, in antiken Versen auf die blasse Haut der Geliebten taktierend gefingert oder, als Verlust und Verzicht, elegisch betrauert.

Besonders nach Krankheiten, die, überlebt, einer Wiederauferstehung gleichen, regt sich die Lebenslust verzweifelt in der Liebe, als wollte sich das Leben noch einmal vom Goethe'schen »Stirb!« in ein »Werde!« verwandeln. Und das ganz und gar wortwörtlich und buchstäblich:

Goethe in Marienbad. Als er glaubte, in der siebzehnjährigen Ulrike noch einmal die Liebe seines Lebens für einen Bund des Lebens gefunden zu haben, begab der Greis sich zum Arzt. Er wünschte zweierlei zu wissen, ob ihm eine Heirat in seinem Alter schaden könne, und zugleich, dass er zum Vollzug der Ehe durchaus noch in der Lage sei.

Er war zur Erholung nach Marienbad gekommen, war seinem Sohn und dessen Frau im eigenen Haus am Frauenplan entflohen. Das Bad sollte Erholung bringen, Re-Kreation. Und die Eigenschaften, die man den Heilwässern zuschrieb, die kräftiger, wirkungsvoller und anstrengender als die in Karlsbad waren, lesen sich wie Werbung für heutige Spas, Bäder, Wellness-Inseln für die, die unsere Gesellschaft ihre älteren Mitbürger nennt.

»Die Quellen von M. werden mit Erfolg benutzt von plethorischen (wir würden heute sagen: unter hohem Blutdruck leidenden) Personen mit Hämorrhoiden, Fettbauch, Fettleber, habitueller Obstruktion, bei Kongestionen nach Kopf und Brust, Gehirnhyperämie, bei Rheumatismus, Gicht, chronischen Katarrhen der Atmungsorgane, chronischen Krankheiten der Harnorgane ...«, na, und so weiter und so fort. Also Marienbad ein Gesundbrunnen gegen alle Zipperlein, selbst erworbenen wie altersgemäßen, gegen alles, was zwickt und zwackt.

Goethe geriet auch noch, was ihm zum Glück und zum Verhängnis werden sollte, uns, den Nachgeborenen, aber zum puren Geschenk, in einen Jungbrunnen besonderer Art. Er logierte, wie schon in den Jahren seit 1821, im Haus der Frau von Levetzow, einer Witwe mit drei heranwachsenden Töchtern, Ulrike, Amalie und Berta, die den Rekonvaleszenten so sehr mit jugendlicher Frische und Munterkeit umgaben, dass er, der Umschwärmte und Herzerwärmte, auflebte, ja, falls man das über jemanden in diesem Alter noch sagen kann, aufblühte. Martin Walser nennt das, nach einem floristischen Phänomen, »Angstblüte«. Er selber ist inzwischen älter als Goethe damals.

Goethe verliebte sich in die »Älteste« der drei, die Siebzehnjährige. Sie kam aus einer Pension in Straßburg, daher also, wo der junge Goethe seine erste Liebe im nahen Sesenheim, seine Sturm- und-Drang-Zeit erlebt hatte. Das galt für ihn im ursprünglichsten Sinn des Wortes, denn wer, wenn nicht er, hatte die Sturm- und-Drang-Zeit (so der Dramentitel eines ebenfalls blutjungen Zeitgenossen) mit erfunden, mit erlebt: »Es schlug mein Herz / Geschwind zu Pferde! / Es war getan, fast eh gedacht.« Alle Goethe-Verehrung, aller Goethe-Kitsch klammern sich an jene Jahre, die wir als »Röslein auf der Heide«-Zeit im kollektiven Gedächtnis dank unzähliger (es dürften acht sein) Generationen von Schulmeistern und Germanistikseminaren verankert haben.

Ulrike wusste nichts davon, als Goethe sie bat, von Straßburg zu erzählen. Sie hatte nie eine Zeile von ihm gelesen, ja, sie wusste nicht einmal, dass der Zweiundsiebzigjährige ein Dichter, *der* Dichter seiner Epoche war. Ein Dichter von globaler Ausstrahlung, ein Dichter der »Weltliteratur«, auch das ein Begriff, den er geschaffen hatte. Sie hielt ihn, mit seinen Steinen und seinem Hämmerchen, für einen Gelehrten, den Herrn Geheimrat. Er nannte sie »Töchterchen«.

Und dann passierte es: Sie verführt ihn zu abenteuerlichen Schritten. Er zieht seinen alten Freund, seinen Herzog Karl August, ins Vertrauen, mit dem er, als beide jung waren, durchs Herzogtum geritten war, um als junge Wilde jungen Mädchen nachzustellen. Er, der Dichter des »Werther«, und der andere, der junge Fürst, der sich einen Musenhof in seinem kleinen Weimar anzulegen schickt. Scheinbar herrscht unbegrenzte Freundschaft zwischen dem Herrn und dem Dichter. Doch wir wissen es, dank Goethes »Tasso«, besser. Dort taucht auch das Motto auf: »Und wenn der Mensch in seiner Qual verstummt, gab mir ein Gott zu sagen, was ich leide!« Das sollte der alte Goethe wieder aufnehmen, als Motto für das wohl ergreifendste Liebesgedicht deutscher Sprache, die »Marienbader Elegie«. Er variierte nur das »was« zum »wie«: »Und wenn der

Mensch in seiner Qual verstummt, gab mir ein Gott zu sagen, wie ich leide!«

Bald bittet Goethe seinen alten Herzogkumpan um die Brautwerbung. Er erzählt ihm, dass ihm der Arzt Ehetauglichkeit attestiert, einen Freifahrschein für die Heirat ausgestellt habe. Es beginnt das, was Thomas Mann eine Geschichte mit »schauerlich-komischen, hochblamablen, zu ehrfürchtigem Gelächter stimmenden Situationen« nennt. Sie käme, handelte sie nicht von Goethe, am passendsten in der Commedia dell'Arte vor. Thomas Mann hat sie zu seinem »Tod in Venedig« inspiriert. Auch das die Geschichte eines Alternden, eine pädophile Leidenschaft, die tödlich endet. Thomas Mann hat sie nur in Gedanken und als Schriftsteller vollzogen, aus Ulrike wurde der polnische Knabe Tadzio.

Karl August also bittet für Goethe bei Ulrikes Mutter um die Hand ihrer Tochter. Die hält das zunächst für einen Scherz, einen schlechten Scherz. Doch der Herzog wird konkret. Er verspricht eine hohe Pension für Ulrike, falls der Künftige bald das Zeitliche segne ... Die Mutter malt sich den Widerstand der Kinder Goethes, August und Ottilie, aus – womit sie recht, nur zu recht hat. Auch dafür weiß der Herzog scheinbar Rat: Er will dem »jungen Paar« (auch das eine Formulierung, die nicht frei von Ironie ist. Gewollter? Unfreiwilliger?) ein eigenes Haus, dem Schloss gegenüber, zur Verfügung stellen.

Die Mutter bringt das Alter ihres »Kindes« ins Spiel. Und überhaupt: Ulrike habe bisher kein Interesse an Männern gezeigt. Sie bläst zum Aufbruch.

Überstürzt reisen die Levetzows von Marienbad nach Karlsbad. Goethe reist ihnen nach, mietet sich über ihnen ein und feiert dort seinen Geburtstag. Die Mutter achtet peinlich darauf, dass er ihre Töchter nur noch im Ensemble sieht. Wieder lässt die Mutter packen. Sie fürchtet den Fluch der Lächerlichkeit. Goethe erhält noch einen Abschiedskuss von Ulrike, alles bleibt unausgesprochen, und doch ist alles klar. Auf der Heimreise nach Weimar rettet sich der Dichter in sein Gedicht. Als die Kutsche in Weimar ankommt, ist es fertig.

Sicher ist, dass in den drei Gedichten, die die »Trilogie der Leidenschaft« bilden, auch die schöne, junge polnische Pianistin Maria Szymanowska, erste Klavierspielerin ihrer Zeit, Hofpianistin der Zarin, im Unterschied zur blonden Ulrike schwarzlockig, eine Rolle spielte. Der Abschied von ihr, die Goethe noch in Weimar nach seiner Abfuhr kurz besuchte, war für den Greis ein weiteres Signal für den endgültigen Abschied von der Liebe. Von der hatte Goethe in der »Marienbader Elegie« so wunderbar und so wunderbar »falsch«, grammatikalisch »falsch«, und so vom Gefühl her richtig, geschrieben, dass es nach dem »letzten« den »letztesten« Kuss gibt. Den letztesten – was für eine begnadete, was für eine gnadenlose Steigerung!

Die Elegie endet, wie sie trauriger nicht enden könnte. Goethe spricht von sich als demjenigen, »der ich noch erst den Göttern Liebling war«. Erst? Oder doch eher zu Werthers Zeiten, weil »der Götter Liebling« nur jung zu denken, nur jung vorstellbar ist. Nicht als Wackelgreis, als Zittergreis! Aber auch als der, der seine Jugend im Ende wiederfindet! Im Ende des Gedichts.

> ... der ich noch erst den Göttern Liebling war;
> Sie prüften mich, verliehen mir Pandoren,
> So reich an Gütern, reicher an Gefahr;
> Sie drängten mich zum gabeseligen Munde,
> Sie trennen mich – und richten mich zugrunde.

Zu Hause warten die Furien. August droht, mit seiner Frau nach Berlin zu ziehen, wenn aus dieser Heirat Ernst würde. Die Erben (siehe Brecht) sehen sich bedroht. Zum ersten Mal erlebt Goethe in seinem Haus Szenen von Wut und Hass.

Der alte Gerhard Hauptmann, der sich von Statur, Erscheinung und Bedeutung mit seinem schlohweißen Haar und seinem mächtigen Haupt wie ein Wiedergänger, zumindest Erbe Goethes vorkam, hat diesen Aspekt der Alterstragödie in seinem Stück »Vor Sonnenuntergang« verwirklicht.

Hauptmanns »Vor Sonnenuntergang«, ein »Schauspiel in fünf Akten« von 1928, das am 16. Februar 1932, also knapp ein Jahr vor dem Untergang der Weimarer Republik, in Berlin uraufgeführt wurde, handelt von dem siebzigjährigen Geheimrat Clausen, Herrscher über einen Zeitungskonzern, der sich drei Jahre nach dem Tod seiner Frau in die achtzehnjährige Inken Peters verliebt und sie heiraten will: Geheimrat, über siebzig, verliebt in eine Achtzehnjährige, der er eine Heirat anbietet – ein Goethe-Fall, von einem Goethe-Epigonen geschrieben. Nur geschrieben oder auch selbst erlebt, erlitten? Auch ein Stück aus der eigenen Biographie?

Hauptmann war, als er das Stück schrieb, sechsundsechzig Jahre alt. Er hatte sich von seiner ersten Frau, Marie, scheiden lassen, um 1904 ein viel jüngeres Mädchen, Margarete Marschalk, mit der er bereits seit einiger Zeit, anfangs noch hin- und hergerissen zwischen seiner Familie und seiner Geliebten, zusammenlebte und schon seit 1900 einen Sohn hatte. Dass es zwischen den Kindern aus erster Ehe und dem jüngsten Sohn Benvenuto nicht zum Besten stand, geht aus einem Brief hervor, den der Dichter, Nobelpreisträger und Repräsentant der Weimarer Republik seinem Ältesten, Ivo, schrieb. Er erwähnte, dass seine Geschwister aus erster Ehe den Sohn aus zweiter Ehe brüskierten und beleidigten. Er betonte, dass er seit fünfunddreißig Jahren bereits »in einer glücklichen Ehe« lebe. Er verbat sich jeden Affront und jede Beleidigung seines Jüngsten und seiner Frau Grete. Er versicherte seinem Sohn: »Glaube nicht, daß sie hinter dem Brief steckt!« Er beobachtete bei den inzwischen großen Kindern aus erster Ehe eine »Anteillosigkeit«, »versteckte Feindschaft«.

Dazu muss man wissen, dass Hauptmanns erste Frau sehr reich war, den Dichter und ihre Kinder aller Sorgen enthob. Und dass die zweite sich ihn als junge Geigerin mit romantischer Resolutheit und jugendlicher Rücksichtslosigkeit gekrallt und in ihre Leidenschaft gerissen hatte.

Hauptmann jedenfalls bat Ivo ultimativ um Aufklärung, ob »diese Fremdheit« wirklich existierte, und drohte an, dass er, falls es so wäre, »daraus Folgerungen ... ziehen« werde. Ein verbitterter alter Mann hat also die Erfahrungen einer verschleppten Familienaffäre ins Alter mitgenommen, sie durch Goethes Erfahrungen gefiltert:

Der alte Clausen im Stück wird von seinen Kindern, mit Ausnahme des jüngsten Sohns Egmont (!), die um ihr Erbe fürchten, in den Tod getrieben; die Familie weigert sich, die junge Geliebte, Inken, in die Familie aufzunehmen. Sie lassen den Geheimrat, der mit ihr in die Schweiz gehen will, entmündigen. Rasend vor Schmerz, verflucht er seine Kinder, zerstört das Brautbildnis seiner Frau und vergiftet sich im Gärtnerhaus, um das ein Sturm tobt, wie wir ihn in dieser Natur- und Kunstgewalt aus Shakespeares »Lear« kennen. »Mich dürstet nach Untergang«, tobt der Alte. Und Inken hält resolut die Verwandten mit einem Revolver in Schach, während er seinen Untergang zelebriert.

Diesen Schluss, der aus dem blinden, von seinen älteren Töchtern betrogenen König einen Pressezaren im gutbürgerlich wilhelminischen Zeitungsmilieu macht, bekamen die Zuschauer allerdings erst 1952 zu Gesicht. 1932 wurde er gestrichen, da Werner Krauß sich weigerte, den fünften Akt zu spielen. Bei ihm starb der Geheimrat am Ende des vierten Akts noch an einer Herzattacke in den Armen der Geliebten, nachdem ihm die Entmündigung von seinen Kindern angedroht worden war.

Doch die Erbstreitereien eines »millionärrisch« (Nestroy) frisch verliebten Witwers, der ein junges Ding ehelichen will, reichen nicht an die wilde, zerklüftete Wut, Machtgier und Verzweiflung aus betrogener und enttäuschter Kindsliebe heran, wie sie Shakespeare im »König Lear«, der wildesten Tragödie von Altersblindheit, Altersraserei und kindlicher Machtgier und Machtgeilheit, zeigt. »König Lear« ist wohl immer noch die archetypische Tragödie des Alters. Geheimräte, die am Widerstand ihrer Nachkommen scheitern, die um ihr Erbe fürchten, streifen zwangsläufig das Tragikomische, mit der Betonung auf dem Komischen – zumal wenn keine »Marienbader Elegie« für uns Nachgeborene herausspringt.

Andererseits: Es gibt ja auch für legitime Erben berechtigte Sorgen. Vor einigen Jahren fiel in den Plexiglashallen von Omnibus-Haltestellen ein Plakat auf, das für H&M-Unterwäsche warb, die mehr dem entsprach, was man in düster verruchten Zeiten oder im Rotlichtmilieu Reizwäsche nannte. Das lag an dem Model Anna Nicole Smith, deren Abbild dem Betrachter derart explosiv ins Auge sprang, dass sich das Plakat mit ihr durch seine auffallende Wirkung über Vergleichbares weit hinaushob. Und das nicht etwa durch Obszönität oder Schlüpfrigkeit, sondern weil Anna Nicole Smith auf dem Foto so etwas wie ein Naturereignis und Kulturereignis an sexueller Ausstrahlung war.

Das Poster ist inzwischen hochbegehrtes Sammlerobjekt, aber nicht deshalb erzähle ich die Geschichte. Auch nicht aus Ärger darüber, dass ich es damals – ich war ein Blitzmerker, was die Effekte des Plakats anlangte – nicht schnell genug erwarb.

Nein, die Geschichte steht für eine erbgierige »Vor Sonnenuntergang«-Farce, wie sie im Buche steht. Der Milliardär Howard Marshall sah das Plakat, kam und siegte. Obwohl über achtzig Jahre alt, war er rüstig genug, sich Smith als Krankenpflegerin ans Altersbett zu holen, wo sie ihn so gut behandelte, dass er sie, die eine nicht schaumgeborene, sondern eine dem Wohnwagen-Milieu entstiegene blonde Venus war, ehelichte und testamentarisch (anders als Brecht, notariell beglaubigt) bedachte. Mit seinem Milliardenvermögen. Darauf tat er die seinem biblischen Alter entsprechende Schuldigkeit und starb. Sein Sohn, selber schon ein alter Herr, ging leer aus.

Seitdem wird um den Löwenanteil des Erbes vor Gericht gefochten. Mal kriegt die inzwischen üppiger gewordene Blondine alles, mal nichts – wir müssen darum nicht besorgt sein, solange sich der Geschichte kein Shakespeare, Hauptmann, Jean Negulesco (»How to Marry a Millionaire«) oder Howard Hawks (»Gentlemen Prefer Blondes«) auf Bühne und Leinwand annimmt. Es wäre die Weiterführung der Geschichte von Pantalone, eine Stegreifkomödie aus dem wirklichen Leben.

Kürzlich feierte der »Playboy«-Chef und -Erfinder Hugh Hefner seinen achtzigsten Geburtstag. Natürlich standesgemäß und anstandsgerecht und im Kreis seiner liebsten Häschen. Und so stieg Bridget Marquardt (32) aus der Papptorte (wie der Maschinenpistolenmörder bei der Mafia-Party der »Freunde der italienischen Oper« in Wilders »Some Like It Hot«), und der »Spiegel« zitierte den Verlauf der Geburtstagsparty, bei dem Hefner auch noch zu seinem Ständchen kam, aus dem Munde seines zweitliebsten Bunnys Bridget so:

> Es ist vielleicht nicht besonders originell, auf einer Party aus einer Papptorte zu hüpfen, aber ich wollte meinem Hef ein klassisches Geschenk machen. Die 1000 Geburtstagsgäste in der Playboy Mansion haben getobt, besonders bei meinem anschließenden Striptease. Hugh war richtig stolz auf mich, und auch Holly und Kendra fanden, dass ich meine Sache sehr gut gemacht habe. Wir drei sind die Hauptfreundinnen von Hugh, Holly ist sein absoluter Liebling, ich stehe an zweiter Stelle. Die Party war wirklich einzigartig, mit tollen Girls und Prominenten wie Donald Trump, Paris Hilton oder Farrah Fawcett. Es waren aber auch ein paar Gleichaltrige eingeladen. Der älteste Freund von Hugh ist über neunzig. Der tanzte immer noch, als Holly, Kendra und ich mit Hugh um halb drei Uhr morgens nach oben gegangen sind, um ihn noch ein bisschen zu verwöhnen.

Aber zurück nach Marienbad. Zu Ulrike Levetzow, die, so ihre Mutter, überhaupt »kein Interesse für die Männerwelt« gezeigt habe. So blieb es. Sie gehörte, wie der Goethe-Biograph Friedenthal schrieb, zu der Reihe der »Äbtissinnen« um Goethe. Als einsames Stiftsfräulein »zum Heiligen Grabe« ist sie, fast hundertjährig, 1899 erst gestorben.

Sie hatte sich, wenn sie bedrängt wurde, wie folgt geäußert: Die »Rücksicht auf die Familie Goethe« habe sie abgehalten. Außerdem sei ihr die »Trennung von den Großeltern, den Schwestern, der Mutter schwergefallen«. Und schließlich habe sie »überhaupt keine Lust zum Heiraten gehabt«.

Ihr Fazit: »Keine Liebe war es nicht.« Das ist keineswegs eine Bestärkung in der doppelten Verneinung, sondern sagt nur, was da nicht war. Keine Liebe nicht! Über den Grund, die Ursache für dieses ergreifendste Altersgedicht über die Liebe, sagte sie noch, dass sie Goethe »wie einen Vater« lieb gehabt habe; sie, die einen Stiefvater hatte. Goethe hätte ihr Großvater sein können. Spielend.

Und Goethe? Die »Marienbader Elegie« steht in der Mitte einer Trias von Gedichten, die mit den Widmungs- und Erinnerungsversen »An Werther« beginnt und (wie könnte es anders sein? Und was blieb ihm anderes übrig in seinem Alter?) mit der »Aussöhnung« schließt.

In dem Gedicht »An Werther« beklagt und preist er seine früh gestorbene berühmteste Figur, die sich selbst in den Tod schickte, jung in den Tod schoss.

> Zum Bleiben ich, zum Scheiden du erkoren
> gingst du voran – und hast nicht viel verloren.

Das sagt sich so, das sagt man so! Man will es dem Dichter glauben, nicht aber dem alten Liebenden, der noch einmal die Leiden durchlebte, die Werther aus dem Leben trieben, stellvertretend für Goethe. Da er, wenn er die »Marienbader Elegie« vorlas, es feierlich richten ließ, mit Kerzenkandelabern, wird er schon gewusst haben, dass er, wenn er früh dahingefahren wäre ... aber lassen wir das! Noch jeder, der Frühverstorbene beneidet, klammert sich im Alter umso heftiger an das Leben.

Und das beweist, wenn schon nicht, dass das Leben schön ist, auch im Alter, dann doch, dass es keine Alternative zum Leben gibt. Der Tod jedenfalls ist keine.

In der alterselegischen Stimmung, in die Goethe nach dem betäubenden Schmerz des Abschieds von Marienbad geriet, kam ihm – auch, als Tröstung? – der Gedanke an die Unsterblichkeit. Er könne sich, so sagte er zu seinem Vertrauten, ein Aufhören des Denkens und Lebens nicht vorstellen.

Wollte der alte Goethe auf einmal doch an ein Fortleben nach dem Tode glauben? Realistisch? Das denn wohl doch nicht. Er dachte weder an eine Choristenstelle im Himmel noch an eine Solistenrolle auf dem Olymp, dem Parnass. Dazu war er doch noch zu klug: Sobald man allerdings dogmatisch eine persönliche Fortdauer nachweisen wolle, jene innere Wahrnehmung »philisterhaft ausstaffiere«, verlöre man sich in Widersprüche. In der philisterhaften, sprich: spießigen Ausstattung des Nachlebens sah er die Gefahr, dass solches nur, siehe Nestroy, siehe Swift, satirisch vorstellbar wäre. Mit Nachthemd und Harfe, wiedervereint mit der seligen Gattin, beim Met mit den Göttern und was dergleichen Ewigkeitsschnickschnack mehr ist.

Und dann wurde Goethe hegelianisch-dialektisch. Man müsse da an eine »Synthese des Unmöglichen« denken, fast alle Gesetze seien »Synthesen des Unmöglichen«. Und ihm fiel als erstes Beispiel das »Institut der Ehe« ein. Und mir die Tabelle der jubilierenden Hochzeitstage, die schon als lebenslängliche Reihung etwas Niederdrückendes hat – von der Ewigkeitsvorstellung ganz zu schweigen.

Anzahl Ehejahre	Bezeichnung
1	Papierhochzeit
2	Baumwollhochzeit
3	Lederne Hochzeit
4	Seiden-, Bernstein- oder Leinenhochzeit
5	Hölzerne Hochzeit (mit Kindern)
5	Ochsenhochzeit (ohne Kinder)
6	Zinnhochzeit
7	Kupferne Hochzeit
8	Blech-, Salz-, Nickel- oder Steinguthochzeit
9	Keramik-, Porzellan-, Glas-, Wasser- oder Weidenhochzeit
10	Rosen-, Blech- oder Aluminiumhochzeit
11	Stahl-, Korallen- oder Fastnachtshochzeit
12	Nickelhochzeit
12,5	Petersilienhochzeit
13	Veilchen- oder Spitzenhochzeit
14	Elfenbein- oder Achathochzeit
15	Kristallhochzeit
20	Porzellanhochzeit
25	Silberhochzeit
30	Perlenhochzeit
35	Leinwandhochzeit
37,5	Aluminiumhochzeit
40	Rubin- oder Granathochzeit
45	Saphirhochzeit
50	Goldene Hochzeit
55	Smaragdhochzeit
60	Diamantene Hochzeit
65	Eiserne Hochzeit

67,5	Steinerne Hochzeit
70	Gnadenhochzeit
75	Kronjuwelenhochzeit
80	Eichenhochzeit
100	Himmelshochzeit

Und das soll so weitergehen, wenn wir, Ehepaare inklusive, viel, viel älter werden, wie von der Medizin versprochen. Ad multos annos! Goethe selbst war mit seinem der Antike entstiegenen ewigen Paar, mit Philemon und Baucis, gnädig ungnädiger, indem er die Alten samt ihrer Hütte im »Faust« durch den Bau eines Staudamms wegschwemmen lässt – chinesische Verhältnisse. Und mir fällt dazu Oscar Wilde ein, der eine ehefromme Redensart paradox auf den Kopf stellte. Oder soll man sagen, mit Marx, vom Kopf auf die Beine? »Ehen«, so Oscar Wilde, »werden im Himmel geschieden.« Swift verfügte, dass seine »Struldbrugs« schon mit achtzig zwangsgetrennt werden.

Und das Erwachen und Erlöschen von Goethes letztem Liebeslenz im Spätherbst oder Frühwinter hatte dann doch noch ein lustiges Nachspiel. Vorher weinte der alte Alleingelassene noch einmal beim Abschied nach dem Besuch der Pianistin Szymanowska, nachdem er sie zum allerletzten Mal sprachlos in die Arme genommen hatte.

Danach, nach dem Abschied von Ulrike in Marienbad und schließlich Karlsbad und von Marie in Weimar, sank der zum trügerischen Frühling Erwachte wieder krank ins Bett zurück.

Zelter, ein Vertrauter, eilte, auf diese Hiobspost hin, herbei. Geben wir Zelter (via Friedenthal) dazu das Wort: Er kommt ans Haus am Frauenplan.

> Niemand ist am Tor. Ein weibliches Gesicht schaut aus der Küche, zieht sich zurück. Der Diener Stadelmann kommt und zuckt die Schultern. »Ich stehe noch an der Haustür«,

schreibt Zelter in seinem Tagebuch, »soll man etwa wieder gehen? Wohnt hier der Tod? Wo ist der Herr? – Trübe Augen. – Wo ist Ottilie? – Nach Dessau. – Wo ist Ulrike? – Im Bette. – August kommt: Vater ist nicht wohl, krank, recht krank. – Er ist tot! – Nein, nicht tot, aber sehr krank. – Ich trete näher, und Marmorbilder stehn und sehn mich an. So steig ich auf. Die bequemen Stufen scheinen sich zurückzuziehn. Was werde ich finden? Was finde ich? Einen, der aussieht, als hätte er Liebe, die ganze Liebe mit aller Qual der Jugend im Leibe. Nun, wenn das ist, er soll davonkommen! Nein! er soll sie behalten, er soll glühen wie Austernkalk!«
Zelter ist nicht nur derb, er versteht sich auch auf psychologische Hausmittel, wie sie im Hause Goethe angebracht sind. Der Dichter zeigt ihm seine Elegie, und Zelter liest sie ihm dreimal hintereinander vor. Goethe meint: »Du liest gut, alter Herr!« – »Das war ganz natürlich«, schreibt Zelter an eine Bekannte, »aber der alte Narr wußte nicht, daß ich dabei an meine eigne Liebste gedacht hatte.« Die Ärzte schütteln den Kopf über die Naturheilmethoden des Musikers, aber Goethe erholt sich überraschend schnell. Befriedigt reist Zelter wieder ab. Er hat Goethes Gesundung »befehligt«, wie er sagt, und verläßt ihn in »völliger Munterkeit«.

Schönheit ist machbar, Herr Dr. Nachbar

> Chirurgie ist die Kunst, dem Patienten so viel
> wegzuschneiden, dass er zahlungsfähig bleibt.
> Medizinerweisheit

Wer erfolgreiche Fernsehserien wie »Nip Tuck« sieht, in denen zwei smarte Schönheitschirurgen für teures Geld ziemlich skrupellos vermeintliche und wirkliche Altersmerkmale und Schönheitsdefizite beheben und wegschnippeln, straffen, absaugen und liften, könnte denken, der Kampf mit Messer, Schere, Silikon, Fettabsauger und transplantierter Haut gegen das Alter sei eine heutige Erfindung. Ebenso wie es der Betrachter der Tatjana G. denken könnte, Witwe eines Schönheitschirurgen, der aus ihr das Beste machen wollte und sie als lebende Sex-Karikatur auf dieser Welt zurückließ. Ein »echter« Hohenzollern-Prinz ist ihr bis in die tiefsten Abgründe peinlicher Lächerlichkeit verpflichtet. Wie viele aufgespritzte Lippen, verkleinerte Nasen, geliftete Augenlider, vollgepumpte Brüste heutzutage auf Oscar-Preisverleihungen, Wohltätigkeitsbällen, Gala-Abenden um die Blitzlichter der Fotografen buhlen, macht Trends sichtbar: Zum einen wird für das Bild gelebt, das bei nächster Gelegenheit hochglänzend publiziert wird, das für einen Tag Ewigkeitswerte schafft und dann in Bildarchiven und Fotoalben, Friedhöfen der ewigen Jugend, eine Ruhestätte findet, die Kulturarchäologen später einmal ausgraben können. Zum anderen muss der gnadenlose chirurgische Kampf gegen das Alter schon in frühen Jahren beginnen.

Es gilt als Tragödie, dass viele dafür im Alter mit verzerrten Zügen und grotesken Narben bezahlen müssen.

Doch so jung, wie sie scheint, ist die Schlacht gegen das Alter mit chirurgischem Besteck nicht. Königinnen badeten schon vor Jahrtausenden in Nivea-farbener Eselsmilch, um ihre junge Haut zu retten. Auch ließen sie sich ihr Aussehen nicht erst im Tod mumifizieren. Weibliche Füße sind seit Urzeiten für ein chinesisches Schönheitsideal verkrüppelt worden. Von südseeinsulanischen Tattoos, von durch Hölzer aufgetriebene Lippen afrikanischer Frauen ganz zu schweigen. Doch ging es hier immer um sexuelle Attraktion, um Aufbereitung für männliche Lüste, nicht um ästhetische Altersvorsorge.

Ich habe in den vierziger Jahren etwas von Schönheitschirurgie gehört, als es im Kampf ums Überleben, um das Sattwerden, das Wohnungfinden und warme Schuhe ging – und man sich alles andere, Schmuck, Schminke, Zahnpflege, abschminken konnte, musste. Damals lebten wir, 1947/48, in einer geteilten Altbauwohnung im kleinen Bernburg an der Saale, zusammen mit einer Berliner Journalistin und Witwe eines Journalisten vom »Völkischen Beobachter«, die elegant-großstädtisch, soweit das damals möglich war, als Dramaturgin durchs Leben stöckelte, rauchte und sich schminkte, obwohl die Nazi-Slogans »Eine deutsche Frau raucht nicht« und »Eine deutsche Frau schminkt sich nicht« noch vielen als Benimmregeln galten. Sie mochte mich, den Jüngsten unter den Gästen und Theaterleuten ihrer bescheidenen, improvisierten Soireen, bei denen Not erfinderisch machte. Sie hielt mich, wie man damals sagte, für »aufgeweckt«, ich war, mit meinen vierzehn, fünfzehn Jahren, ein aufgewecktes Kerlchen, wobei sie am Aufwecken beteiligt war.

So erzählte sie mir damals den Witz von dem Berliner Schönheitschirurgen, zu dem (das muss vor dem Krieg, also vor 1939, gewesen sein) eine Frau kam, die sich über ihre Falten beklagte. Und ob er etwas dagegen tun könne. Nichts leichter als das, erklärte ihr der Arzt, man müsse nur ein paar Schnitte unter dem Haaransatz machen, die Haut nach oben straffen, vernähen, die Nähte unsichtbar unter dem Haaransatz, dann sehe ihr Gesicht wieder makellos glatt aus. Gesagt, getan, die Frau verließ faltenlos, verjüngt, beschwingt die Praxis.

Ein paar Jahre später kam sie wieder, brachte neue Altersfalten im Gesicht mit. Der Arzt sagte wiederum: »Kein Problem!« (wobei ich mir nicht sicher bin, ob man damals schon, wenn auch nur in Witzen, »kein Problem« sagte, vielleicht sagte man: »Machen Sie sich keine Sorgen um die Sorgenfalten«), schnitt in die Kopfhaut und zog sie, wie einen Seidenstrumpf straffend, nach oben.

So ging das noch ein, zwei Mal. Aber dann, als sie wiederkam, sagte der Arzt: »Okay« (und das Okay sagte er in dem Witz von damals unter Garantie noch nicht), »wir können das noch einmal machen, aber ich fürchte, dann haben Sie einen Spitzbart, gnädige Frau!«

Ich erschrak über die Pointe, die, wie beabsichtigt, das Tabu brach, den weiblichen Schoß zu erwähnen. Jetzt, sehr nachträglich, fällt mir ein, dass die Journalistin zwar elegante, schlanke Beine in Seidenstrümpfen hatte und sich auf hohen Hacken energisch bewegte, dass ihre Beine aber unangenehm behaart waren. Auch deshalb funktioniert der Witz heute nicht mehr, der Arzt würde bestenfalls vor der piksigen Haut nach einer Nassrasur warnen.

1952 drehte Charlie Chaplin in England seinen »König in New York«. Wegen des Kalten Krieges habe ich den Film erst verspätet in westdeutschen Kinos gesehen. Chaplin war, als er den Film drehte, über sechzig Jahre alt. Er lebte längst in der Schweiz, seine beiden letzten Filme, neben dem »König in New York« den Tonfilm »Die Gräfin von Hongkong«, drehte er in Großbritannien. Dass Chaplin aus den USA, dem Land seiner frühen, seiner größten Triumphe, ins europäische Exil emigrierte, für den in London geborenen »Tramp« und größten Filmkomiker des 20. Jahrhunderts auch eine Rückkehr zu den

Wurzeln, war die Folge der Kommunistenjagd der McCarthy-Ära, Chaplin galt als »fellow traveller«, als Sympathisant, als »Pink«.

Aber nicht nur. Chaplin hatte mit der puritanischen Moral (vor allem mit der Verlogenheit der Doppelmoral) zu kämpfen. Dass er in »Monsieur Verdoux« 1947 die Schwarze Komödie eines Frauenserienmörders drehte und spielte, dem er all seine unwiderstehliche Sympathie verlieh, verübelten ihm nicht allein die allmächtigen Frauenvereine. Auch die nachkriegsheroische Stimmung (also der Zeitgeist in den USA) richtete sich gegen ihn. Er hatte es riskiert, dem Serienmörder ein Schlussplädoyer in den Mund zu legen, in dem er vor seiner Hinrichtung anführt, wie unbedeutend, ja harmlos sich seine Verbrechen gegenüber den Massenmorden der modernen Kriege ausnähmen. Und wie er doch die Frauen, vor ihrem gewaltsamen Ende, glücklich gemacht habe. Das war frivol, zynisch. Aber konnten die Kriegsministerien, die damals noch nicht Verteidigungsministerien hießen, ähnlich Tröstliches von sich behaupten? Außer dass sie ihre männlichen Opfer millionenfach für einen höheren Zweck hinmeucheln ließen? Oder deren Tod zumindest billigend in Kauf nahmen? »Die Sache wills, die Sache wills!« Das sagt immerhin auch ein egoistischer älterer Herr, der ein Eifersuchtsmörder ist und sich von seiner jungen, noblen Frau auch rassistisch gedemütigt fühlt: Shakespeares »Othello«.

Chaplins Biographie, vor allem seine Liebesaffären, hatte immer wieder den Unmut der amerikanischen Öffentlichkeit hervorgerufen.

Diese Öffentlichkeit war (und ist) ja vorwiegend eine Öffentlichkeit aus der Provinz und speist ihre Urteile und Vorurteile aus dem Hinterwäldlertum eines konservativen Pioniergeistes. New York an der Ostküste ist für diesen Geist das Sündenbabel, Hollywood und Los Angeles an der Westküste sind ohnehin Sodom und Gomorrha. Teufelsküchen, in denen nicht nur die linke Ideologie der Intellektuellen durch die »Gehirnwäsche« des Kinos über das unschuldige

Amerika verbreitet wurde, sondern alternde Wüstlinge das junge Amerika sexuell verführten, ja missbrauchten.

Chaplin galt als einer dieser Wüstlinge, dessen erotische Neigungen und sexuellen Begierden sich »kriminell« energisch Kindfrauen zuwandten – was dadurch verstärkt und begünstigt wurde, dass diese jungen Schönen Chaplin nicht nur verehrten, sondern seiner sexuellen Attraktion mit vorauseilenden weiblichen Verführungskünsten erlagen. Für die öffentliche Meinung war das Pädophilie. Und um dem Gefängnis, der sozusagen legalen Ächtung, zu entgehen, musste Chaplin mehr als nur einmal seine Verhältnisse mit Minderjährigen durch panische Flucht in die Ehe legalisieren.

Die Mütter mancher Mädchen und die Frauen selbst verfolgten ihn oft mit Vaterschaftsklagen, er war schließlich auch einer der Reichsten Hollywoods, ein König, ein Star, ein Genie, ein Unwiderstehling, ein geiler Bursche, alles in einem. Und dazu noch geizig. Hier ist nicht der Ort, die Registerarie von Chaplin Blaubarts Frauen anzustimmen (auch dazu ist »Monsieur Verdoux« ein Spiegel). Doch um seine Attraktivität zu demonstrieren, sei hier von den beiden Söhnen aus seiner zweiten Ehe erzählt, die er mit der (minderjährigen) Schönen Lita Grey zur Vermeidung von gerichtlichem Ärger geschlossen hatte und die bald darauf krachend und mit einem lärmenden Prozess in die Brüche ging. Sohn Charles Spencer Junior und Sohn Sidney waren 1942 siebzehn und sechzehn Jahre alt, als die siebzehnjährige Oona O'Neill, ein wunderhübsches, mädchenhaft zartes, temperamentvolles Geschöpf in Chaplins Haus kam. Sie liebte ihren Vater, den damals berühmtesten amerikanischen Dramatiker Eugene O'Neill, leidenschaftlich und übertrug diese Tochterliebe mit schwärmerischer Leidenschaft und sexueller Entschlossenheit auf Chaplin. Seine beiden mit ihr gleichaltrigen Söhne waren heftig in sie verliebt, hatten aber gegen den damals vierundfünfzigjährigen Chaplin natürlich keine Chance.

Als Oona O'Neill in Chaplins Haus kam, heimlich seine Geliebte wurde, waren die Eltern geschieden und Chaplin durch eine Vaterschaftsklage einer anderen (zu) jungen Frau in einen Skandal verwickelt. Charlie und Oona heirateten, sobald sie volljährig war. Gegen den leidenschaftlichen, ja hasserfüllten Widerstand ihres heiß geliebten Vaters, der den Filmclown von der Westküste als Dramatiker von der Ostküste noch dazu heftig verachtete. Chaplin schien ihm zu alt für seine Tochter. Chaplin war, wie gesagt, vierundfünfzig. Kein Alter, selbst im jugendwahnbewegten Amerika nicht. Aber es war nicht der Altersunterschied, der O'Neill und die öffentliche Meinung störte. Es war der unschöne Vaterschaftsprozess, den ein anderes junges Mädchen gegen ihn führte, der die hässliche Begleitmusik zu dieser Eheschließung lieferte.

Chaplin, der Kommunistenfreund und Pazifist, der Ausländer, der sich nie um eine Staatsbürgerschaft in den USA bemüht hatte, was Amerika kränkte, war auch noch ein pädophiler Wüstling.

Von diesem pervertierten moralischen Wunschdenken, von dieser Paradoxie handelt der größte amerikanische Sittenroman: »Lolita« von Vladimir Nabokov. Auch der ein Europäer, der nach dem Welterfolg dieses Romans ebenfalls in die Schweiz emigrierte, nach Europa remigrierte. Nabokov hat seine Pädophilie, die weiß, wie wenig unschuldig die Unschuld sein kann, in ein symbolisches Hobby »übersetzt«: Er war Schmetterlingsjäger. Billy Wilder hat um die Zeit der Chaplin'schen Eheschließung seinen ersten amerikanischen Spielfilm als Regisseur beendet. Schon der Titel ist genial: »The Major and the Minor«. Eine Übersetzung heißt, der Handlung entsprechend, »Der Major und das Mädchen«. Die andere, untergründige: »Der Erwachsene und die Minderjährige«. In Wilders Film spielt, der Hollywood-Zensureinschränkung heuchlerisch gehorchend, eine Volljährige eine Minderjährige – um das Geld für eine Fahrkarte zu sparen. So kann sie den Erwachsenen, die von ihrer Sexualität ängstlich verwirrt sind, ungehemmt klarmachen, was es mit frühweiblicher Sexualität auf sich hat.

Die Ehe zwischen Oona O'Neill und Charlie Chaplin, sein Familienleben in Vevey verliefen auf das Glücklichste – trotz oder wegen des Altersunterschieds von siebenunddreißig Jahren? War Chaplins pädophile Unruhe gestillt, im Alter beruhigt? Erfüllte sie sich im späten ruhigen und ausgeruhten Eheglück? Erfüllte sie sich im Familienleben mit den acht Kindern? Und glückte sie deshalb, weil die heitere Oona O'Neill in Chaplin einen väterlichen Partner fand, den sie auch noch lieben, begehren, befriedigen und mit Kindern beschenken konnte? Jedenfalls wurde aus der Kindfrau eine Mutter vieler Kinder. Der gediegene, kultivierte Wohlstand des Anwesens in Vevey, die gestillte Weltlust der beiden taten ein Übriges. Die Biographien der erfolgreichen Kinder künden vom Glück der ungewöhnlichen Verbindung. Eigentlich sind nur Ausnahmekünstler (ich denke an Pablo Casals, an Pablo Picasso) ähnlich gut mit den sexuellen Freuden des Altersunterschieds glücklich geworden. Man darf sie auch deshalb begnadet nennen.

Der Film »Ein König in New York« ist eine Abrechnung mit dem Amerika, das Chaplin mit Zorn und im Schmerz gekränkt verließ. Aber der Film ist auch eine Alterselegie: Ein König dankt ab und versucht das mit milde sarkastischer Weisheit zu tun. Außerdem enthält der Film eine grandiose Szene, die den amerikanischen Traum nach ewiger Jugend und damit nach operabler Schönheit beispielhaft und umwerfend komisch festhält.

Der Jugendlichkeitswahn einer Gesellschaft und ihr Glaube, faltenlose Alterslosigkeit sei machbar, beide platzen hier wie die Nähte, die das Gesicht des Königs jugendlich straffen sollen. Nachdem sich König Chaplin einem Gesichtslifting unterzogen hat, wird er gewarnt: Er solle, bevor die Narben verheilt seien, auf keinen Fall lachen. Sie könnten sonst platzen. Unglückseligerweise erlebt er in einem Nachtclub den Auftritt zweier Komiker. Während das Publikum um ihn herum sich vor Lachen nicht halten kann, versucht er, eisern ernst zu bleiben, schon dies ein verzweifelt komischer Anblick, der an die Auftritte seines Rivalen-Kollegen Buster Keaton erinnert, der in den komischsten Situationen immer eine steinerne, ja versteinerte Miene behielt, er war der Stoiker der Slapstick-Komödien. Chaplin jedenfalls bietet ein Bild des Erbarmens, während er versucht, keine Miene zu verziehen. Während man neben ihm und um ihn herum Tränen lacht und als Zuschauer in brüllendes Gelächter ausbricht, kämpft er verzweifelt gegen das eigene Lachen – es gleicht dem Versuch eines Opernbesuchers, der bei der schönsten, leisesten, innigsten Stelle des Stücks von einem zwanghaften Hustenanfall heimgesucht wird, ihn unterdrückt und dann umso gewaltiger in einem Hustenausbruch förmlich explodiert. Ein Paradebeispiel missglückter Triebunterdrückung, bei der sich der Zwang im Sprengen der Fesseln rächt.

So passiert es auch dem frisch operierten König in New York im Nachtclub. Das aufgestaute, unterdrückte Lachen wird so unwiderstehlich, dass es auch Chaplins Gesicht förmlich zerreißt, erschrocken versucht er es mit seinen Händen festzuhalten, vergeblich! Es explodiert in all seine Lachfalten.

Die Hintergründigkeit dieser Szene liegt klar und offen im Gesicht. Wer die Sorglosigkeit der Jugend herbeizwingen will, muss auf ihre schönste Tugend, das unbekümmerte Lachen, verzichten. Mir ist dazu eine Klokritzelei in Erinnerung, die trotzig verkündete: »Und kriegt der Arsch auch Falten / wir bleiben doch die Alten!«

Am Styx – ein Traum

> Das Leben ein Traum
> Calderón

Als ich mich wieder einmal mit Goethes Marienbad beschäftigte, habe ich auch Thomas Manns Replik, den »Tod in Venedig«, neu gelesen: Wenn Alter ein Zustand vor dem Tod ist, dessen Näherkommen, ja dessen Absicht es ist, einem zu nahe zu treten, dann ist diese Novelle, die der Lächerlichkeit ihre Tragik gibt und der skandalösen letzten Liebe (damals war das »Coming-out« noch kein »Das ist auch gut so«) eine Ahnung von Last Exit und ihrer Todeskonsequenz, eine Art Tristan-Akkord Thomas Manns.

Eindringliche Bilder, deren Wirkung gerade darauf beruht, dass ihre Symbolik unaufdringlich ist – der morbide Geist der Lagune, die stickige, giftige Atmosphäre der Cholera, die hitzegeschwängerte Überfahrt zum Lido –, lassen uns ahnen: Hier geht einer auf die Totenreise, das Boot ist wie eine letzte Fähre, die Überfahrt wie eine Reise ohne Wiederkehr.

»Die Alten«, die nur den Göttern Unsterblichkeit und also auch ewige Jugend zubilligten, dachten sich den Tod als Überfahrt, bei der Charon, der Fährmann, die Toten in den Hades übersetzt. Der Fluss, der dabei überquert werden muss, ist der Styx. Für diese Überfahrt muss man zahlen, weshalb die »Alten« ihren Toten Münzen in den Mund legten. Um den Fahrpreis geht es auch bei Thomas Mann. Der Styx war giftig, man darf ihn sich mit unguten Dämpfen über dem Wasser vorstellen – wie Manns Held Aschenbach das in der Hitze faulig-träge Wasser erlebt, das den Brodem des Todes auszuatmen scheint.

»Die Alten«, um deren Todesmythen es hier geht, wurden die Bewohner der »Alten Welt« genannt, vornehmlich die alten Griechen und ihre »Schüler«, die Römer, als man sich Geschichte noch als Trias aus Altertum, Mittelalter und Neuzeit vorstellte. Die geschichtliche Vorstellung, die sich mit ihnen verbindet, ist die des Untergangs – junge kriegerische Völker der Völkerwanderung haben ihre späte Kultur überrannt und in die Barbarei des Mittelalters überführt.

Zu Zeiten von Thomas Manns Novelle »Tod in Venedig« stand Europa an der Schwelle des Ersten Weltkrieges. Eine Ahnung vom »Untergang des Abendlandes«, eine Stimmung von Dekadenz, das Lebensgefühl eines spätbürgerlichen Zeitgeistes fanden in den Büchern Thomas Manns ihren durch Ironie gemilderten elegischen Ton. Ironie ist ein Ausdrucksmittel des Alters – wenn es zu Abstand, zur Distanz fähig ist und noch die Kraft dazu findet.

Der Zufall wollte es, dass ich zu der Zeit, als ich das las, nach Myanmar (früher Burma) fuhr, mit dem Schiff, in ein lange geschlossenes Land, in dem die Zeit stehen geblieben zu sein scheint. Wer Yangon (früher Rangun), die Hauptstadt, besucht, macht eine Zeitreise in eine Stadt, wie sie Bangkok oder Singapur vor über dreißig Jahren für Touristen waren. Yangon ist voll wuseliger Geschäftigkeit, durch die Straßen fahren alte Autos mit brüchigen, rostigen Böden unter den Sitzen, überfüllte Busse, an denen Menschentrauben hängen, holpern über das von Schlaglöchern und Pfützen fleckige Pflaster. Garküchen, in denen Menschen auf niedrigen Sitzen hocken, verströmen Düfte, die sich mit denen von Gewürzen und Früchten zu einem Kloakengeruch mischen. Dazwischen hämmern, sägen, feilen, schneiden Handwerker, nähen Frauen an Nähmaschinen oder vermitteln auf kleinen Tischen Telefongespräche mit klobigen alten Apparaten. Die Viertel mit verfallenden Kolonialhäusern, inzwischen von Indern oder Chinesen mit ihren Straßenmärkten überfüllt, versinken des Nachts oft in Dunkelheit, dann ist der Strom zusammengebrochen, und auf den Straßen flackern Lagerfeuer. Es ist das für den Fremden pittoreske Bild einer versunkenen, versinkenden Welt, die gleichzeitig vor Leben und Lebensdichte förmlich explodiert. Es ist das, was wir überall als Reisende als »romantisch« (und also »exotisch«) empfinden, eine Welt, die untergeht, einer neuen Platz macht, während wir auf einmal merken, dass wir aus dieser neuen Welt hierher auf eine Stippvisite zurückkommen, in eine Vergangenheit, der wir uns doch auch noch zugehörig fühlen, wenngleich mit ängstlichem Unbehagen.

Von dort aus flogen wir für mehrere Tage nach Bagan, ließen aber unser schweres Schiffsgepäck bei einer Agentur in Yangon. Ich dachte, dass ich es im Gewirr der wild wuselnden Millionenstadt nie wiederfinden würde. Nur der Gedanke, mit den sperrigen Koffern nach Bagan fliegen zu müssen, wo über vierzig Grad Hitze herrschten, war noch beklemmender. Aber natürlich verloren sich solche Sorgen angesichts der Pagodenlandschaft mit ihren Tausenden durch die Savanne schimmernden goldenen Kuppeln, den verwitterten Treppen fast tausendjähriger Tempel, die sich im Sonnenlicht durch den diesigen Staub und die spärlichen Baumwipfel unwirklich wie ein jenseitiges Land abzeichneten. Hätte ich nach einem Vergleich gesucht, der unzutreffend und zugleich treffend ist, mir wäre Böcklins Toteninsel in den Sinn gekommen – nur schien die erhabene Entrücktheit dieser alten, wieder mit der Natur verwachsenden Kulturlandschaft hier heiterer, gelassener, auch wegen der Hitze, die sie in gleißendes Licht einschloss.

Es war nicht die Zeit der Touristen, dazu war es einfach zu heiß. Und während der Nächte in den rigide gekühlten Hotelräumen lag ich frierend in Wachträumen. Ich malte mir wie in Filmphantasien aus, dass mein Blut bei den dreiundvierzig zu erwartenden Celsiusgraden vor den Tempeln oder auf ihren steilen Stufen verdampfen würde. Natürlich wollte ich meine Frau mit solchen abstrusen Gedanken weder wecken noch nach dem Aufwachen behelligen. Aber in der Nacht wich die Vorstellung, mir zuviel zuzumuten, nicht von mir. Ich sah in Schlafbildern, wie mein Blut als roter Schweiß durch die Poren trat, um alsogleich zu verdampfen. Das heißt, ich sah es nicht; meine halb wachen Gedanken malten es sich in wirren, abstrakten Traumschlieren aus.

Für den letzten Abend hatte sich unser Führer, ein makellos weiß gekleideter junger Mann mit glänzend dunklen Augen und einem hilfsbereit freundlichen Lächeln, eine Flussreise im Sonnenuntergang ausgedacht. Der Irawadi River, der in der Regenzeit fast bis an den Pool unseres Hotels reichen sollte – man sah die breiten, sandigen Ufer –, hatte sich weit in seine Flussbettmitte zurückgezogen, war aber, lehmig gelb und ruhig fließend noch immer ein breiter Strom. Am Abend, der kaum Abkühlung brachte, hörte man, wenn die Musik aus der Piano-Bar oder das Klingklang der heimischen Schlaginstrumente wenigstens pausierten, eine Unzahl von Fröschen hölzern durch die Stille knarzen, so als wären ihre Stimmen in der Hitze eingetrocknet.

In der Abenddämmerung, als wir zum Boot fuhren, waren die Ufer voller Menschen, Fischerboote legten ab, Kinder badeten, ein Mann seifte sich vom Kopf bis zu den Fersen ein, Mädchen wuschen ihre Haare, Frauen schlugen die Wäsche am Ufer gegen harte Steine. Und ich dachte, flüchtig, beim Einsteigen, wobei ich vorsichtig staksen musste: So habe ich das schon in den Klongs gesehen, in Bangkok, vor über zwanzig Jahren. Und so habe ich es auch am Nil gesehen. Und so geht das seit Tausenden von Jahren! Unser Boot entfernte sich, der untergehenden Sonne entgegen, bis sich schließlich vom Ufer nur noch die rötlich goldglänzenden Kuppeln aus der sich schwarz verfärbenden Landschaft abhoben.

Am nächsten Morgen flogen wir zurück nach Yangon, am Abend dann weiter nach Bangkok, tauchten in die voll klimatisierte, blank gebohnerte Welt aus Schaltern, Ansagen, Lauftreppen, Reisegruppen und Flugbegleitern in roten, dunkelblauen, gelben oder grünen Uniformen ein, die Stewardessen zogen ihre Handkoffer, während sie fröhlich miteinander plapperten, hinter sich her, bereit, in alle Welt auszuschwärmen und ihre Fluggäste in die Nacht einzuweisen und einzubetten.

Später schlief ich kurz und traumlos. Als ich mit schmerzenden Gliedern aufwachte, beneidete ich, wieder einmal, meine Frau um ihren Schlaf, der sich in ruhigen, tiefen Atemzügen äußerte. Auf dem Monitor sah ich die endlosen Weiten Asiens unter mir davongleiten, immer wieder von Angaben über die Ortszeit zu Hause, die geflogene Zeit, die noch zu fliegende Zeit, die Außentemperaturen abwechselnd auf Englisch und in thailändischen Zeichen unterbrochen. Ich war in der Weite des Himmels verloren und fürchtete mich nicht. Um den Blutstau oder gar eine Thrombose zu vermeiden, hatte ich Aspirin geschluckt, trank Unmengen Wasser und versuchte meine Füße zu schütteln, ohne meine Frau zu wecken. Dann rechnete ich anhand der Angaben nach, dass inzwischen die geflogene Zeit die noch zu fliegende Zeit überwog. Eine kurze Genugtuung, ein Schluck Wasser, dann die Kalkulation, wie lange vier Stunden dauern, wenn man zum Lesen zu müde und zum Schlafen zu zerschlagen ist.

Der Traum, der sich aus all dem Erzählten speiste, aus der »Tod in Venedig«-Lektüre und eigenen Venedig-Erinnerungen, aus der Flussfahrt in Bagan, bei denen die Wäschewaschenden und Badenden schließlich zu schwarzen Silhouetten am Ufer entwirklicht worden waren, aus der Angst um das Gepäck und der Mühe, es aufzugeben und wieder vom Band zu hieven, dieser Traum erwischte mich zwei Wochen später.

Erst war ich um fünf Uhr aufgewacht, hatte mich stumm und vorsichtig hin- und hergewälzt, das Gewicht des Alters in den Beinen gespürt, auf den ruhigen Atem meiner Frau gehört, war kurz aufgestanden, um mich zu erleichtern und um ein Aspirin einzunehmen, den Mund gegen den Nachtgeschmack zu spülen und einige tiefe Schlucke Wasser zu nehmen. Hatte die Tür vorsichtig geöffnet, die Zeitungen waren noch nicht da. Ich war also zurück ins Bett gegangen und wieder eingeschlafen. Nur, um am Morgen gegen sieben aus diesem schweren Traum aufzufahren.

Er begann mit einer Bootsüberfahrt, und die Menschen auf dem Schiff ähnelten in vagen Umrissen, also schemenhaft, den Passagieren, die Aschenbachs Reise nach Venedig begleiteten. Das Schiff war rostig, sein Deck und die Wände des Unterdecks waren von Löchern zerfressen, wie die Böden mancher Taxis in Yangon. Anfangs war meine Frau noch bei mir, denn wir unterhielten uns über das Gepäck, doch je näher wir dem Ufer einer Insel kamen, umso mehr war ich besorgt um meinen kleinen Handkoffer, sodass sich meine Frau schließlich ganz aus meinem Traum verabschiedete. Sie war nicht mehr vorhanden – mir nicht mehr gegenwärtig. Nur kurz blitzte sie in meinen Gedanken auf, weil ich ihr sagen wollte, mit spöttischem Blick auf die brüchige Beschaffenheit des Schiffes, dass man solche Schiffe »Seelenverkäufer« genannt habe. Aber ehe ich sie finden konnte, hatten wir angelegt. Alle Passagiere drängten sich über die Landungstreppe auf einen Steg in eine Art unwirtliches Zollhaus oder einen Gepäckraum. Jedenfalls begrüßte mich, zutraulich und überaus freundlich, ein junger Mann unter all dem Menschengewühle in dem verrotteten Raum; blütenweiß und tadellos gekleidet, gab er mir den guten Rat, mich um mein Gepäck zu kümmern. Hier gehe vieles leicht verloren. Vorne stritten und drängten sich die Angekommenen wie ein wildes Rudel um die Koffer auf dem Fließband, so als schnappten sie, meist vergebens, nach Beute.

Irgendwie geriet ich beim Suchen und Verfolgen meines verschwundenen Koffers in eine ziellose Unruhe, landete in einer kleinen Eingeborenenhütte, die aber im Innern wie eine Flüchtlingsbaracke aussah, und entdeckte, ohne sehr erstaunt zu sein, ja vielmehr, als handelte es sich um das Vernünftigste auf der Welt, meine beiden Eltern. Meinen Vater, der in Wirklichkeit seit zwanzig Jahren tot ist. Und meine Mutter, die im letzten Jahr verstorben war. Wie selbstverständlich und wenig ungewöhnlich mir dieses Treffen erschien, wurde mir beim Wachwerden dadurch deutlich, dass wir uns nicht groß begrüßten oder gar ein unerwartetes Wiedersehen feierten. Im Gegenteil. Ich machte mich in der Baracke, die mit einem Spind und einem Etagenbett möbliert war – wie die Flüchtlingslager aus meiner Kindheit –, unverzüglich und ziemlich aufgeregt auf die Suche nach meinem kleinen schwarzen Koffer. Ich fragte meinen Vater auch, ob er meinen Koffer gesehen habe. Er war, auf dem Boden kniend, damit beschäftigt, in einem anderen, offenen Koffer seine Sachen ordnend zu prüfen, Werkzeug, Socken, sorgfältig zusammengelegte Kleidungsstücke, und gab mir zu verstehen, dass er selber etwas suche: »Das siehst du doch ...!« Und auch meine Mutter sagte vorwurfsvoll: »Du siehst doch, dass dein Vater ...«

Dann wachte ich auf.

Und während ich versuchte, wieder ins Wachsein hochzutauchen, dachte ich, wie merkwürdig es wäre, dass ich mit meinen toten Eltern gesprochen hätte. Und wie merkwürdig, dass ich es als überhaupt nicht merkwürdig empfunden hätte. Entweder sind meine Eltern zurück zu mir an mein Ufer gekommen, dachte ich. Aber das kann nicht sein. Denn ich bin im Traum ja zu ihnen übergesetzt. Also habe ich sie dort besucht, wo ich jetzt mit ihnen sprechen könnte, wenn es dort Körper oder wenigstens Schatten gäbe. Und Stimmen.

Ich sah zu meiner Frau hinüber: tiefe, ruhige Atemzüge. Immer lässt sie mich allein, beim Träumen und beim Aufwachen. Ich dachte das nicht vorwurfsvoll, sondern konstatierend. Wie eine sachliche Feststellung. Wie die, dass sie schneller schwimmt als ich. Immer schon. Und besser einschläft. Auch immer schon.

Dann wachte sie auf. Na, du Zombie, sagte sie spöttisch, wie lange bist du denn schon wieder wach?

Eben erst bin ich aufgewacht, sagte ich, aber ich war schon mal wach. Um fünf!

Du bist eben mein Zombie, sagte sie. Mein Untoter.

Ich habe eben etwas geträumt, sagte ich.

Was denn?, fragte sie. Und dann, ohne meine Antwort abzuwarten: Ich geh mir erst einmal die Zähne putzen.

Zwei Ärzte

> Und der Doktor sitzt dabei
> Und gibt ihm bittre Arzenei.
> Heinrich Hoffmann, »Der Struwwelpeter«

Ein Schönheitschirurg erzählt mir von seinem »Erweckungserlebnis«. Er hatte früher Kinder mit Wolfsrachen, Hasenscharten, verwachsenen Unterkiefern operiert. Er macht das bis heute in Indien, in Rumänien, er hat Kliniken für die Kinder aus den Slums der Dritten Welt und die Waisenkinder aus Ceaucescus Geburtenplanungsdiktatur im Auftrag auch der Weltgesundheitsorganisation gegründet, wo er operiert. Er ist ein Menschenfreund, ein Wohltäter, der weiß, was er kann, und das auch rigoros ausführt. Eben ein Chirurg. Und ein Arzt, der der Gesellschaft und der Natur ihren Pfusch an kleinen Kindern vorhält. Er fragt: Haben Sie je unter den verkrüppelten Kindern, die in Indien betteln, ein Kind mit Hasenscharte gesehen? Wissen Sie, warum nicht? Weil niemand diesen Anblick ertragen will! Dieser Arzt will den Menschen, die verunstaltet sind, ihr Lachen wiederschenken. Das heißt, er will es ihnen zurück ins Gesicht operieren. Er hat dabei Erfolge, er findet Anerkennung, Ehrungen, ist Mitglied mehrerer Akademien, »Dr. h. c. mult.« steht nach dem Professorentitel auf seiner Visitenkarte. Mult. heißt »zahlreich«, heißt »und so weiter«, heißt et cetera. Er macht sich bei seinen Reisen um die Menschen verdient, er nutzt seine ärztliche Kunst, um Kindern ein menschenwürdigeres Leben zu ermöglichen. Menschenwürdig heißt »schöner«, keine Frage.

Aber was ist schön? Nicht schön ist krank, verwachsen, verunstaltet.

Der Professor betrachtet das Alter als eine Krankheit, keine Frage. Seine Lebensgefährtin lächelt dazu mit makellosen Zähnen ein faltenloses Lächeln zwischen vollen Lippen. Sie sieht aus, als würde sie auf Fotos alterslos wirken. Irgendwie assoziieren wir solche Bilder mit alterslozer Leere. Leer, das heißt, der Chirurg hat die bösen Spuren, die Leben ins Gesicht schreibt, restlos getilgt. Man kann sich zu ihr keinen größeren Gegensatz denken als das Porträt, das Dürer von seiner Mutter gezeichnet hat. Für Dürer war Alter keine Krankheit, sondern die Konsequenz des Lebens. »Vom Leben gezeichnet«, heißt die entsprechende Redensart. Die nächste Stufe bei Dürer war der Totenkopf, das Gerippe. Der Chirurg, der das bewerkstelligte, benutzte als Instrument die Sense, die Hippe (»Es ist ein Schnitter, der heißt Tod«); statt der grünlichen Kurven auf dem Bildschirm ist sein Pulsmesser das Stundenglas. Die Zeit verrinnt in der Sanduhr.

Die Lebensgefährtin des Professors ist Psychotherapeutin. Sie glaubt, dass Attraktivität, die mit einem auf Außenwirkung zielenden Modebewusstsein Hand in Hand geht, eine Lebensqualität ist. Zwar spricht man in ihrem Alter kaum noch von seinen Eroberungen und sexuellen Erfolgen, aber die Sexualität ist selbstverständlicher Background. Warum sonst würde man sich so auffällig machen – wie jene oberen Zehntausend attraktiv und auffällig sind, die Schmuck, Pelze, Frisuren, Roben und Schuhe zur Schau tragen, als wäre die Gesellschaft ein einziger Laufsteg, als lebten alle nur für die heiseren, aufgeregten Zurufe der Fotografen, die in einer Blitzlichtorgie über diese Männer und Frauen herfallen, von den spitzen Schreien der Groupies begleitet, bei Festivalpremieren, Vernissagen, Wohltätigkeitsbällen, Grand-Prix-Rennen. Dort, wo die Menschen die Reichen und die Schönen genannt werden, an deren Leben das Publikum als Zuschauer teilnimmt. Forever young, sagen diese Fotos. Das heißt, sie wollen es sagen.

Die Psychotherapeutin sagt, dass der »Professor« (so nennt sie ihn Dritten gegenüber) nicht wie andere Chirurgen die Haut straffe, dann wirke sie wie gespannt und vermittele den schmalen Eindruck von Altershaut. Um das zu demonstrieren, versucht sie ihren Mund zusammenzuziehen, wie unter Zitrone. Vergebens, die Karikatur des Holzwegs der Schönheitschirurgie gelingt ihr nicht, dazu sind ihre Wangen, ihre Lippen zu voll.

Nein, der Professor fülle auf. Ich schaue zu ihm, der gerade meiner Frau mit seinen Händen wie Baggerschaufeln demonstriert, wie sich der Schädel unter dem Messer und der Säge des Chirurgen aufklappen lasse. Er ist eben Zahnarzt, Chirurg, Nervenarzt und so weiter.

Er sagt, dass die Menschen in geraumer Zeit im Durchschnitt neunzig Jahre alt werden würden. Er sagt, dass man sie dann nicht mit ihrem gealterten Aussehen hilflos herumlaufen lassen dürfe. Jeder Mensch habe ein Recht, gut auszusehen. Attraktiv zu sein. Der Professor hat einen kräftigen Kopf. Dünnes Haar, nass zurückgekämmt. Er hätte nichts dagegen, wenn man ihm sagte, seine Haare seien gefärbt. Er hat Zähne, die gepflegt, aber abgenutzt wirken. Nicht das blendende überlebensgroße makellose Beißwerk seiner Gefährtin, der Fotografen bis tief in den im Lachen aufgerissenen Mund hineinfotografieren könnten. Und es sähe gut aus.

Der Professor dagegen sieht gut aus, weil er vor Energie strotzt. Er sprüht vor Lebenslust. Er hat eine Aufgabe. Dazu braucht er keine Jacketkronen. Wie alt er wohl ist? Unerschrocken erzählt er von seinen Söhnen, die alle schon erfolgreiche Ärzte mit Karriere und Spezialgebiet sind.

Neunzig Jahre und älter werden die Menschen, sagt er. Stellen Sie sich das vor! Sie haben ein Anrecht auf Lebenslust, auf Lebensfreude. Sie brauchen das Lachen. Sie haben ein Recht auf ein junges Gesicht. Und dann erzählt er von seinem »Erweckungserlebnis«.

Ein paar Jahre sei es her, da habe er – er lebt und wirkt in der Schweiz – einen Anruf bekommen. Aus New York, von der Agentur einer weltberühmten Sopranistin. Die Sängerin habe mehrere Konzerte einer Tournee platzen lassen, weil sie Probleme mit ihrer Oberlippe gehabt habe. Sie habe plötzlich ihr Gesicht betrachtet und sei über das Aussehen ihrer Oberlippe so erschrocken gewesen, dass sie sich einbildete, mit diesem Gesicht nicht mehr singen zu können. Daraufhin habe es ihr, buchstäblich wohl, die Stimme verschlagen. Durch den Vertragsbruch seien ihr schon Verluste in Millionenhöhe entstanden. Sie habe sich daraufhin in aller Eile mit mehreren renommierten Kliniken für plastische Chirurgie in Verbindung gesetzt. Aber alle hätten sich geweigert, sie, die Sängerin, zur Behandlung zu übernehmen: Sollte sie ihre Stimme bei dem medizinischen Eingriff wirklich verlieren, befürchteten die Ärzte Schadensersatzforderungen in zweistelliger Millionenhöhe.

Der Zürcher Chirurg beschloss, sich die Diva anzusehen. Und als er ihr das erste Mal gegenübergesessen und ihr Gesicht genauer betrachtet habe, sei ihm aufgefallen – er unterbrach seine Schilderung, sah mich an und sagte nach einem prüfenden Blick: »Das ist eines der auffälligsten Anzeichen für den Alterungsprozess, dass die Oberlidfalten schlaff geworden sind.« Er könne, sagte er der Sängerin, sie mit einer Operation straffen, sie würde erstaunt sein, was das für ihr Aussehen bewirken könne.

Sie habe ihn verblüfft angesehen; das habe ihr noch niemand gesagt. Sie unterzog sich dann der Operation, fühlte sich besser, weil sie jünger aussah.

Sie hatte Vertrauen zu ihm gefasst und ihn gefragt, ob er sich denn jetzt auch ihrer Oberlippe annehmen könne. Oder ob das Risiko, die Stimme dabei zu verlieren – sie fürchte dabei wohl vor allem um die Artikulation –, zu hoch sei.

Daraufhin, so der Arzt, habe er sie gebeten, näher an ihn, der breitbeinig auf einem Stuhl saß, heranzutreten, habe sie, »sie war von eher kleiner Statur«, zwischen seine Beine genommen und mit Beinen und Armen ihr Zwerchfell, ihren Bauch zusammengepresst.

»Und jetzt schreien Sie, so laut Sie können!«, befahl er der Sängerin. Sie schrie, während er presste. »Sie schrie, dass die Wände wackelten! Ich merkte, dass sie eine Bauchwand wie aus Stahl hatte.«

»Sehen Sie«, sagte er zu ihr, »Sie singen aus dem Bauch und nicht mit der Oberlippe. Ihre Gesangskraft, ihre Stimmgewalt, liegt im Bauch, der gegen das Zwerchfell presst und so die Lunge nötigt, die Luft auszustoßen. Mit Ihrer Oberlippe hat das nichts zu tun.«

Sie habe sich dann ohne Angst operieren lassen und natürlich herrlich wie eh und je singen können.

»Und von dem Moment an«, so pointierte der Professor seine Geschichte, habe er gewusst, dass den Menschen beim Altern zu helfen sei, auch psychisch und gesellschaftlich. Unser Aussehen habe eine enorme soziale Komponente.

Ich verstand ihn sofort: Unser Ansehen kommt auch von unserem Aussehen. Ganze Industrien, Sportindustrie, Medizin, Fitnessindustrie, Kosmetikindustrie, leben davon. Er war, als Gesichtschirurg, einer der praktizierenden Gurus eines neuen Zeitalters. Er gehörte zu all den Zahnärzten, Hautliftern, Kurpackungsherstellern, Implantierern, Zahnprothesenproduzenten, die das Gesicht unserer Zeit prägen, er gehörte, als allmächtiger Chirurg, auf die oberste Stufe. Ein neuer Künder einer Heilslehre, deren Wunder sich in hochglänzenden Fotos »Vorher – Nachher« in den Werbebroschüren für seine Klinik, seine Heilmethode gegen die Krankheit Alter mit optischer Beweiskraft niederschlugen.

Wie alles, was machbar ist und was der Mensch daher auch um jeden Preis macht, steckt dahinter die Gefahr einer hybriden Selbstüberhebung. Ihr weltweit bekanntes Schreckensbild sind die Fotos Michael Jacksons. Hatte Karl Kraus über die Psychoanalyse gespottet: »Die Psychoanalyse ist die Krankheit, für deren Therapie sie sich hält«, so ließe sich von dem alternden Popstar, Kraus variierend, sagen: Jackson sieht durch die Schönheitschirurgen so aus, wie er fürchtete, ohne sie eines Tages aussehen zu müssen.

Währenddessen malte der Professor ein Schreckensbild der Vergangenheit. »Wissen Sie, dass sich in Österreich in ländlichen Gebieten noch vor nicht allzu langer Zeit die jungen Mädchen unmittelbar vor der Hochzeit alle Zähne ziehen und sie durch Zahnprothesen ersetzen ließen?«

»Ich weiß nur, dass meine Mutter und ihre Generationsgenossinnen sich zur Hochzeit den Zopf abschnitten. Das abgeschnittene Haar lag dann in der Kommode und wurde ab und zu mit Wehmut betrachtet, mit einer Sehnsucht nach der verlorenen Jugend«, sagte ich.

»Nein, nein, wirklich«, sagte er. »Die Zähne! Auch aus wirtschaftlichen Erwägungen. Sie wollten ihren künftigen Männern die kostspieligen Zahnbehandlungen ersparen.«

»Es gibt also doch einen Fortschritt!«, sagte ich. Und es sollte ironisch klingen.

Aber dann fiel mir ein, und ich schämte mich dem Arzt gegenüber, wie sich mir nach Ariane Mnouchkines Molière-Film unvergesslich die Szene eingebrannt hatte, in der ein Kind einen zahnlosen alten Mann füttert: Es nimmt die harte Brotrinde in den Mund, zerkaut sie mit seinen gesunden Zähnen, mischt sie mit seinem Speichel zu Brei, nimmt den Brei aus dem Mund und schiebt ihn dem Greis zwischen die zahnlosen Kiefer, der ihn wegmümmelt. Die Szene, die uns, Kinder des hygienischen Fortschritts, zuerst erschreckt, erweist sich als kreatürlich, menschlich, dem Stillen an der Brust der Mutter verwandt, unmittelbarste Zuwendung.

Älterwerden, was nicht gleich Altwerden heißt, ist immer mit Verlusten verbunden. Man verliert die Milchzähne, man verliert die Kindheit, das Elternhaus, die Unschuld ...

Wobei der Verlust der Milchzähne ein seltsamer, ein atavistischer

Vorgang ist, etwas, was in der Menschwerdung an die Echsenentwicklung, an die Schlangenhäutung, an leere Schneckenhäuser erinnert; unser Körper verliert etwas, was ihm fremd, als toter Gegenstand vor Augen liegt, weggedrängt von größeren Zähnen, zum Wachsen offenbar unfähig, schadhaft, vom Körper abgestoßen. Wie abgeschnittene Fußnägel, wie abgeschuppte Haut, abstoßend wie das abgeschnittene Haar, das der Friseur wegfegte, während ich als Kind zum ersten Mal, vom Drehstuhl aus, entsetzt und mit Abscheu zusah – obwohl es doch eben noch ein Teil von mir war.

Später habe ich von Zahnverlusten geträumt. Rational mag das mit den steinzeitlichen Verhältnissen zusammenhängen, in denen ich mindestens ein Jahr nach dem Krieg lebte. Zahnhygiene, zahnärztliche Aufsicht, Behandlung, gar Korrektur des Gebisses gab es nicht.

Irrational hatte ich kurz vor dem Aufwachen das Gefühl, den Mund voller Kiesel zu haben, ich spuckte die Zähne aus wie ein Boxer im Stummfilm. Sie waren mir im Traum eingeschlagen worden wie in den bitteren Bildergeschichten Wilhelm Buschs. Welche unsagbar große Erleichterung, wenn ich beim Erwachen den Mund öffnete, die Zähne mit den Fingern betastete, sie schließlich vor dem Spiegel wiedersah – alle da!

Natürlich sagte ich mir jedes Mal, etwas nachplappernd, was ich gehört hatte: Der Traum vom Zahnverlust ist der Traum vom Potenzverlust. Nicht mehr zubeißen können ...

Steht man schon mal vor dem Spiegel, schiebt man, den Kopf erst links, dann rechts schräg haltend, das Haar an der Seite zurück. Wachsen die »Geheimratsecken«? Geheimratsecken, ein Ausdruck, den ich meinem Vater verdanke. Wie den Spruch, den ich nicht loswerde ein Leben lang, den er dazusagte, eine der wenigen vulgären Entgleisungen, die er sich mir gegenüber leistete: »Wer in der Jugend viel bürstet, braucht im Alter wenig zu kämmen.« Immer wenn ich besorgt auf den Kamm schaute, wie viele Haare ich gelassen hatte, fiel er mir wieder ein. Offenbar hatten, nach diesem Naturgesetz, weder mein Vater noch ich in der Jugend viel gebürstet.

Ebenso zwangsläufig fällt mir Kafkas Fräulein Bürstner ein, Josef K.s Mituntermieterin im »Prozess«, ein Grund für seine Verhaftung, ein Fräulein mit einem verräterisch sprechenden Namen. Viel bürsten! Haarverluste, Zahnverluste, Potenzverluste. Altern ist die in den Traum verdrängte Angst vor den Verlusten.

Es gibt ihn, den Fortschritt! Ludwig XIV., der Sonnenkönig, um den sich die Welt drehte im glanzvollen Versailles, war beim Essen ein hilflos mümmelndes Männchen, das gefüttert werden musste, dem die Diener die Bissen vorkauten, vorspeichelten, dem zuliebe die französische Hofküche die Pastete erfand.

Und Benjamin Franklin, von dem wir wissen, dass er den Blitzableiter erfand, und später gelesen haben, was für ein aufregendes Leben er führte, benutzte bei all seiner Manneskraft und Erfindungsgabe zum Essen ein Gebiss aus Holz.

Nein, Zähne sind heute kein Zeichen für Jugend; ihr Fehlen, ihr schadhaftes Aussehen markiert nicht die Lebenszeit, sondern die Unterschiede zwischen Erster, Zweiter und Dritter Welt, den sozialen Status. Wer in der Jugend viel um sich beißt, braucht im Alter nicht mehr auf dem Zahnfleisch daherzuschleichen. Zwei unserer Kanzler zeigten mit dem Gebiss ihre Alphatier-Natur. Über Helmut Schmidt fand ein Sportreporter im Stadion die unvergleichliche Formel: Der Kanzler grüßte mit den Zähnen. Und bei Schröder hieß es, er würde sein Raubtierlächeln aufsetzen.

Mit den Haaren ist das nicht ganz so gut geglückt – bisher. Perücken erkennt man, und gefärbte Haare, hier ist von Männern die Rede, geben einem etwas Gigolohaftes, etwas Schäbiges, wie Schuppen und schlecht sitzende Zähne. Die wie mit schwarzer Schuhwichse gebohnerten Haare der Alten bei Visconti, mit ihren abgetragenen dunklen, wie das gefärbte Haar speckig glänzenden Anzügen, sind Ausdruck für den erbärmlichen Abstieg ins Alter, der auch ein sozialer Sturz ist – es ist das Bild des Alten, der schon »bessere Tage« gesehen hat.

Zuzugeben, dass man sich als alternder Mann die Haare färbt, um das Altersgrau, gar das Altersweiß zu verbergen, ist offenbar ehrenrührig. Wenn ein Kanzler die Behauptung, er färbe sein Haar, juristisch bei Strafe verbieten ließ, dann spricht es dafür, dass er dunkles Haar als Zeichen politischer Potenz ansah. Oder zumindest fürchtete, durch seine Haare auch als politischer Schönfärber entlarvt zu werden.

In den Mythen, siehe Samson, ist verlorenes Haar, geschorenes Haar Ausdruck verlorener, gestutzter Potenz. Der Zeitgeist jedoch dreht momentan den Spieß um: Der nackte, der kahl geschorene Schädel war erst bei »Skinheads«, also Rechtsradikalen, Zeichen männlicher Gewalt. Inzwischen ziert die Glatze längst den zivilisierten Macho.

Bleibt eigentlich nicht einmal mehr die Frage, warum Männer Angst vor Frauen mit »Haaren auf den Zähnen« haben.

Dr. W. und seine Frau, die ich gleichzeitig mit dem pygmalionsgleichen Professor und seiner von ihm gestalteten Gefährtin traf, hatten andere Ansichten vom Älterwerden – und lebten sie auch, mit bewundernswerter Konsequenz, bei der die Disziplin als beneidenswerte Leichtigkeit des Seins erschien.

Dr. W. begleitete Dialyse-Patienten auf ihren Reisen über die Weltmeere, einen Luxus, den sich Kassenpatienten mit den gleichen schweren Leiden sicher nicht leisten können, der aber die stationäre Unbeweglichkeit, zu der Menschen, die dieser speziellen Anwendung bedürfen, zugunsten einer weltoffenen Mobilität aufhebt.

Der Arzt und seine Frau hatten bereits erwachsene Kinder, sie waren ein außergewöhnlich gut und stilsicher aussehendes Paar. Dafür, dass sie schöne Menschen waren, hatte die Natur gesorgt, ihre gesellschaftliche und kulturelle Herkunft tat ein Übriges, sie waren modebewusst und elegant angezogen und traten so unauffällig auf, dass sie überall angenehm auffielen, auch weil ihnen jede Aufdringlichkeit in Erscheinung und Wesen fehlte. Ohne alt zu sein, alterten sie dezent. Es schien selbstverständlich, war aber gewiss auf Disziplin (ohne Verbissenheit) und Zurückhaltung (ohne Askese) zurückzuführen. Sie sprachen für die Behauptung, dass von einem gewissen Alter an jeder für sein Aussehen verantwortlich ist.

Natürlich betrieben sie Sport, natürlich nutzten sie Fitness- und Wellness-Anlagen; zum Ablauf seines Tages gehörte außerdem, dass er sich für zwei Stunden ans Klavier zwang, wobei ihm diese selbst auferlegte Pflicht zur Freude wurde, die seinem Leben einen zusätzlichen Inhalt bot. Natürlich hatten sie tadellose Zähne, eine gepflegte Haut, waren schlank und würden wahrscheinlich gar kein Vergnügen darin finden, beim Essen oder Trinken über die Stränge zu schlagen. Sie wussten die Chance zu nutzen, dass man heute unter günstigen Bedingungen und Voraussetzungen lange jung sein kann.

Das Älterwerden kann heute länger schön sein, auch in der Ausstrahlung für andere, besonders bei Frauen. Und das kann auch ohne Hilfe von Silikon, ohne chirurgische Eingriffe glücken. Man muss eben das Glück haben, dass die Lebensuhr (der Gen-Haushalt) gut eingestellt ist. Man muss Glück haben mit seinem Beruf und seinen Partnern. Glück ist auch eigene Anstrengung, aber im Grunde ist es Roulette. Am Anfang steht wohl Goethes: »Glücklich, wem doch Mutter Natur die rechte Gestalt gab! Denn sie empfiehlt ihn, stets, und nirgends ist er ein Fremdling.« Aber wie kann man das sein?

Dr. W. hält das Alter für keine Krankheit und eine gesunde Lebensführung, soweit man sie selbst bestimmen kann, wie er und sonst nur wenige Glückliche, für ihre Bedingung. Er schaut bitter drein und bekommt nachdenklich verstärkte Falten, wenn er von Patienten erzählt (dabei geht es natürlich nicht um seine Dialyse-Patienten), die nach einer Pille ohne Nebenwirkung fragen, die ihnen das Über-die-Stränge-Schlagen beim Essen und Trinken erlaubt. Oder die auf Geräte hoffen, die ihnen ihre ungesunde Haltung am Computer, dem Berufsgerät sozusagen, mit einem Husch abnehmen. Es gibt keine Arznei, die nicht giftig wäre (in Nebenwirkungen und falscher Dosierung), sonst wäre es keine Arznei. Und es gibt keine ewige Jugend, für die man in einen Brunnen steigen, sich unter ein Messer begeben könnte.

Über das Glück habe ich mich mit ihm nicht unterhalten. Auch nicht über »das besonnte Alter«, das ja wohl ein ähnliches Kitschbild wäre wie der röhrende Hirsch oder der Wanderer im Alpenglühen.

Erinnerung an eine weiße Wolke

> Die Liebe hält manchmal
> Im Löschen der Augen ein
> Und wir sehen in ihre
> Erloschenen Augen hinein
> Brecht (für Isot Kilian)

Erinnerung an die Marie A.

An jenem Tag im blauen Mond September
Still unter einem jungen Pflaumenbaum
Da hielt ich sie, die stille bleiche Liebe
In meinem Arm wie einen holden Traum.
Und über uns im schönen Sommerhimmel
War eine Wolke, die ich lange sah
Sie war sehr weiß und ungeheuer oben
Und als ich aufsah, war sie nimmer da.

Seit jenem Tag sind viele, viele Monde
Geschwommen still hinunter und vorbei
Die Pflaumenbäume sind wohl abgehauen
Und fragst du mich, was mit der Liebe sei?
So sag ich dir: Ich kann mich nicht erinnern.
Und doch, gewiß, ich weiß schon, was du meinst
Doch ihr Gesicht, das weiß ich wirklich nimmer
Ich weiß nur mehr: Ich küßte es dereinst.

> Und auch den Kuß, ich hätt ihn längst vergessen
> Wenn nicht die Wolke da gewesen wär
> Die weiß ich noch und werd ich immer wissen
> Sie war sehr weiß und kam von oben her.
> Die Pflaumenbäume blühn vielleicht noch immer
> Und jene Frau hat jetzt vielleicht das siebte Kind.
> Doch jene Wolke blühte nur Minuten
> Und als ich aufsah, schwand sie schon im Wind.

Mit dem Gedicht »Erinnerung an die Marie A.«, das viele (ich habe da kein Privileg eines besonders guten Geschmacks) für eines der schönsten Liebesgedichte Brechts und damit für eines der schönsten deutschen Liebesgedichte überhaupt halten, hat es seine besondere Bewandtnis. Um übrigens mit meinem anderen Favoriten unter Brechts Liebesgedichten nicht hinterm Berg zu halten, sei es hier auch erwähnt – und zitiert. Es sind die »Terzinen über die Liebe«, die mit der Zeile »Sieh jene Kraniche in großem Bogen« beginnen und die Schönheit und Strenge einer japanischen Tuschzeichnung haben. Auch sie hätten hier ihren passenden Platz, weil sie von der Kurzlebigkeit der Liebe handeln und dass sie es ist, die die Liebenden bei sich hält, entfernt von uns, uns Zeichen gebend, »einander ganz verfallen«. Aber zurück zur »Erinnerung an die Marie A.«.

Geschrieben hat Brecht das Gedicht im Februar 1920, da war er knappe zweiundzwanzig Jahre alt. Und er schrieb unter den Text den Zusatz: »Im Zustand der gefüllten Samenblase sieht der Mann in jedem Weib Aphrodite«, eine ziemlich drastische Variante zu der Faust-Viagra-Einsicht: »Du siehst mit diesem Trank im Leibe / bald Helenen in jedem Weibe.« Außerdem war Brecht für sein Gedicht, das dieser hormonellen Drastik auf das Zarteste zu widersprechen scheint, durch den französischen Schlager »Tu ne m'aimes pas« von Léon Laroche angeregt worden, den Karl Valentin in der deutschen Fassung »Verlornes Glück« in seinem Kabarett

»Tingel Tangel« fest im Repertoire hatte und als sentimentalen Kitsch parodierte.

Das Gedicht wäre also eine Art Collage, die Rückverwandlung einer Parodie auf ein kitschiges Lied in ein Liebesgedicht. Brecht übertitelte es zuerst »Sentimentales Lied 1004« (was eine Anspielung auf die Registerarie aus Mozarts »Don Giovanni« ist, der ja in Spanien allein eintausenddrei Frauen hatte. Hier also, uff, die eintausendvierte).

Kommt noch hinzu, dass er es der »Marie A.« widmete, Rosa Marie Aman, die er als Schüler, achtzehnjährig, in einer Eisdiele in Augsburg traf, die ihn aber für einen anderen Schüler verließ. So klagte er Freund Caspar Neher, dem er sie vorher als die »wundervolle Rosa Maria« beschrieben hatte, nach dem Motto: »Die Trauben sind mir zu sauer«, dass sie »nämlich nicht hübsch« sei. Ihre Augen seien »schrecklich leer«, »kleine böse saugende Strudel«, ihre Nase »aufgestülpt und zu breit«, ihr Mund »zu groß« und auch noch »zu dick«, ihr Hals nicht »reinlinig«, ihre Haltung »kretenhaft«.

Über dieses scheußliche Mädchen, das ihm den Laufpass gegeben hatte, schrieb er 1920 auf der Zugfahrt nach Berlin das Gedicht, das er dann »Erinnerung an die Marie A.« nannte. Man sieht, auch die Jugend kennt, blitzt sie ab in der Liebe, im Schmerz schon Gefühle, die »alt« sind wie die der »Marienbader Elegie«. »Und jene Frau hat jetzt vielleicht das siebte Kind« - innerhalb von drei Jahren, zwischen 1917 und 1920! Man sagt, dass jede Trennung, jeder Abschied ein kleiner Tod sei, aber das klingt nach dem Kitsch, den Brecht hier in den Himmel »ungeheuer oben« hebt wie die weiße Wolke. Ich will das Gedicht dem Zwanzigjährigen, der sich an den achtzehnjährigen Liebeskummer erinnert, als Altersgedicht durchgehen lassen.

Und auch, ob es ein kitschiger Schlager war und wie Brecht ihn mit wenigen Handgriffen zu einer bleibenden Elegie auf die Erinnerung und die Vergänglichkeit verändert hat, sei dahingestellt. Wir selber haben, Jung wie Alt, Liebesgedichte wie Schlager dazu benutzt, bei Mädchen Eindruck zu schinden, sie uns gewogen zu machen. Und manchmal haben wir auch die Worte, die wir uns geborgt, ausgeliehen, die wir gebraucht, missbraucht haben, als Mittel zum Zweck geglaubt, vielleicht haben wir sie auch geglaubt, vorübergehend, als wir den Mund des Mädchens als zu »dick«, ihre Nase als zu »breit«, ihre Haltung als »kretenhaft« geschmäht haben. Mit Rilke, Benn, Brecht, dem dicken Erich Fried, dem dünnen Peter Rühmkorf: Gedichte waren dazu da, zum Verführen verfremdet und zur Erinnerung verklärend, umfunktioniert zu werden. Auch uns selbst wollten wir imponieren, indem wir uns mit den Gedichten anderer wie mit fremden Federn schmückten.

Schlager, Popsong, »Michelle, ma belle«, »Yesterday«, »Will you still need me, when I'm 64« – egal, es ist das Repertoire unserer Erinnerung. Und was die »Qualität«, die der Gefühlstiefe wie die der Reime, betrifft – sind nicht die Zeilen aus »Lili Marleen«

> unsre beiden Schatten sahn wie einer aus,
> dass wir so lieb uns hatten, das sah man gleich daraus

so schön, als hätte sie Brecht in einer begnadeten jungen Stunde als Erinnerung einer Liebe beschworen, die, sobald sie flüchtig war, vorbei war und uns eine Ewigkeit ins Alter begleitet hat?

Matchpoint

> Es genügt ein einziger Tropfen von Angst,
> und Liebe gerinnt zu Hass.
> Billy Wilder in »Double Indemnity«

Als Woody Allens Film »Matchpoint« 2005 in die Kinos kam, feierte die Filmkritik wie auch das Publikum diesen Film als Wiederauferstehung eines lange als ermattet geltenden Filmemachers, der seine Geniestreiche, also vor allem »Manhattan«, »Annie Hall« (deutsch: »Der Stadtneurotiker«) und »Hannah und ihre Schwestern«, in immer schwächeren Versionen Jahr für Jahr, ja ein Jahrzehnt ums andere zu repetieren versucht hatte. Seine Filme schwächelten, wenn auch auf hohem Niveau und manchmal mit immer noch ätzender Ironie, ins Alter, begleitet von einem ebenfalls alternden Publikum in alter Treue mit heimlichen Seufzern: Ach, nun wird auch er alt! Und im Hinterkopf schwach der Nebengedanke: Und wir mit ihm! Es war wie bei Rolling-Stones-Konzerten, nur dass bei den Rockmusikern der klapprig gewordene Kult der Jugendrevolte trotziger zelebriert wird.

Dann, mit siebzig, hatte er zur genau passenden Gesellschaftskomödie zurückgefunden, die als präzises Uhrwerk ablief, zu einer Geschichte, die dem Zufall eine mörderische, schicksalhafte Dramaturgie zubilligt. Er erzählt eine nihilistische Geschichte von Liebe und Gier und der Angst eines Mittellosen, der sich in den Reichtum hochheiratet und diesen Besitzstand so rigoros zu verteidigen versucht, dass er seine schwangere Geliebte kaltblütig ermordet, und dass er dabei sein künftiges Kind mit ermordet, bezeichnet er zynisch als »Kollateralschaden«. Aber, fast noch schlimmer: Um seine Tat zu kaschieren, tötet er mit ebenso kaltem Blut eine andere Mieterin im Haus, die er nicht einmal kennt. Ein Film über ein perfektes Verbrechen? Ja und nein, denn es ist der blödeste Zufall, der ihm zum Verhängnis zu werden droht und ihn doch aus aller Gefahr befreit. Eben der »Matchpoint«, der »Spielball«, der den Profi-Tennisspieler mit einem Netzroller zum Sieg bringt. Der Ball, der einen Moment auf der Netzkante stillzustehen scheint, noch nicht »weiß«, ob er in das Feld des Spielers oder das Feld des Gegners abrollen wird, wie das Schicksal, das sich für einen Augenblick noch nicht für Tod oder Leben, für Sieg oder Niederlage, für Glück oder Unglück entscheiden kann. Es zögert. Und das Diabolische dabei ist: Wir, die Zuschauer, fiebern mit dem Spieler, dass sein Glück gewinnt, ein Glück, das der Triumph des Bösen ist. Wir haben uns, wie der Film, für das Böse entschieden. Dafür, dass seine scheußliche, egoistische Mordtat nicht auffliegt.

Der Tennisball, der im Stillstand auf der Netzkante verhält, ist eine perfekte Entsprechung der Kugel, auf der die Glücksgöttin, die Schicksalsgöttin, tanzt. Fortuna, »fortune« im Englischen, das heißt »Glück« und »Vermögen« zugleich; »fortune«, das heißt »Glück« und »Unglück« in einem. Eben Schicksal. Eben Zufall.

Woody Allens Film ist ein Alterswerk, das all seine symbolische Bedeutung nie »draufsetzen« muss, weil er sie mit selbstverständlicher Leichtigkeit am Leben, also aus der Kunst entwickelt. Ein Alterswerk, das die Lebenswelt, den Zeitgeist heutiger junger Leute beschreibt, die mit egoistischer Aggression, getarnt mit tadellosen Manieren und makelloser Gepflegtheit, ihre Zukunft bauen. Und Woody Allen ist ihr Spielmeister, der sie auf dem Glücksrad in Schwung setzt und mit faszinierter Neugier betrachtet: »Verbrechen und andere Kleinigkeiten« heißt ein Vorläufer-Film mit ähnlichem Thema, und Allen scheint für sich und für uns dem Gedanken von Goethe nachzuhängen, dass es kein Verbrechen gäbe, das er nicht in Gedanken begangen hätte. Der banale Satz »Den könnte ich umbringen!« wird hier Fleisch und Blut. Nein: Er wird Film und Kunst.

Wie gesagt, ein Alterswerk mit Protagonisten aus einer jungen Generation. Um sein Kunststück zu schaffen, musste Woody Allen einen »Tapetenwechsel« vornehmen – von Manhattan nach London, präziser: nach Kensington. Von der New Yorker Künstlerboheme zu den Schönen, Reichen und Versnobten, unter denen sich zwei soziale Aufsteiger und Außenseiter ihr mörderisches Liebesspiel liefern.

Als ich den Film gesehen hatte, überkam mich eine Art Freude, ja ein Glücksgefühl darüber, wie gut Allen dieser Film geraten war, ein Meisterwerk, das mitten ins Herz der Gegenwart trifft, wie es eben fast dreißig Jahre zuvor »Manhattan« oder »Annie Hall« getan hatten. Dabei hatte ich, ungeduldig im Älterwerden, Allen in den letzten Jahren schon abgeschrieben, mit dem Gedanken: Seine Zeit ist eben vorbei. Eine unsolidarische Haltung Gleichalter, die sich, zwiespältig, wie sie ist, aus Traurigkeit und Genugtuung zusammensetzt. Die Kopfhaltung alter Männer dabei ist ein Kopfnicken mit einem erfrorenen Lächeln, wie hinter zusammengebissenen Zähnen. Jawoll! Das ist der Lauf der Welt! Der Lauf der Zeit!

Jetzt stellte sich eine Alterssolidarität her. Ich, ein paar Monate älter als Allen, war auf einmal stolz, klopfte mir in Gedanken auf die Schulter: Das können wir noch! Wir von unserem Jahrgang. Natürlich jeder nur von seiner Messlatte und seiner Bestzeit aus gesehen. War Woody Allen damals, Anfang vierzig, die hundert Meter in 9,8 Sekunden gelaufen, so lief ich sie in 13,0 Sekunden, etwa. Aber immerhin, er hatte siebzigjährig seine filmische Bestzeit wiederholt. Und ich suchte die Solidarität ja auch in der Zeitgenossenschaft: Meine Frau und ich hatten damals »Manhattan« übersetzt und waren glücklich, als wir die deutschen Entsprechungen für den Slang und die Idiomatik von Manhattan dabei zu finden glaubten: In der Übersetzung spürten wir so etwas wie Teilhabe am Zeitgeist, an der damaligen Aufbruchstimmung, die sich bei Allen auch in der Fähigkeit, sich selbst satirisch zu sehen, die eigenen Gefühle komisch zu durchschauen, ausdrückte.

Jetzt waren wir beide, Allen und ich, er als Filmemacher, ich als sein Publikum, für eineinhalb Kinostunden auf der Höhe der Zeit. Allerdings heute als Betrachter und Beobachter; damals als Mitspielende, denen das Leben mitspielt und die das als komisch zu empfinden in der Lage sind. Eigentlich war Allen sehr jung schon sehr alt. Das bewirkte die Distanz, die er zu seinem eigenen Tun hatte. Diese Distanz zu sich selbst drückte sich auch darin aus, dass wir so gut wie nie über Privates gesprochen haben, weder miteinander noch in Interviews. Als meine Frau und ich ihn das erste Mal trafen, bei seinen Dreharbeiten zu »Midsummernights Sex Comedy« in Flushing Meadows, also in der Nähe des berühmten Tenniscourts, waren er und ich Mitte vierzig. Es war ein heißer Sommertag, bei den Dreharbeiten im Freien trug Allen wie ich ein kurzärmeliges Hemd, meine junge Frau eine kurzärmelige Bluse. Und als Allen sie sah – wie sie war er rothaarig und sommersprossig –, stellte er sich neben sie, hob seinen Arm vergleichend neben ihren und sagte, dass sie ja noch mehr Sommersprossen habe als er, und lächelte sie an. Das war eine intime Geste, Solidarität unter Rothaarigen.

»Matchpoint« handelt von einer großen Leidenschaft und einem perfekten Mord, aber da es den perfekten Mord nicht gibt, handelt der Film vom bösen Zufall, der einen Mord perfekt macht. Held ist ein Tennisspieler, ein amerikanisch-irischer Aufsteiger, der es nicht in den Grand-Slam-Zirkus geschafft hat, der also nicht ans große Geld kommt und daher als Tennislehrer bei reichen Leuten sein Auskommen zu finden sucht. Der Sohn einer überaus begüterten Londoner Familie mag den jungen Lehrer, führt ihn in sein Elternhaus ein, wo sich prompt die Schwester in den gut aussehenden Tenniscrack verliebt. Die beiden stehen kurz vor der Heirat, als er im Hause seiner künftigen Schwiegereltern, unten im Tischtenniszimmer, der Verlobten seines jungen Gönners und künftigen Schwagers begegnet. Zwischen den beiden brennt es sofort, der Zuschauer gewinnt den Eindruck, dass sie, befände sich nicht die Tischtennisplatte zwischen ihnen, sofort übereinander herfallen würden. Das holen sie bei einer späteren Begegnung während eines Gewitters nach, bei dem beide sich aus dem Anwesen ihrer beiden Verlobten stehlen: Romantischer und gefährlicher geht es nicht, denn beide (auch sie ist ein Habenichts, eine Möchtegern-Schauspielerin aus Amerika, die in London durch alle Prüfungen gerasselt ist) riskieren ihren Aufstieg in die Londoner High Society.

Doch sie kommen davon, es geht noch einmal gut, dann geht die Verlobung der Schauspielerin ohnehin in die Brüche, die Eltern sind dagegen, anders als beim Tennislehrer ihrer Tochter, dem sie einen lukrativen Posten in ihrem Firmenimperium verschaffen.

Zufällig trifft er die Amerikanerin wieder, die beiden beginnen ein Verhältnis, bei dem er sich seine Zeit stehlen muss und ständig die Gefahr besteht, dass seine Affäre auffliegt und er seine gesellschaftliche Zukunft verspielt. Schließlich wird sie schwanger, lästig ist sie ihm schon vorher geworden. Es kommt zu Szenen, Drohungen, sie verweigert die Abtreibung, sodass er schließlich den Plan fasst, sie zu ermorden. Dazu muss er die Vermieterin in ihrem Haus zuerst umbringen, weil er einen Raubmord vortäuschen will, bei dem seine geschwängerte Geliebte scheinbar zufällig umkommt. Er begeht ein eiskaltes Verbrechen, bei dem der Zufall den Mörder davonkommen lässt. Dann, als er den geraubten Schmuck in die Themse wirft, bleibt ein Ring auf der schmalen Mauer liegen, der erst, wie ein Tennisball beim Netzroller, darauf getanzt hat – um dann nicht im Wasser, sondern auf der Straße zu landen. Später, am Ende, stellt sich heraus: Den Ring hat ein Drogensüchtiger, der wenig später bei einem Raubüberfall von der Polizei geschnappt wird. Durch diesen Zufall kommt der wahre Mörder aus dem Verdacht, der sich schon um seinen Hals klammerte. Er schwängert endlich seine legitime reiche Frau. Und mit ihm denkt der Zuschauer: Was für eine Zukunft! Zwar haben ihn vorher die Gespenster der von ihm Ermordeten heimgesucht wie einst Shakespeares Macbeth. Doch er kann, anders als der Kronenusurpator, die hölzern-bleichen Geister durch den Erfolg aus seinen Wachträumen verscheuchen.

Woody Allen hat Billy Wilders »Double Indemnity« zu seinem Lieblingsfilm erklärt, er konnte, wenn ich ihn darauf ansprach, nicht genug von dem Film schwärmen, bei dem es auch um einen perfekten Mord aus Gier und Sexualgier geht: In diesem Fall soll das große Geld aus einer Lebensversicherung des ermordeten Ehemanns kommen, den seine Frau und deren Liebhaber mit einem perfekten Mordplan umbringen – dieser Plan ist gleichsam der »Anlass« ihrer Liebe. Und bei beiden Filmen, dem von Wilder wie dem von Allen, gibt es einen Zufall, der den Plan, nach dem Mord an das Geld zu kommen, zu durchkreuzen droht. Ist es bei Allen der auf der Mauer tanzende Ring, so ist es bei Wilder das bereitstehende Fluchtauto des Mörderpaares: Der Anlasser streikt. Für ein paar bange Sekunden springt der Wagen nicht an. In genau diesem Moment läuft der Zuschauer als Komplize zu den Mördern über. Ebenso wie er einen Augenblick lang hofft, der Ring möge doch in der Themse versinken – und am Ende düpiert wird: Genau das wäre für den bösen Helden zum Verhängnis geworden, kein anderer wäre an seiner Stelle in Mordverdacht geraten.

Natürlich konnte Wilder 1944 noch keinen Mörder entkommen lassen, der musste für den Mord mit dem Leben bezahlen. Unerhört war es aber damals schon, dass die Zuschauer auf der Seite der Verbrecher waren und ihr Scheitern als tragisch empfanden. Der Satz aus Cains Roman »Double Indemnity« könnte auch für den Tennisspieler gelten, der seine große Leidenschaft mit kalter Mordwut aus seinem Karriereweg räumt: »Es genügt ein einziger Tropfen von Angst, und Liebe gerinnt zu Hass.«

Nachdem ich das Kino nach »Matchpoint« verlassen hatte, habe ich immer wieder an die berauschende, unverschämte Szene gedacht, in der sich der Tennislehrer und das amerikanische Mädchen über die Tischtennisplatte hinweg zum ersten Mal in die Augen sehen und sich mit Blicken förmlich verschlingen. Vor allem Scarlett Johansson, die in Sophie Coppolas »Lost in Translation« ihre frische, unbekümmerte Jugend ausspielte, war hier auf einmal, auch für die Zuschauer, die begehrenswerteste Frau der Welt – unschuldig und verdorben (weil Verderbnis verheißend), begehrenswert und lebensgefährlich, schön wie die Sünde bei der Vertreibung aus dem Paradies –, ein Strudel, dem nicht zu entrinnen ist, so oder so nicht.

Und als ich mir die Szene wieder vergegenwärtigte – man assoziiert für die Leidenschaft den Wassertropfen, der sich wirbelnd auf einer heißen Herdplatte ins Nichts auflöst –, bildete ich mir ein, Scarlett Johansson schon einmal begegnet zu sein, jedenfalls einem Mädchen, von dem ich jetzt, vierzig Jahre später, glaube, ja weiß, dass sie genauso aussah wie die Schauspielerin. Aber da ich sie in »Lost in Translation« nicht »wiedererkannt« hatte, muss es wohl eher eine Ähnlichkeit der Situation gewesen sein.

Vor genau vierzig Jahren war ich zum ersten Mal in den USA; eingeladen mit der Gruppe 47, habe ich an der Tagung in Princeton teilgenommen, als Kritiker. Es war die Veranstaltung, auf der Peter Handke, der wie ein sehr zarter Beatle aussah, mit stockenden Sätzen seine Empörung über die Beschreibungsimpotenz in den Saal schleuderte, oder soll man besser sagen, stammelte – sehr wirksam, sehr effektvoll. Am Abend des letzten Tages gab der Leiter des German Department, Victor Lange, eine Institution der deutschen Literatur in Amerika, ein Abschiedsdiner in der eindrucksvollen neogotischen Halle der berühmten Ivy-League-Universität. Studenten in Livrees servierten das Diner bei Kerzenlicht, anschließend wurden bei einer Stehparty Cocktails getrunken, man plauderte in kleinen Grüppchen, vielleicht wurde auch getanzt, ich erinnere mich nicht mehr. Dann wurden die Autoren immer lauter, immer munterer, was offenbar in den heiligen Hallen Princetons als unpassend empfunden wurde, jedenfalls bedeutete Mrs. Lange ihrem Mann, dass es Zeit wäre, Schluss zu machen (»It's enough! Victor!«), und so war auch bald alles zu Ende, der Saal leerte sich. Übrigens hatte ich am Vorabend in der Spätvorstellung »Wer hat Angst vor Virginia Woolf« gesehen, wo sich die Alkoholorgien und Ehekriege auf einem Uni-Campus zwischen Liz Taylor und Richard Burton auch nach Ende der offiziellen Feierlichkeiten eher daheim abspielten – beim Nachtrunk.

Ich stand mit Klaus Wagenbach, dem Pionier der Kafka-Biographen, der Verleger und Faun in einer Person war, und mit zwei Studentinnen mitten auf dem inzwischen schon sehr leeren Riesenparkett des Festsaals. Die beiden Mädchen schilderten uns beredt, teils auf Amerikanisch, teils auf Deutsch, wie anstrengend ihr Germanistikstudium an ihrem College sei. Dauernd müssten sie Übersetzungen machen, Referate halten, Klausuren schreiben, lesen, lesen, lesen ... So erzählten sie und verdrehten dabei, sie wirkten wie süße siebzehn, waren aber Twens, wie in komischer Verzweiflung ihre hübschen Augen.

Eine war die Tochter des Dekans Lange, der mit seiner Frau, Hans Werner Richter und Susan Sontag etwa zwanzig Meter Saallänge von uns entfernt stand. Dazwischen nichts.

Da hörte ich Wagenbach zu den beiden sagen: »Das ist ja furchtbar, wie viel ihr lernen müsst! Grauenhaft! Sagt mal, wann fickt ihr dann eigentlich?«

Ich zuckte zusammen? Hatte ich richtig gehört? Dann dachte ich, die Erde müsste sich auftun und uns alle verschlucken, zumindest mich und Wagenbach.

Stattdessen wurden die beiden Studentinnen ganz munter, lachten uns zutraulich an und sagten fröhlich: »Genau das ist das Problem.« Sie empfanden das, was Wagenbach gesagt hatte, offenbar als befreiend in dieser steifen Atmosphäre und bezogen mich

Angsthasen in die Sympathie für den Spaßvogel ein – so sehr, dass ich mich ein paar Minuten später mit der Tochter des Professors verabredet hatte. Ich würde sie auf ihrem College in der Nähe New Yorks besuchen, da ich ohnehin noch ein paar Tage in New Orleans und dann in New York bleiben wollte. Die »Ford Foundation« hatte uns armen deutschen Gästen noch eine kurze Anschlussreise geschenkt, als Sponsor. Später, während des Vietnamkrieges, sagte man: die CIA. Auch gut!

Ich fuhr also, es schien eine warme, schöne Aprilsonne, ein paar Tage später mit dem Greyhound-Bus von New York zum Mädchen-College nach Neuengland. In New York hatte ich, wie Peter Handke, in dem berühmten Schriftsteller-Hotel Algonquin gewohnt, das damals ziemlich heruntergekommen in seiner rotplüschigen Pracht aussah. Dass Handke da auch war, habe ich erst im »Kurzen Brief zum langen Abschied« gelesen. Dort onaniert der einsame Reisende in der Badewanne des Algonquin. Als ich das las, war ich nachträglich froh, dass ich im Algonquin nur im Stehen geduscht hatte.

Das Gelände des Colleges habe ich mit viel Efeu und darin vielen weißen Häusern mit Veranden in Erinnerung, und das Dorm, in dem ich beim Portier nach Ann Lange (oder hieß sie Judy oder Kate oder ganz anders?) fragte, war dreistöckig und hatte außen eine Steintreppe. Jedenfalls kam nach einer kurzen Zeit ein Mädchen von oben herunter, blieb stehen, als es mich sah, und räkelte sich kurz an das Geländer. Die Sonne verfing sich in ihren blonden, dicken Haaren und überglänzte ihre braunen Beine, ihre braunen Arme, ihr braun gebranntes Gesicht, leuchtend helle Augen sahen mich neugierig an.

Ich hatte mir beim Abschied in Princeton die Nummer von Ann oder Judy Langes College und Dorm geben lassen, hatte sie vor der Abfahrt vom Busbahnhof in Manhattan angerufen, sie hatte versprochen, mir ein Zimmer in einem Hotel und uns einen Tisch in einem italienischen Restaurant für den Abend zu bestellen. Jetzt sah ich nur dieses Mädchen, das mich neugierig musterte, von oben herab. Auch ihren Namen habe ich vergessen, weil ich ihn vielleicht nie gehört hatte. Auch sie mochte Judy, Ann, Jessica oder Scarlett heißen. Aber während ich den Namen nicht mehr weiß, weiß und spüre ich noch sehr genau, wie ich mich in ihrem Blick verlor, während sie weiter die Treppe herunterstieg, mich jetzt spöttisch, herausfordernd ansah, mit einer Neugier, die in den kurzen Augenblicken immer sinnlicher, immer lockender wurde. Sie nannte mich beim Vornamen, sagte, dass ihre Freundin gleich komme, sie mache sich nur ausgehbereit.

Sie, die mir die kurze Wartezeit vertreiben sollte, trug ein Sweatshirt, einen Tennisrock, Tennisschuhe mit verrutschten Socken, und ich erinnere mich genau, dass ich nichts anderes wollte als mit ihr zusammen sein. Ich konnte mich an ihr nicht sattsehen, so begehrenswert erschien sie mir. Erst jetzt, vierzig Jahre später, weiß ich, dass sie wie Scarlett Johansson ausgesehen hat, in ihrer weichen und doch straffen Jugendlichkeit. Und die Blicke und nichtigen Höflichkeiten und neugierigen Fragen, die wir tauschten, waren für mich von einer solchen Provokation, dass ich dachte und unsinnig hoffte, sie würde sagen, dass sie mitkomme zum Italiener. Oder noch besser, dass sie sagen würde, sie komme mit statt ihrer Freundin, die Kopfschmerzen habe, der nicht wohl sei, die sie eingesperrt habe in dem gemeinsamen Zimmer. Und den Schlüssel habe sie in ihrer Faust, mit der sie etwas umklammerte. Aber vielleicht dachte ich auch das Gegenteil. Hoffentlich sagt sie nicht, dass sie statt ihrer Freundin mit mir ...! Oder dass sie mit ihrer Freundin und mir ...! Während ich das dachte und gleichzeitig inständig wünschte, dass sie es sei, mit der ich den Abend verbringen wollte, wünschte ich ebenso inständig, dass es nicht dazu käme. Und das vielleicht, weil in meinem Kopf Bedenken zusammenschossen, ich würde dann überhaupt nicht nach Deutschland zurückkehren ...

Ich war wegen ihrer Freundin vier Stunden Bus gefahren, aber jetzt wünschte ich, dass ihre Freundin gar nicht existierte, dass ich ihr sagen könnte, natürlich sei ich ihretwegen hier, alles andere wäre nur ein Irrtum, ein Missverständnis. Und dann wurde mir ganz elend, und ich merkte, als nach ein paar Minuten mein Date kam, wie feige ich war, und artig mit ihr wegging, als hätte ich das Mädchen auf der Treppe nie gesehen. Ich habe ihr noch tapsig die Hand geschüttelt, was sie wohl zuerst belustigte, aber dann schenkte sie mir doch einen, wie ich meine, tiefen, zärtlichen Blick, sodass mir die Stimme beim Goodbye-Sagen wegtrocknete und ich sie noch lange freiräuspern musste. Dann ging ich, Seite an Seite mit der zutraulichen Ann oder Judy oder sonstwie Lange, und die ergriff meine Hand, wohl instinktiv, um ihrer Freundin zu zeigen, zu wem ich, heute wenigstens, gehörte. Und ich habe mich nicht einmal getraut, mich umzudrehen, obwohl mir das so schwerfiel, dass mein Nacken wie im Krampf schmerzte. Das Mädchen an der Treppe des Colleges habe ich nie mehr wiedergesehen. Und von dem Essen habe ich nur in Erinnerung, dass es keinen Wein gab, kein Kerzenlicht. Und dass die Paare, die da saßen, Rat wussten. Man ging einfach hinunter in einen Weinladen und nahm die Flasche mit ins Restaurant. Wir tranken die halbe Flasche im Restaurant und den Rest im Hotel. Es war ein schöner Abend, aber in Wahrheit war er vergiftet, und so starrte ich an der Lange-Tochter vorbei ins Leere und versuchte mir das vertane Glück mit dem Mädchen vorzustellen, von dem ich erst vierzig Jahre später sicher weiß, dass es wie eine ganz junge Scarlett Johansson ausgesehen hat, das könnte ich schwören, auch wenn es ganz anders gewesen sein sollte.

Natürlich hatte ihr Ann oder Judy, so habe ich mir das später zusammengereimt, von Princeton erzählt und dass sie sich mit einem verrückten Deutschen, der offenbar zu einer berühmten Schriftstellervereinigung gehöre, Kritiker oder so was, verabredet habe und dass der, bloß weil sie auf das Verb »ficken« so lebhaft reagiert habe (nein, das wird sie ihr nicht erzählt haben, weil das nur in meiner Version der Geschichte und in meiner Perspektive sich so »kausal« erzählen lässt), dass der also, ich also, vier Stunden mit dem Greyhound für ein Abendessen und ein bisschen Hotelzimmerknutscherei im Anschluss hierherkommen würde. Die Freundin, natürlich neugierig geworden, wollte sich den verrückten Typen daraufhin mal kurz anschauen! »Hier kommen ja nicht jeden Tag deutsche Schriftsteller vorbei, um mit dir ein bisschen herumzumachen!«, hat sie vielleicht gesagt.

So könnte es gewesen sein. Und ich weiß nicht, ob jenes Mädchen, das jetzt bestimmt Kinder, ja vielleicht schon das ein oder andere Enkelkind hat, auch nur eine Sekunde an mich zurückgedacht hat. Eines aber weiß ich sicher: Sie wird, als sie oder falls sie Woody Allens »Matchpoint« gesehen hat, bestimmt nicht an die Treppe im College gedacht haben, als sie die Szene mit der Tischtennisplatte im Film sah: Sie wird sie nicht mit mir in Verbindung bringen.

Und ich denke absurderweise: Wie gut, dass ich so feige war damals, ein Schisser, ein Spießer. So musste ich sie später wenigstens nicht umbringen. Das ist bequeme Sentimentalität, wie sie Alte gerne haben: Ach, erinnern Sie sich, da war jenes Mädchen, das saß genau in dem Zug, der an meinem vorbeifuhr, und ich wusste nach einem Bruchteil plötzlichen Glücks und dann ein paar Minuten schweren Bedauerns: Das wäre die Frau meines Lebens gewesen. Wäre! Ist sie aber nicht.

In den sechziger Jahren gab es in der Berliner Hasenheide ein Tanzlokal, in dem man per Tischtelefon in aller Unschuld mit Mädchen anbandeln konnte, indem man sie zum Tanz bat (wie, weniger unschuldig, in Hamburg im Café Keese). Einmal war ich dort, mit ein paar Juroren-Kollegen vom Berliner Theatertreffen. Und an einem Tisch saß ein niedliches, süßes junges Mädchen, das rief ich an. Als wir tanzten, sagte sie, sie sitze da mit ihren Eltern, ich blickte hin, und da war ein älteres Ehepaar, verschüchtert redlich und altbacken, als würden sie sich in ihrer Kleidung nicht wohlfühlen. Und ich habe das Mädchen gefragt, ob wir uns am nächsten Tag alleine treffen könnten, und sie schlug das Café Bristol am Ku'damm vor (von dem ich später erfuhr, dass es die Berliner in ihrer fröhlichen Umbenennungssucht Café Brüstchen nannten).

Gut, sagte ich (denn ich war für eine Woche zum Theatertreffen in Berlin), Café Bristol, morgen um fünf. Das passt, sagte sie. Ohne deine Eltern, sagte ich und drückte sie beim langsamen Fox etwas enger in meinen Arm. Ohne meine Eltern, lachte sie und kam mir willig entgegen.

Ich war damals noch neu in Berlin, selten von Stuttgart aus auf Besuch, also ging ich vom Zoo Richtung Ku'damm, dann den Ku'damm entlang, am Kempinski vorbei, an dem ich »Bristol« las. »Bristol« Hotel Kempinski. Aha!, hier ist es, registrierte ich und kam zehn vor fünf wieder, setzte mich ins Straßencafé des Kempinski und wartete. Über eine Stunde. Noch eine halbe. Ich hatte weder eine Telefonnummer von dem Mädchen noch eine Adresse. Ich war traurig und gekränkt! Die hat dich einfach versetzt, dachte ich. Dich! Einfach versetzt! Hätte sie doch gleich sagen können, die dumme Kuh! Aber so sind sie!

Am Abend ging ich den Kurfürstendamm weiter hinauf. Auf einmal sah ich ein Café, das Café Bristol hieß. Ich blieb wie erstarrt stehen, fragte dann einen Ober: »Sagen Sie, wenn man vom Café Bristol spricht, meint man dann das hier?« Ich zeigte mit dem Finger auf den Boden vor mir. »Oder meint man das Bristol im Kempinski?« Er sah mich mitleidig an. »Na klar doch, det hier! Det andre, det is doch det Kempinski!«

Und jene Frau kriegt jetzt vielleicht das siebte Kind. Und keine weiße Wolke. Nur auf den U-Bahn-Treppen am Ku'damm war damals eine Blechreklame angenagelt: Trägst du einen Schuh von Schmolke / Dann denkst du gleich: Das ist die Wolke.

Von dem Mädchen von der Hasenheide weiß ich nur noch, dass es weizenblond war. Natur, könnte ich schwören, wenn ich an die Anziehsachen ihrer Eltern vom Lande denke, aber in keinem Film der Erde könnte ich sie wiederfinden. Und ich weiß auch nicht, ob sie mich nicht auch im »richtigen« Café Bristol versetzt hätte. Ich weiß auch nicht, was sie dachte, als sie da war und annehmen musste, ich hätte sie versetzt. Ich weiß nur noch, dass ich beim Tanzen einen Augenblick meine Hand in ihren Rücken drückte und sie an mich zog. Und dass sie nachgab.

Vom armen und vom reichen B. B.

> Der Liebhaber sagte von seiner
> Eifersucht: Es ist wie mit der
> Todesmacht, sie beruht auf
> einem Irrtum.
>
> Brecht

Es sind die Augen. Brecht notiert in seinen autobiographischen Notizen 1954: »Das erste untrügliche Zeichen des Alterns geben uns die Augen, denke ich. Es ist nichts weiter als das Gefühl, daß die Augen nicht mehr jung sind.«

Die Augen; Brecht meint sicher nicht, dass sie ihm aus dem Spiegel wässriger, verschwommener entgegenblicken, nicht mehr die dunklen jugendlichen Knopfaugen, die wir von seinen frühen Fotos kennen: wach, neugierig und gierig auf die Welt. Sicher meint er auch nicht, dass sein Blick kurzsichtiger wird, zwei Jahre vor seinem Tod, in seinem sechsundfünfzigsten Lebensjahr. Und er meint wohl auch nicht die Falten, das Zusammenkneifen der Augen, die die Welt kritisch, skeptisch zu prüfen scheinen, mit Misstrauen und gebotener Vorsicht. Dabei ist es in Wahrheit der verkniffene Zug des fast lippenlosen Mundes, der Brecht in diesem Alter auf Bildern schon alt erscheinen lässt, er ist wie der Mund einer alten Bäuerin.

Vielleicht meint er seinen melancholischen, gleichsam schon Abschied nehmenden Blick auf die Frauen, denn beide Eintragungen, unmittelbar davor, beziehen sich auf seine (wie er es als wahrscheinlich annimmt) »letzte Liebe«. Und dass diese letzte Liebe ihn an seine erste erinnert. Im Alter neigt man dazu, mit seinen Erfahrungen und seinen Erinnerungen einen Kreis zu schließen.

> Die Freundin, die ich jetzt habe und die vielleicht meine letzte ist, gleicht sehr meiner ersten. Wie jene ist auch sie leichten Gemüts; wie bei jener überrascht mich tiefere Empfindung. Diese Frauen weinen, wenn sie gescholten werden, ob mit Recht oder nicht, einfach weil sie gescholten werden. Sie haben eine Sinnlichkeit, die niemand zu erregen braucht und niemandem viel hilft. Sie suchen allen zu gefallen, lassen sich aber nicht jeden gefallen, dem sie gefallen. Meine jetzige Freundin ist wie meine einstige am lieblichsten, wenn sie genießt. Und von beiden weiß ich nicht, ob sie mich lieben.

Die als letzte Freundin vermutete Geliebte heißt Isot Kilian, die Testamentschreiberin und Testaments-Betrogene. Sie spielte 1948 im Kabarett ein Brecht-Programm, er nahm sie in sein Ensemble. Im »Kaukasischen Kreidekreis« spielte sie eine junge Traktoristin. Brecht war ihrer Karriere förderlich. Es lässt sich sagen, dass das, um mit Heine zu sprechen, »eine alte Geschichte« ist. Das Übliche eben. Lieben und Fördern gehen Hand in Hand. Brechts Ehefrau, die nominelle Prinzipalin des Berliner Ensembles im Theater am Schiffbauerdamm in (dem damaligen) Ostberlin, die Testamentsvollstreckerin, hatte nichts dagegen.

Als der junge polnische Regisseur Konrad Swinarski am BE zu Gast war, begannen die Kilian und er ein Techtelmechtel, das die Chefin Weigel jäh unterband: Die gehöre Brecht, wies sie den feurigen Polen barsch zurecht. Finger weg! Das zeigt, dass höchstwahrscheinlich zwischen dem Ehepaar nicht einmal mehr das Gefühl der Eifersucht eine Rolle spielte. Aber auch, dass Helene Weigel pragmatisch dachte. Die Kilian habe ich wenigstens im Auge und unter Kontrolle; von ihrem Prinzipalbüro aus hatte sie den totalen Überblick. Sie konnte jeden und jede sehen, die zu ihrem Mann ins Arbeitszimmer ging.

Die erste Geliebte, an die sich Brecht, wie wir Alten es tun, zuletzt zu erinnern vermeinte, erinnern wollte, war Paula Banholzer aus Augsburger Jugendtagen. Brecht fragte sich auf seine alten Tage, bei beiden, der Ersten und der Letzten, skeptisch, ob sie ihn auch liebten, geliebt hätten. Seine Alterseifersucht hielt er, scheinbar, in Schranken: »Sie suchen allen zu gefallen, lassen sich aber nicht jeden gefallen, dem sie gefallen.« Auch die feurige Jugendliebe war, wie könnte es anders sein, ein Gemisch aus Lust und Frust, Brecht nannte Paula »Bi«. In seinen Aufzeichnungen die »Bittersüße«. Die Bittersüße hatte ihm einen Sohn geboren, sie hat Brecht nicht geheiratet, sondern einen anderen, sicheren Kandidaten. Der Sohn, Frank, nach dem Dramatiker Wedekind genannt, ist als Soldat in Russland für Führer, Volk und Vaterland gefallen, als Brecht im amerikanischen Exil war. Sein Sohn Stefan wurde zur US-Army eingezogen.

Um den kleinen Frank, der seinem Stiefvater, dem Ehemann von Paula, nicht recht war, hat sich Helene Weigel gekümmert, damals schon eine resolute, wenn auch junge Mutter Courage. Sie gab den Knaben bei ihren österreichischen Verwandten in Obhut. Brecht war da schon mit ihr verheiratet.

Gewiss, Brecht, der für warme Sommernächte mit der sinnlichen Bi des Nachts von München in die Vaterstadt Augsburg fuhr und am nächsten Morgen zurück zur Arbeit nach München, Brecht kannte die Eifersucht des jungen Liebhabers, deshalb eben war sie die Bittersüße.

Aber das paradigmatische Leid des Alten, der eine junge Frau liebt, diese verbitterte, in sich selbst zänkisch hineinmurmelnde Eifersucht, erfuhr er erst jetzt, als er die Freundin Isot 1954 sozusagen in flagranti ertappte.

> In mein Arbeitszimmer tretend, traf ich die Geliebte heute mit einem jungen Mann an. Sie saß neben ihm auf dem Sofa; er lag, etwas verschlafen. Mit einer gezwungen heiteren Bemer-

kung über »allerdings sehr mißverständliche Situationen« stand sie auf und war während der folgenden Arbeit ziemlich betreten, ja erschrocken. Erst zwei Tage darauf, als wir mehr oder weniger wortlos und ohne die üblichen Freundlichkeiten nebeneinander gearbeitet hatten, fragte sie, ob ich über sie ärgerlich sei. Ich warf ihr vor, sie schmiere sich an ihrer Arbeitsstätte mit den nächstbesten Männern herum. Sie sagte, sie habe sich nichtsdenkend für ein paar Minuten zu dem jungen Mann gesetzt, habe nichts mit ihm usw. Ich lachte.

Von jenem sardonischen Lachen – wie viele alte Liebhaber mögen es schon angestimmt haben (überlegene Verachtung soll es ausdrücken und ist doch eine Maske über der aufkeimenden Selbstverachtung) – bis zur Abwertung der Untreuen zur Hure ist es zwangsläufig nur ein kleiner Schritt, einer, der kleinlich, sauertöpfisch, ja schäbig wirkt. Oder besser: wirken würde, wenn er nicht das ganze Elend der ewigen Commedia-dell'Arte-Farce des Alten zeigte, der für eine Junge entflammt, von der er nur eines nicht wahrhaben will: dass auch er sie sich »gekauft« hat. Armer alter, geiler Mann!

Dazu gibt es zurzeit eine geradezu perfide offene Sixt-Werbung für einen Sportwagen. Da heißt es entwaffnend ehrlich aus dem Munde einer jungen, attraktiven Frau: »Egal, wie er aussieht, und egal, wie alt er ist, Hauptsache, er hat einen Sportwagen.« Die Annonce lädt jene nicht ganz reichen Lustgreise zum Mieten ein, die sich ein solches Luxusgefährt nur zum Blenden, nicht aber auf Dauer leisten können.

Doch zurück zu Brechts Verachtung, nachdem er Isot Kilian mit einem anderen auf dem Sofa gesehen hat, der Mann liegend, sie sich ihre Kleider ordnend, mit jenem verlegenen Lachen, das alles als harmlos weglachen möchte: Der Schein trügt! So war es gar nicht! Nicht, was du denkst! Und damit – so spielt das Leben! – alles nur noch schlimmer macht.

Nun also Brecht, Notiz 3, der Altersfarce dritter Akt:

> Ich finde, daß ich die Achtung für sie verloren habe; sie kommt mir billig vor. Nicht ohne alle Erleichterung konstatiere ich das völlige Verschwinden meiner Verliebtheit. Sie aber ist immer noch bestürzt, verteidigt sich nicht, benimmt sich ganz, als sei sie eben überrascht worden in einer törichten, unnötigen Affäre, und versucht nur eines: wo immer es möglich erscheint, meinen Rat zu erfragen. Rat kann ich nicht verweigern oder für mich behalten.

Geben die Augen wirklich, wie Brecht meint, das erste untrügliche Zeichen des Alterns? Sicher! Gerade wenn sie so nach innen schauen. Und die Konsequenz: Brecht entwirft eine Hausordnung für sein Arbeitszimmer in Buckow:

> In Erwägung, daß ich nur ein paar Wochen im Jahr für mich arbeiten kann
> in Erwägung, daß ich, arbeitend, auf meine Gesundheit achten muß
> in Erwägung, daß bei dem Schreiben von Stücken und dem Lesen von Kriminalromanen jede menschliche Stimme im Haus oder vor dem Haus eine willkommene Ausrede für eine Unterbrechung bildet
> habe ich beschlossen, mir eine Sphäre der Isolierung zu schaffen, und benutze dazu das Stockwerk mit meinem Arbeitszimmer und den kleinen Platz vor dem Haus, begrenzt durch Gewächshaus und Laube.
> Ich bitte, diese Regelung nicht als allzu bindend aufzufassen. Prinzipien halten sich am Leben durch ihre Verletzung.

Das heißt aber auch: Isot, du darfst kommen! Im Alter sollte man nicht allzu prinzipientreu sein. Schon weil einem dafür die nötige Kraft fehlt. Bittersüß? Oder nur noch bitter?

Es war einmal

> Ein Hundertjähriger kommt zum Arzt.
> »Herr Doktor, obwohl ich so alt bin,
> laufe ich immer noch den Frauen hinterher.«
> Der Arzt: »Und was ist das Problem?«
> Der Mann: »Dass ich vergessen habe, warum
> ich ihnen hinterherlaufe.«

Noch ganz dunkel erinnere ich mich an ältere Menschen aus meiner Jugend, die sich an Zeiten erinnern konnten, in denen Sex nicht dem Spaß, sondern der Fortpflanzung diente. Auch haben sie damals noch nicht von Sex, sondern von Geschlechtstrieb gesprochen, genauer: vom Fortpflanzungstrieb. Und im Biologieunterricht wurde von Menschen gelehrt und über den Menschen behauptet, dass ihn zwei Triebe beherrschten, der Fortpflanzungstrieb und der Arterhaltungstrieb. Freud entdeckte unter seiner Klientel im verwöhnten Fin-de-Siècle-Wien, was er vorher bei seinen Hysteriestudien im verwöhnten Paris an der Salpeterie gelernt hatte: dass der Sexualtrieb, seine Verbiegungen und Unterdrückungen, sein gebremstes oder gehemmtes Ausleben, unser Leben schicksalhaft bestimmt. Man könnte es auch so sagen: Erst dadurch, dass wir uns mit der Sexualität auseinandersetzen, sie beherrschen, sie erleiden, werden wir zu Individuen. Die Sexualität ist unser Schicksal, sie macht uns zu uns selbst. Das klingt zwar etwas pathetisch, lässt sich aber, vor allem im Alter, kaum unpathetisch sehen. Wir leiden an dieser Erkenntnis, dieser Selbsterkenntnis, wenn sie uns nicht mehr weiterhilft.

Jedes traurige Märchen beginnt mit dem Satz: »Es war einmal!« Kürzlich sagte mir eine blitzgescheite, hochintelligente Frau, die ich schon kannte, als sie noch eine junge Studentin war und ich mit noch größerem Wohlgefallen auf ihre schönen Beine geschaut und ihren klugen Sätzen zugehört hatte, mit einer leisen, dennoch unendlichen Traurigkeit, sie merke, dass sie von den Männern nicht mehr als Frau wahrgenommen würde. Als »Sexualobjekt«, hätte man anklägerisch in den Zeiten der feministischen Schlachten gesagt. Hätte sie, deren Lehrer ich war, mir gesagt, niemand schaue sie mehr als Sexualobjekt an, hätte auch dieser Satz melancholisch geklungen, wie der eines Invaliden, der sagt, ach, hätte ich doch noch mein amputiertes Bein!

Ich hatte diese Frau, die inzwischen in ihrem Beruf außerordentlich erfolgreich geworden ist, als Studentin auch außerhalb der Vorlesungen gesehen, in ihrer Wohnung besucht, die sie nur mit ihrem Dackel teilte, wenn ihr Freund verreist war. In Amerika wäre ich, nur ein paar Jahre später, dafür von der Uni geflogen. Auch so ändern sich die Zeiten, denn als ich dort unterrichtete, waren viele Studentinnen noch Jägerinnen und Sammlerinnen, und »Profs« waren bevorzugte Jagdobjekte. Trophäen. Nur dass der Kopf mit dem Geweih nicht an der Wand landete.

Später habe ich ihren Mann, ihre Kinder kennengelernt, das Verhältnis war auch deshalb gut, weil ich sie, als ich sie und ihren Dackel besuchte, in der Uni nie zu benoten hatte; sie hat bei mir nie auch nur die kleinste Prüfung abgelegt.

Aber dann haben wir uns nicht mehr gesehen, sie hat mich gemieden, als sie älter wurde. Und ich habe verstanden, was sie meinte, als sie mir am Telefon sagte, dass sie niemand mehr als Frau ansehe. Damals konnte ein Mann, der seine fünf Sinne beisammenhatte, sie nur als Frau ansehen nach dem Motto der Pastorentochter in »Arsen und Spitzenhäubchen«, die sagt, als sie von ihrem eben Angetrauten (keinem Geringeren als Cary Grant) heftig umarmt und an einen

Baum gedrückt wird: »Mein Vater hat gesagt, du sollst auch meine Seele lieben!« Und er erwidert: »Eins nach dem andern, Liebling!«

Es gibt für die Trauer, nicht mehr Frau für die Blicke der Männer zu sein, zwei illustre Beispiele. Frauen, die jeder Mann auf der Welt begehrte, soweit er Augen im Kopf hatte und ins Kino ging: Greta Garbo und Marlene Dietrich. Beide wollten im Gedächtnis der Männer Objekte der Begierde sein. Und beide haben sich, als sie es nicht mehr sein konnten, von der Welt zurückgezogen, in quasi klösterliche Anonymität. Sie sind der Welt abhandengekommen, um mit Gustav Mahlers Liedern zu trauern. Sie sind tragische Heldinnen des Alters, tragikomische Heldinnen.

Selbst vor Freunden versteckte Marlene Dietrich sich. Wilder, mit dem sie immerhin zwei herrliche Filme gedreht hatte, die leider so gut wie verschollene Schwarzmarkt- und Fraternisierungskomödie aus dem zerbombten Berlin »A Foreign Affair« und den Welterfolg und Dauerbrenner, den Gerichtsthriller »Zeugin der Anklage« mit Charles Laughton, erzählte, wie er sie aus L. A. anrief, um ihr zu sagen, dass er nach Paris komme. Auf der Durchreise. Und dass er sie gern sehen wolle.

»O ja, gern«, sagte sie, »ich freue mich! Wann kommst du denn?«

»In den beiden letzten Wochen des Mai.«

»O schade, da bin ich nicht in Paris!«

»Ich kann auch noch Anfang Juni kommen! Ich verschiebe meine Reise.«

»Gut, ruf mich an!«

Er rief sie an. Sie sprach mit verstellter Stimme und französischem Akzent, spielte ihr Dienstmädchen. »Madame ist nicht in Paris. Sie ist auf dem Land. Musste plötzlich verreisen.«

»Come on, Marlene!«, sagte er. »Du bist es doch!« Da hat sie aufgelegt. Er hat sie nicht gesehen. Als er wieder in den USA war, rief sie ihn an. Wie leid es ihr tue, dass sie ihn nicht habe sehen können. Das müsse man, bitte, bitte, beim nächsten Mal nachholen.

Es gab kein nächstes Mal.

Sie brachte es sogar fertig, vielmehr Maximilian Schell brachte es fertig, einen Marlene-Dietrich-Film zu drehen, in dem sie nicht ein einziges Mal im Bild auftaucht. Nur als Stimme ist sie vorhanden. Zu Fotos hört man ihre unvergleichliche Sprachmelodie.

In ihrer letzten Karriere war sie als Chanson-Sängerin (»Sag mir, wo die Blumen sind ...«) mehrfach gestürzt, auch in den Orchestergraben, einmal hatte sie sich ein Bein gebrochen. Sie hatte unvergleichliche Beine. Mit denen sollte sie das Publikum, ungebrochen, in Erinnerung behalten. Und ihr im Film makellos ausgeleuchtetes Gesicht!

Greta Garbo hat sich, nach ihrem Abschied vom eigenen Glamour in das Alter, in New York vergraben. Ist nur mit großer, dunkler Sonnenbrille, Kopftuch oder großem, schützendem Hut auf die Straße gegangen, lonely in the crowd. Die Menschenmenge schützte ihre Anonymität.

Ich, auf einer viel bescheideneren Ebene, leide schon darunter, wenn ich für andere der Opa bin, wenn eine Verkäuferin, besonders schwunghaft, »Na, junger Mann!« sagt. Junger Mann! Hat die mit ihrer ironischen Burschikosität eine Ahnung, wie jung ich gern wäre. So jung, dass sie ruhig »He Alter!« zu mir sagen dürfte. Aber »junger Mann!«, das heißt in Wahrheit zahnloser Löwe. Und zahnlos heißt nicht ohne Zähne. Und zahnloser Löwe heißt nicht, dass man immer schon als mit dem Gewehr hingestreckter Bettvorleger durch die Natur gelaufen wäre. Junger Mann!

Karl Valentin fällt mir ein, der spindeldürre alte Komiker, ein aufrecht verbissener Grantler gegen alle Logik und Biologik, der zu einem jungen Menschen sagt: »Schamen Sie sich, dass S' so jung san! Ich war auch einmal jung. Vielleicht sogar jünger als Sie!«

Marlene Dietrich und Greta Garbo konnten es sogar beweisen. Aber nur um den Preis, der Welt abhandengekommen zu sein.

Doch das war vor den Zeiten, als es unser unbedingtes Lebensglück war, Sexualobjekt zu sein, jung, schlank, begehrenswert. Oder »Sexualsubjekt«, wild, scharf, begehrlich, ständig auf Jagd. Dass das keine »glücklichen«, nur andere Zeiten als frühere Zeiten waren, hat Freud in »Unbehagen in der Kultur« mit einem wehen Seufzer festgehalten. Glück, so hat er geschrieben, Glück sei als Dauerzustand in der Schöpfung nicht vorgesehen. Glück werde mit Unglück bezahlt. Und so musste der große Entdecker des Landes der Seele dem Eros den Todestrieb gegenüberstellen. Thanatos. Damit ist nicht nur gemeint, was Wilder, achtzigjährig, im Proust-Fragebogen auf die Frage: »Wie möchten Sie sterben?« antwortete: »Mit 104 Jahren, nachdem mich ein junger Mann mit seiner jungen Frau in flagranti erwischt hat, im Duell von ihm erschossen!« Wilder kam aus dem Fin de Siècle in Wien und meinte damit wohl auch, dass die Liebe selten auf Kreditkarte zu haben ist. Meist muss man gleich zahlen, wenn auch nicht immer gleich mit dem Leben. Was war ich eifersüchtig auf die junge, schöne Studentin, die doch für mich nur ein Seitensprung war, weil auch andere nach ihr verrückt waren!

Alter, das heißt auch: Dein Marktwert wird nicht mehr ermittelt. Du zählst nicht mehr. Und das auf dem einzigen Gebiet, das zählt. Auf diesem Gebiet bist du aus dem Verkehr gezogen. Und das in einer Zeit, in der du die Chance hast, immer älter zu werden. Mit frisch polierten Zähnen, dem fitnessgetrimmten Bauch, der ärztlich verordneten Glückspille, dem Potenzmittel für ewige Standfestigkeit – ewig ein Kerl wie ein Baum.

Als ich Student war, lernte ich zwei Strophen eines Gedichts, das angeblich von Goethe stammen sollte. Zwei Strophen, Jugend und Alter betreffend.

> Gern der Zeiten gedenk ich,
> wo alle Glieder gelenkig –
> bis auf eins!

Verklungen sind die Lieder
und steif sind alle Glieder –
bis auf eins!

Ist das Goethe? Oder ein Graffito auf einem Klo in einem germanistischen Seminargebäude? Jedenfalls spricht die zweite Strophe eindeutig von Zeiten vor Viagra, vor gerontologischer Medizin, als es neue Hüftknochen und Kniegelenke und Brüste noch nicht in Routineoperationen gab.

Heute werben eine Anzeige und ein Plakat in jedem ICE für ein Arzneimittel gegen ein Altersproblem: »Leichter leben ohne Harndrang«. Auf dem Bild ein älterer Herr, Freizeitkleidung, leger, auf einer grünen Wiese, der sich lächelnd über einen Picknickkorb zu einer schönen, offenbar jüngeren, jedenfalls gleichfalls gut erhaltenen Frau beugt. Beide haben ein Glas mit goldgelbem Weißwein in der Hand. Er ist ihr zugeneigt. Gleich wird es zu einem Prost-Kuss oder sogar zu größeren Ausschweifungen kommen. Nach dem Motto: Mit den Dritten liebt man besser!
Darunter der Text:

> Männer so ab 50 haben kleine Probleme ...

Ab 50 ist der Mann im besten Alter. Tatkräftig und voller Unternehmungslust. Alles läuft ganz prima: die Familie, der Beruf, die Freunde und die Freizeit. Wäre da nicht ... dieser lästige Harndrang, mit der ständigen Suche nach einer Toilette.
Viele Männer denken zunächst an ein Blasenproblem. Dass die Prostata die Ursache sein könnte, wissen nur wenige.
Dabei ist jeder zweite Mann über 50 von einer Altersprostata betroffen und leidet deshalb unter häufigem Harndrang.
Das Schöne: Vielen Männern kann geholfen werden. Wie – das erfahren Sie in dieser Broschüre.

Kleine Probleme sind keine Probleme mehr, das ist die Botschaft. Und die häufigste Antwort, in aller Welt, auf unsre Fragen, Wünsche, Vorstellungen, ob wir einen Weg, ein Restaurant, einen früheren Zug, einen späteren Flug suchen, ist: No problem!

Doch möchte ich mich keineswegs über die Fortschritte der Pharmazie und gerontologischen Medizin lustig machen. Selbst wenn viele mit fünfzig noch Probleme haben, die sich eher mit einem Gedicht Heines umschreiben lassen:

> Du schaust mich an
> Du fragst mich, was dir fehle?
> Ein Busen, Mädchen
> Und drinnen eine Seele.

Und während ich auf das Plakat mit dem sich zuprostenden reifen Paar auf grüner Wiese starre, denke ich: Mit dem Harndrang, das wäre nicht mein Problem. Aber wie könnte ich von der Wiese wieder aufstehen, ohne mich ächzend lächerlich zu machen?

So ist das mit dem Alter, und so viele Gedichte, Dramen und Romane es über den Sturm jugendlicher Empfindungen und Gefühle gibt, so wenig sind über das Alter geschrieben worden.

»Es schlug mein Herz, geschwind zu Pferde! Es war getan, fast eh gedacht« – so dichtete der junge, ungestüme Goethe, wenn er sich des Abends aufs Pferd schwang, um zu Friederike Brion zu kommen. »Es war getan, fast eh gedacht!«, schöner kann man den Drang zur jungen Geliebten in seiner Ungeduld und seinem Ungestüm nicht beschreiben. Aber Stücke über das Alter, die von Leibdrücken und Blasendrang handeln, sind keine Dramen über die ziellos herumschweifende Liebeslust, sondern Komödien über Gallenkoliken, Misstrauensausbrüche und Geizanwandlungen. Molière hat sie aus leidvollen eigenen Liebeserfahrungen geschrieben, und sie heißen »Der Geizige« oder »Der eingebildete Kranke« oder seine tiefste, unglücklichste Komödie »Der Menschenfeind« – »Le misanthrope«.

Der alte Billy Wilder, ein Spötter über die eigenen Alterserscheinungen, kannte viele böse Sottisen über das Alter. Als wir uns einmal über Galizien unterhielten, wo er bei seiner Großmutter 1914 den Ausbruch des Ersten Weltkriegs erlebte, erzählte er mir einen Witz aus einer Garnisonsstadt, wo ein Leutnant, in betrunkener Geilheit für die Tochter des Bürgermeisters entbrannt, mitten in der Nacht seinen Burschen weckt, ihm sagt, er müsse sich anziehen, und ihn dann mitzerrt vor das verschneite Haus der Angebeteten. Hier befiehlt er ihm, in den Schnee zu pinkeln und so das Geständnis zu vollenden, das er aus eigener Kraft nicht mehr zustande gebracht habe. »Anna, ich lie...« steht da. »Mach deine Hose auf und schreib weiter!«, kommandiert der Leutnant. Der Bursche steht verlegen da. »Was ist?«, herrscht ihn der Leutnant an. »Kannst du nicht pinkeln? Schreib: dich!« – »Zu Befehl, Herr Leutnant, pinkeln kann ich schon. Aber nicht schreiben.«

Sehr schnell kommt der achtzigjährige Wilder auf einen körperlichen Analphabetismus des Alters. Er dagegen sage zum Arzt: »Ich kann sehr wohl schreiben! Aber mit dem Wasserlassen, da hapert es!« Solche Geschichten liebte er fast zwanghaft, so, als er mir vom Besuch bei einem älteren Filmmogul erzählte, den er, als Regisseur, mit jungen Schauspielern und Schauspielerinnen aufgesucht habe. Als er den alten Herrn dezent zur Seite nahm, um ihn auf einen Toilettenfehler aufmerksam zu machen, sei der alte Herr laut polternd aus der Haut gefahren. »Sie glauben wohl, ich bin alt, weil ich mir die Hose nach dem Pinkeln nicht zugeknöpft habe!« Um dann noch lauter fortzufahren: »Alt ist man erst, wenn man sie vor dem Pinkeln nicht mehr aufmacht!«

Wilder, sonst gewiss kein besonderer Freund grobianischer Scherze, konnte sich mit solchen Geschichten nicht genug tun.

Es ist das beschämend Banale solcher Schwächen, das dem Altwerdenden die Schamröte ins Gesicht treibt – oder einen Mann wie Wilder dazu trieb, sich wenigstens in Witzen zu erleichtern.

Wie Onan seine Nachkommen in den Sand setzte

> Hände auf den Tisch!
> Der liebe Gott sieht alles!
> **Alte Schulregel**

Früher ließ man die Kirche noch im Dorf. Früher hörte man wenigstens noch zu, wenn man von früher sprach. Alte reden gern von früher, meist in vorwurfsvollem Ton: Das hätte es damals (bei meinen Eltern, bei meinen Großeltern, in der Schule, beim Militär, na und so weiter) nicht gegeben! So hätte man nicht bei Tisch gesessen! So wäre man nicht herumgelaufen! So hätte man sich nicht gehen lassen! So etwas hätte man sich nicht getraut, ja, man wäre nicht einmal auf die Idee gekommen! Nicht mal in Gedanken, nicht mal im Traum! Da wäre man ja dumm angeguckt worden! Da hätte man ja blöd dagestanden.

»Früher«, das ist für Alte ein moralischer und ein idyllischer Bezugspunkt. Beides ist unvereinbar. Moralisch heißt es: Dafür wäre man früher noch ins Gefängnis gekommen, von der Schule geflogen, gesellschaftlich erledigt gewesen, hätte sich nur noch umbringen können. Idyllisch heißt es: Da war eine Familie noch eine Familie! Da konnte man noch die Berge sehen! Da war die Luft noch rein! Da konnte man sein Haus noch unverschlossen lassen! Da war die Wäscherin noch glücklich, wenn sie unsere Wäsche waschen durfte! Da haben wir noch unter dem Lindenbaum gesungen! Da kam das Brot noch vom Bäcker und die Milch von der Kuh. Da freute man sich noch über ein Paar gestrickte Socken zu Weihnachten! Da machte man noch Hausmusik! Da war eine Sonntagswanderung noch ein Erlebnis! Und so weiter und so fort.

Das Früher, das ich hier meine, weder moralisch noch idyllisch, sondern einfach so, konstatierend, ist das vor der sexuellen Revolution und sexuellen Emanzipation.

Die Menschen lebten meist auf dem Lande oder in kleinen Städten, sie waren in ihre Familien- und Arbeitsverhältnisse eingebunden und eingeordnet; sie wurden von ihnen aufgefangen und festgehalten. Es war ein Netz, das trug und fesselte, das einem Sicherheit gab, aber in der Einengung.

Es gab keine Hygiene, keinen Schutz vor Seuchen und Krankheiten, die Mütter starben (vor Semmelweis) im Kindbett, die Säuglinge häufig an den Kinderkrankheiten. Oft überlebten sie sie nur mit Missbildungen, bleibenden Schäden. Es gab keinen Schutz vor Geschlechtskrankheiten und kaum Rettung. Familienplanung war, dass »Kinder von Gott gewollt« waren. Verhütungsmethoden wurden deshalb von der (kirchlichen) Moral als »unmoralisch« empfunden.

Onan wurde, laut Altem Testament, von Gott mit dem Tode bestraft. Nicht, weil er, wie die meisten annehmen, masturbiert hätte. Nein, weil er die Frau seines verstorbenen Bruders in Schwagerehe schwängern sollte und dies nicht wollte. So heißt es in der Familiengeschichte, dass Juda drei Söhne hatte. Er, den Erstgeborenen, und Onan, den Zweitgeborenen, und noch Schela.

> Juda nahm für seinen Erstgeborenen Er eine Frau, heißt es in der Genesis 38,6, eine Frau namens Tamar. Aber Er, der Erstgeborene Judas, missfiel dem Herrn, und so ließ ihn der Herr sterben. Da sagte Juda (also der Paterfamilias, der Haushaltsvorstand) zu Onan: »Geh mit der Frau deines Bruders die Schwagerehe ein, und verschaff deinem Bruder Nachkommen.« Onan wusste also, dass die Nachkommen nicht

ihm gehören würden. Sooft er zur Frau seines Bruders ging, ließ er den Samen zur Erde fallen und verderben, um seinem Bruder Nachkommen vorzuenthalten. Was er tat, missfiel dem Herrn, und so ließ er auch ihn sterben!

Man sieht: Der Beischlaf der Alten (hier sind die Alten des Alten Testaments gemeint) war rigoros auf Fortpflanzung und auf Arterhaltung ausgerichtet. Es heißt: Onan »ging« zur Frau seines Bruders; nicht: »er genoss sie«, »er erfreute sich ihrer«, nicht: »sie erfreuten und ergötzten einander«. Es war Pflicht nach dem Gebot, eheliche Pflicht, die zu verletzen verboten war. Und verboten hieß: mit Todesstrafe bedroht.

Ich hatte vier Geschwister und war der Älteste. Zwischen mir und meinem Bruder klafft eine Lücke von fünf Jahren, dann ging es Schlag auf Schlag, von 1939, 41, 43 bis 45. In der fünfjährigen Schöpfungspause, die zwischen mir und meinem (inzwischen verstorbenen) Bruder lag, ging es meinen Eltern wirtschaftlich nicht gut. Später habe ich meinen Vater gefragt, wie er diese Pause habe einhalten können. Mein Vater war ein einfacher Mann und antwortete mit einem dörflichen Bild: »Vor der Scheune entladen!« Ich war damals vielleicht vierzehn, aber ich habe ihn sofort verstanden. Er hat es wie Onan gemacht. Vom Zorn des Herrn hat er nichts berichtet. Die Freude des Führers dagegen äußerte sich im Mutterkreuz für meine Mutter.

Mein Vater hatte einen biblischen Beruf, einen außerordentlich biblischen: Er war Tischler. Später, in der DDR, war er Chef einer großen Möbeltischlerei, kein biblischer Betrieb, sondern ein volkseigener, VEB.

Von Lust war sicher immer noch nicht die Rede.

Seit Onan haben fast alle Gesellschaftssysteme und Religionen die Verhütung von Kindern, auch auf noch so natürlichen Wegen, drastisch bestraft. Die mosaischen Gesetze sehen die menstruierende

Frau als »unrein« an. Ihr beizuwohnen war ein todeswürdiges Verhängnis. Viele US-Staaten haben noch bis vor kurzem den Oralverkehr wie den Analverkehr unter drakonische Strafen gestellt. Noch im letzten Jahrhundert hat die katholische Kirche die Antibabypille und den Gebrauch von Spiralen und Präservativen verboten. Die USA bekämpfen die Schwulenehe immer noch auf das Heftigste, weil, das ist der beherrschende Gedanke, in der Ehe Kinder gezeugt und geboren werden sollen.

Ein Bürgermeister, der sagt, er sei schwul und das sei auch gut so, wäre früher, also auch noch zu meiner Zeit, undenkbar gewesen. Das Ziel der Lust war das Kind, sozial gebändigt wurde die Lust in der Ehe. Den Überschuss an Lust ließ übrigens schon die Genesis zu. In der Familiengeschichte Judas heißt es: Tamar, die zweimal Verwitwete, deretwegen Onan sich in den Sand ergossen hatte, verkleidete sich, um nicht kinderlos zu bleiben, als Hure. Um ihren verwitweten Schwiegervater zu überlisten und ein Kind von ihm zu bekommen:

> Da zog sie ihre Witwenkleider aus, legte einen Schleier über und verhüllte sich. Dann setzte sie sich an den Ortseingang von Enajim, der an der Straße nach Tima liegt ... Juda sah sie und hielt sie für eine Dirne; sie hatte nämlich ihr Gesicht verhüllt. Da bog er vom Weg ab, ging zu ihr hin und sagte: Lass mich zu dir kommen! Er wusste ja nicht, dass es seine Schwiegertochter war.

Sehen wir von der List ab, die sie anwendet, um doch noch zu Nachkommen (hier sogar zu Zwillingen) zu kommen, dann erfahren wir, dass Lust für Geld erlaubt war – »Lass mich zu dir kommen!« Bezahlt wird mit einem Ziegenböckchen, das er ihr verspricht und für das er ein Pfand dalässt.

Seither waren Lust, die man im sogenannten Freudenhaus bei den sogenannten Freudenmädchen findet, und Zeugung der Nachkommenschaft strikt getrennt. Das brach erst im Fin de Siècle auseinander, wo Karl Kraus dekretierte: Wer die Geliebte die Geliebte nenne, müsse auch den Mut haben, die Ehefrau die Ungeliebte zu nennen.

Was das alles mit dem Alter zu tun hat? Ich will hier nicht das zurzeit am meisten angestimmte Klagelied über das Aussterben West-, Mittel-, Nord- und Südeuropas um eine Strophe erweitern. Auch nicht, dass der Lustgewinn als erstes und höchstes Lebensziel, dem wir nachjagen, im Zusammenhang mit einer geregelten Geburtenkontrolle, einer erlaubten Abtreibung und einer in den Großstädten sozial bedingten und angestrebten Kinderlosigkeit und im Zusammenhang mit einer perfekten Hygiene und einer fortschreitenden Alters-Medizin zu den Verformungen der Altersstrukturen der Gesellschaft führt, die wir heute konstatieren müssen. Wir stagnieren, ja, wir schrumpfen, ja, wir sterben aus. Die Alten werden zur Last, müssen von immer weniger Jungen durchgefüttert werden. Mit dem Gefühl, als Alter ein Schmarotzer zu sein, werden die Alten allein gelassen.

Es geht hier darum, dass die Alten in der Gesellschaft eine neue Rolle finden müssen. Und es geht um die Gefühle beim Einüben dieser neuen Rolle, die so über Jahrtausende für Alte nicht vorgesehen war.

Als die Eltern noch Mutti und Vati waren

> Einst war ich klein, jetzt bin ich groß,
> lerne lesen, rechnen, schreiben.
> Sitz nicht mehr auf der Mutter Schoß
> und mag zu Haus nicht bleiben.
>
> **Kinderlied**

In Zeiten, als man noch nicht »aus Liebe« heiratete, war es egal, dass »Liebe«, als die Lust auf den anderen, etwas Temporäres ist, vergänglich wie der Staub auf Schmetterlingsflügeln. Unter dem Gesetz der Vermehrung und Arterhaltung hatte man eine Rolle zu spielen, die sich von Generation zu Generation weitervererbte. Beim König ebenso wie beim Metzger oder Bauern. Man war der Brunnenwirt, entweder der alte Brunnenwirt, der gegenwärtige oder der künftige, man war vor, in oder nach dieser Rolle.

Liebeslust wurde zugunsten der Familienrolle zumindest hintangestellt. Noch mein Vater nannte, als er nicht mehr fremden Frauen sehnsuchtsvoll, begehrlich, erfolgreich hinterherschaute, meine Mutter »Muttele«, mit jener übertrieben verniedlichenden Zärtlichkeit, die vom schlechten Gewissen und der eigenen wachsenden hilflosen Bedürftigkeit geprägt war. Zu der Zeit übrigens nannte sie ihn nüchtern »Walter«, so wie sie ihn wohl als junges Mädchen auch verliebt genannt hatte. »Vati«, eine Bezeichnung, die wie »Mutti« den Ehepartner jeglicher Sexualität beraubt, Vati nannte sie ihn nur, wenn sie ihn, unbewusst sozusagen, von seiner Gier nach Abwegen zur Ordnung rufen wollte, indem sie ihn an seine familiären

Pflichten erinnerte. »Vati«, mit dieser Anrede wurde der Mann an die Kandare der Häuslichkeit genommen; »Mutti«, mit dieser Benennung wurde sie ins Haus an den Herd beordert; es war eine Rollenzuweisung, keine Anrede der Liebe, kein Aufruf zur Leidenschaft, kein »Komm ins Bett, Liebling!«

Heute, seit der Hedonismus sein unerbittlich lustvolles Regiment führt, wollen wir um unserer selbst willen wenn schon nicht geliebt, so doch begehrt werden. Davor wollten wir wegen unserer Rolle geachtet werden, als Paterfamilias, als Haushaltsvorstand, als Mutter, als Ältester, als Großmutter, die Geschichten erzählt, und als Großvater, der Holz aufstapelt.

Von August Sander gibt es wunderbare Fotos von Männern in diesen Rollen: Der Familienvater reckt stolz sein Embonpoint ins Bild, von der Weste umspannt, mit der Uhrkette geschmückt, der Bart allein ordnet ihn der jeweiligen Epoche und dem jeweiligen Herrscherhaus zu; die Mutter thront als Matrone im möglichst weiten Gewand, das sich im verhüllend weiten Fluss um jedes mögliche sekundäre Geschlechtsmerkmal legt.

Mit dem ersten Kind hatte man sich von der Rolle »Sexualobjekt« verabschiedet, nicht mal der Mann wollte mehr mit seiner Frau renommieren, jedenfalls nicht mit ihren Reizen. Heute ist es höchstens noch ein bisschen auf dem tiefen Lande so oder bei Muslimen und »dort unten«, als es dort noch reichlich Kinder gab, in Italien: Mama herrschte unsichtbar und unangefochten in den eigenen vier Wänden über Mann und Söhne und lebte den Töchtern ihre künftige Rolle vor.

Auch kolorierte Stiche in alten Lexika zeigen Menschen in ihren Rollen, etwa Gebirgsjäger der deutschen, österreichischen, italienischen, russischen und englischen Armeen. Da kommt es mehr auf die Epauletten an als auf die Gesichter, mehr auf die Farbe der Uniform als auf das private Schicksal.

Auch bei Darstellungen von wilden Völkern und Stämmen in alten ethnologischen Bilderbüchern drückt sich Hierarchie und Alter im Gewand und nicht im Gesicht aus: Häuptling Abendwind, junge Samoanerin, Südseeinsulanerin im Alter. Erst Gauguin, von der Liebe und der Kunst angefeuert, hat ihnen ein Gesicht, einen Körper, kurz: Erotik und Individualität gegeben und damit sein Künstlerglück und privates Unglück besiegelt. Zuletzt sah man derartige »Trachten«, wenn nicht bei Folklore-Festen, bei den landsmannschaftlichen Treffen der Schlesier oder Sudetendeutschen.

Wir dagegen stehen nackt und bloß da und müssen uns als Alte zusätzlich noch modisch verhüllen, sodass jeder Greis noch die Jeans tragen darf, die am Hintern nicht mehr straff sitzen, dafür aber unter dem Bauch hängen; wir sind dazu verurteilt, so zu tun, als rechneten wir in effigie noch damit, um unserer selbst willen begehrt zu werden.

Ach, wo sind die Zeiten, denken unsere älteren Mitschwestern, als die Männer uns noch begehrlich in den Ausschnitt starrten, und stellen tapfer ihre gebräunte Lederhaut den ausbleibenden Begehrlichkeiten entgegen. In »Romeo und Julia« spotten die jungen Flegel über die Amme, ihr Brusttuch weise »auf Abend«. Mit den Beinen klappt es besser, da helfen Sonnenbänke und teure Strumpfhosen. Aber Cellulite und ausgedörrte Haut sind, um im falschen Bild zu bleiben, die Kehrseite der Medaille.

Und der schlank gebliebene, hager gewordene Mann? Auch er merkt, dass sich, trotz Jeans, keine mehr verstohlen nach seinem nicht vorhandenen Knackarsch umdreht, kein weiblicher Blick mehr, wie von Magneten angezogen, zu seinem Gemächte abirrt (mit dem Wohlgefallen, mit denen Frauen die Hasenpfote im Trikot des Tänzers für echt halten und nicht als eine Prothese durchschauen). Und um den Truthahnhals als Preis der Schlankheitsdiät muss ein Halstuch drum, muss ein Rollkragenpullover her.

Im Kostüm, in der Tracht, in der Uniform, in ein hierarchisches Rollenspiel eingebunden, war man schon besser dran. Und auch heutige Alte suchen wieder nach Emblemen, die das Individuelle übersteigen, nach dem Pour le Mérite, nach der Trikolore der Ehrenlegion, nach dem Ehrendoktorhut, obwohl es kaum einen grotesderen, anachronistischeren Anblick gibt als jemanden mit dieser Kopfbedeckung. Dann lieber gleich den Faschingsorden, die Karnevalsnarrenkappe! Oder den Rolls-Royce, zu dem der Chauffeur in Livree den Schlag öffnet. Oder die weißen Mäuse, die die Macht eskortieren. Oder zumindest den roten Teppich zu Füßen.

Um seiner selbst willen geliebt, heiß begehrt zu werden wie der junge Alain Delon oder gar Marlon Brando, aber ist etwas anderes! Alte Japaner beschaffen sich mitunter benutzte Höschen junger Mädchen, indem sie die kaufen. Und Philip Roth hat in seinem schonungslosen Altersroman »Sabbaths Theater« ohne Schnörkel beschrieben, wie sich sein alter und daher trauriger Held, von einem Freund aufgenommen, an der Wäsche im Zimmer der Tochter vergreift, peinlich, entwürdigend, geschmacklos.

Die Zuflucht ins Dekor, das die klapprig schlaffen Blößen des Alters verdecken soll, hat Billy Wilder mit treffender Bosheit festgehalten, als er über Ehrungen sagte: »Mit Ehrungen und Auszeichnungen ist es wie mit Hämorrhoiden; früher oder später bekommt sie jedes Arschloch!«

Der große Hitchcock, den man wegen seiner Darstellung der Schrecken und Traumata eines Zeitalters der Angst durchaus in eine Reihe mit Freud, Kafka, Dostojewski und Orwell stellen muss, erhielt für seine Filme nie einen Oscar – er war das erfolgreichste verkannte Filmgenie seiner Epoche, zumindest so lange, bis der junge erfolgreiche Cineast Truffaut mit seinem Interviewbuch den Bann brach. Jedenfalls erhielt er erst im März 1979 den »Oscar« für sein Lebenswerk; den »Life Achievement Award« – einen Oscar, den man den Großen des Films sozusagen nachwirft, wenn sie auf ihr Grab zumarschieren, geradewegs, wenn auch meist mit schon tapernden Schritten.

Hitchcock war schon über achtzig und hatte noch ein Jahr zu leben. Ich hatte ihn 1974 gesehen, zufällig, bei einem Shuttle-Flug von San Francisco nach Los Angeles. Damals war er wohl mit Dreharbeiten oder Werbeauftritten für seinen letzten Film beschäftigt, der zumindest auf Deutsch eindeutig »Familiengrab« heißt (auf Englisch doppeldeutiger »Family Plot«; wobei »Plot« beides, sowohl Plan wie Grab, bedeutet); da wurde er gestützt ins Flugzeug geführt und in die erste Klasse gesetzt. Als wir anderen einstiegen, saß er schon da, starr, unbeweglich, den Blick unter den halb herabfallenden Lidern ins Leere oder glasig nach innen gerichtet, wie in der eigenen Schwere zusammengesunken, die Gesichtshaut des gewaltigen Kopfes hing über den Hals hinab. Er zahlte ganz offensichtlich den Preis dafür, dass er sein Leben lang unmäßig gearbeitet, gesoffen und gefressen hatte – und dreißig Jahre, nach eigenem Geständnis, nicht geliebt. Im Arbeiten ein Genie, hatte er auch das Essen und Trinken kultiviert, er hatte den exquisitesten Rotweinkeller Hollywoods in seinem wunderbaren Anwesen in Bel Air, einen gut bestückten Humidor und wusste die Köstlichkeiten der französischen Küche zu schätzen. Allerdings litt er an Narkolepsie, also einer Krankheit, die ihn auch während des Essens unvermittelt in den Schlaf fallen ließ. Und der alte Billy Wilder, der trotz allen Respekts für den Kollegen nicht frei von der dem Alter eigenen Schadenfreude über die Gebrechen anderer Alter war (man trägt dergleichen gern mit besorgter, anteilnehmender Miene vor; die Bosheit sitzt dabei nur in den Mundwinkeln und den Augen, wo sie hinter dem vorgeschützten Mitleid hervorblitzt), also Wilder hat mir erzählt, wie er mit Hitchcock einmal im Bistro zusammengesessen habe und Hitchcocks Kopf in die Fischsuppe gefallen sei, weil er plötzlich eingeschlafen sei. Dann sei er wieder aus dem Suppenteller aufgetaucht – »wie Neptun, das Haupt voller Muscheln, Meeresschnecken, Seetang«.

Jetzt also die Feier der Auszeichnung für ein Lebenswerk, der die Akademie nicht ohne Sorge entgegensah. Donald Spoto hat das in seinem großartigen, trotz aller ungeschminkter postumer Wahrheiten respektvollen Buch »The Dark Side of a Genius« geschildert. Hitchcock hatte sich vorher, als ihm der Preis für sein Lebenswerk annonciert worden war, wenig kooperativ gezeigt, wenig kooperativ zeigen können, was Interviews und Vorbereitungen in seinem Haus betraf. Er hatte eben einen ungestillten, nicht zu stillenden Durst auf harte Drinks – bei denen er ungern gestört wurde. Außerdem hatte seine Frau, Alma Reville Hitchcock, erst am Morgen der Verleihung in der »Los Angeles Times« gelesen, dass sie an den Feierlichkeiten wohl nicht teilnehmen werde, weil sie teilweise bettlägerig sei – sie hatte mehrere Schlaganfälle hinter sich. Daraufhin ließ sie sich am Nachmittag beim Baden und Ankleiden helfen und bestand starrköpfig darauf, an der Veranstaltung teilzunehmen. Schließlich war sie, die ihm eine Tochter geboren hatte, vor allem seine treueste und wohl wichtigste Mitarbeiterin bei seinen filmischen Großtaten; und das seit dreiundfünfzig Jahren. Dann war der Meister mit ihr, Stunden vor der Zeit, zu der Feier aufgebrochen.

Schließlich saßen die beiden beim Festessen. Er, wie Spoto beschreibt, mit sichtlichem Desinteresse, ja Unbehagen, das sich nur für kurze Augenblicke aufhellte, wenn sein Auge einem Bekannten kurz zunickte. Oder wenn sein Blick auf eine attraktive Frau fiel.

Die Rede, die er dann hielt, bestand aus einer Anekdote aus seiner Kindheit, die er schon jahrzehntelang immer wieder erzählte und von der er gern behauptete, sie sei die Hauptinspirationsquelle, der Hauptantrieb für sein Werk gewesen.

> Ich war ein wenig jünger als sechs, als ich etwas anstellte, für das meinem Vater eine Bestrafung angemessen erschien. Er schickte mich mit einer Notiz in der Hand zur nächsten Polizeiwache. Der Wachtmeister las sie und sperrte mich für fünf Minuten in eine Zelle. Dabei sagte er: »Das machen wir mit ungezogenen kleinen Jungen.« Seither habe ich mich stets

> aufs äußerste darum bemüht, einer Verhaftung im Gefängnis aus dem Weg zu gehen. Und für euch, junge Menschen, lautet meine Botschaft: Paßt auf, daß ihr nicht im Gefängnis landet!

Der traumatische Regress auf die frühe Kindheit also, die späte Angst, bei seinen Sünden erwischt, für seine unentdeckten Missetaten bestraft zu werden.

Vorausgegangen waren schaurige Erlebnisse, schaurige Erfahrungen, schreckliche Niederlagen und Entblößungen.

In seinen Gesprächen mit Truffaut (»Wie haben Sie's gemacht, Mr. Hitchcock«) hat Hitchcock auch seine Obsessionen mit Blondinen kundgetan. Blondinen waren es – um nur die wichtigsten zu nennen, von Ingrid Bergman über Anne Baxter, Grace Kelly, Vera Miles, Janet Leigh, Kim Novak, Eva Marie Saint zu Tippi Hedren –, die den Thrill seiner Filme bestimmt hatten. Er erzählte dem französischen Interviewpartner von dem Typus der unnahbaren, kühlen Blondine, die auf dem Rücksitz eines Taxis plötzlich und unerwartet (wenn auch nicht unerwünscht) dem Mann neben ihr an den Hosenschlitz fasse, ihn öffne und seinen Schwanz herausziehe. Eine Männerphantasie, verheißungsvoll und bedrohlich, vor allem in Zeiten, als die Moral noch der Zensur unterworfen war. In Hitchcocks Filmen kommt so etwas nie direkt vor, aber es schwebt wie eine schwüle Wolke über dem kühlen Kalkül seiner Filme.

Als er Truffaut das Interview gab, war Hitchcock schon weit in seinen Siebzigern. Man kann also sagen, dass es sich nicht nur um eine Männerphantasie, sondern um eine Altmännerphantasie handelte, die sich in seinem Kopf auf dem Rücksitz eines Taxis abspielte.

Diese Altmännerphantasie hatte einen Namen. Sie hieß Tippi Hedren, hatte gerade zwei Filme (»Die Vögel« und »Marnie«) mit ihm gemacht, ihn kopflos und hemmungslos aus seiner privaten Deckung herausgelockt und ihm die größte Niederlage seines Lebens bereitet – so groß, dass er, der Meister der Perfektion, »Marnie« schlampig und fahrlässig zu Ende drehte. (Auch das haben seine Bewunderer später apologetisch als »Souveränität« des Alters gedeutet. Er erlaubte es sich eben, Unwichtiges einfach zu vernachlässigen.)

Hitchcock hatte, im Unterschied zu vorher, bei Hedren alle Tarnungen fallen lassen. Dass er sie in »Die Vögel« sadistisch stundenlang, tagelang in einem Käfig mit lebenden, nach ihr pickenden Vögeln, die an unsichtbaren Drähten hingen, bewarf, wobei die kreischenden Tiere der Wehrlosen einmal fast ein Auge ausgehackt hätten – beobachtete der Altmeister genüsslich. Wie ihre Kleider zerfetzt und ihr Blutmale nach Schnabelhieben auf die nackte Haut gemalt wurden – gehörte noch, als ein Grenzfall, zum normalen Regisseurs-Sadismus: Der als Mann Verschmähte rächte sich mit beruflicher Vergewaltigung. Trotzdem ging die Tortur mit den Vögeln (das war ja der Horror, den der Film verbreiten sollte, und einsehbar und zumindest rational begründbar) so weit, dass die körperliche und emotionale Menschenquälerei durch gequälte Tiere zu einem hysterischen Zusammenbruch Hedrens führte. Eine Woche mussten die Dreharbeiten ruhen, weil der Arzt sie krankgeschrieben hatte. Es fällt nicht schwer zu konstatieren, dass ein zur Impotenz verurteilter, weil zurückgewiesener alter Mann sich mithilfe seines exekutierten Plots an ihr rächte. Die Vögel, die sich auf Hedren stürzten, waren seine Überwältigungsphantasien.

Danach aber erst brannten bei dem sich ins Alter Delierenden alle Sicherungen durch. Nach den »Vögeln« wollte er »Marnie« zunächst mit Claire Griswold, der Frau von Sydney Pollack, besetzen. Er nahm sie obsessiv für sieben Jahre unter Vertrag, doch als sie bemerkte, dass er vollkommen – von der Kleiderwahl bis zur Freizeitplanung – von ihr Besitz ergreifen wollte, wählte sie den natürlichsten Fluchtweg, den in die eheliche Schwangerschaft, und kündigte Hitchcock an, dass sie alsbald ihr zweites Kind erwarte. Prompt löste Hitchcock den Vertrag, in gegenseitigem Einvernehmen.

Nun fiel die Wahl für »Marnie« wieder auf Hedren. In dem Film wird eine durch grässliche Kindheitserlebnisse psychisch gestörte Frau von ihrer Kleptomanie und Frigidität dadurch geheilt, dass ihr Ehemann – den spielte der besonders virile Sean Connery – sie vor den Augen der Zuschauer vergewaltigt. Hitchcock hatte diese Szene gegen den Willen des Drehbuchautors durchgesetzt, der daraufhin kündigte. James Bond/Sean Connery vollzog die Gewalt im Namen seines Regie-Herrn stellvertretend.

Doch auch außerhalb der Dreharbeiten geriet Hitchcock außer Rand und Band. Hatte er der Hedren schon vor Drehbeginn glühende Briefe geschrieben, sie mit Geschenken (Wein und Delikatessen) überhäuft, so versuchte er jetzt ihren Tagesablauf zu diktieren. Er bestimmte alles. Was sie anzuziehen, wie und mit wem sie ihre Abende zu verbringen hatte. Und er stellte Produktions-Detektive zu ihrer Überwachung ab, rund um die Uhr. Er ließ ihre Schrift von einem Grafologen untersuchen, der herausfinden sollte, ob sich Hitchcock Hoffnung auf ihre Zuneigung machen dürfe. Und er verlangte, dass für ihn ein eigener Gang zu ihrem Garderobenwagen gebaut werde. Ihre Garderobe hatte er luxuriös für alle Eventualitäten ausgestattet – es stand sozusagen ständig der Champagner bereit.

Eines Tages verlor er jeden Rest an Zurückhaltung und Haltung. Am Ende eines Drehtages allein mit ihr in ihrem Wohnwagen, machte er ihr einen direkten sexuellen Antrag – für diesen Vorfall gab es nichts Vergleichbares in seinem (Regisseurs-)Leben. Bisher war er auf dem Set lediglich kurz vor dem Drehen einer Szene zu seinen Hauptdarstellerinnen getreten und hatte ihnen halblaut ein paar Obszönitäten zugeraunt oder sie mit skatologischen Beschimpfungen beleidigt. Jetzt aber forderte er Hedren in ihrer Garderobe auf, mit ihm Sex zu haben. Er fiel mit der Tür ins Haus. Als sie sich ihm verweigerte, wurde er deutlich. Er drohte ihr, er würde ihre Einkünfte reduzieren, sodass sie ihre Eltern nicht mehr unterstützen könnte, sie würde, durch ihren Vertrag geknebelt, kleine, entwürdigende Rollen in schäbigen TV-Serien spielen müssen. Kurz, er würde sie ruinieren, lächerlich machen, zum Gespött der Leute, wie er sie, sein Geschöpf, zum Star gemacht habe.

Als er mit diesem für beide schmachvollen Auftritt gescheitert war, weigerte er sich, je wieder auch nur mit ihr zu sprechen. Den Film drehte er zu Ende, schlampig, ließ ihr Regieanweisungen übermitteln, wobei er nicht einmal mehr ihren Namen aussprach (den Namen Tippi hatte er, der sich als ihr Schöpfer fühlte, für sie erfunden), sondern die Assistenten anwies, »diesem Mädchen« etwas mitzuteilen.

Das war wohl die letzte Niederlage eines alten Mannes, auf dem in Wahrheit einzigen Feld, auf dem er gewinnen wollte. Und wenn man sagen darf, dass sein einmaliges Film-Œuvre, das ihn auch noch zum hochvermögenden, reichen Mann gemacht hatte, nur der Umweg zu diesem Ziel war (die geliebte Blondine, die ihn wiederliebt und sich ihm hingibt, zu besitzen), dann kann man sagen, dass er – wenn auch zu unserem großen Glück als Verehrer seiner Filme – total gescheitert ist, Schiffbruch erlitten hat. Kläglich, kurz vor dem Ziel.

Danach drehte er noch drei Filme mit grandiosen Einzelszenen; einen mit einer brutalen Vergewaltigung (die Hemmnisse der Zensur und des Regisseurs waren, im Unterschied zu »Psycho«, wo nichts wirklich gezeigt wird, gefallen). Dieser Film, »Frenzy«, der einen widerlichen Strangulationsmord vorführt, ist sein vorletzter, ein faszinierendes Meisterwerk, böse, widersprüchlich und doch von entsetzlicher Hitchcock-Logik. Der Mörder lebt als Gemüsehändler auf dem Markt, auf dem Hitchcocks Vater lebte und arbeitete und den Kleinen zu Tode erschreckte, als er ihn für Minuten ins Gefängnis stecken ließ. Rache? Raskolnikows »Verbrechen und Vergeltung« – Crime and Punishment von Dostojewski?

Der große Alte verdämmerte bald in Selbstmitleid und fuhr schließlich, ähnlich wie Swift, geschlagen, rücksichtslos und vom Leben verlassen, in den Himmel der Genies auf. Den es bekanntlich nur auf Erden in unserem Gedächtnis für die Werke statt für die Toten gibt.

Von der Resignation

> Der Tod lässt schauern ihn und bleichen,
> Die Nase krümmen, Adern dehnen,
> Schwellen den Hals, die Haut erweichen,
> Die Nerven strecken und die Sehnen.
> O Frauenleib, so weich wie Seide,
> So glänzend köstlich und so weich,
> Musst du verfallen solchem Leide!
> Statt lebend gehn ins Himmelreich
> François Villon (deutsch von Walther Küchler)

Als junger Anglistikstudent hatte ich in Tübingen bei einem Shakespeare-Seminar einen Tutor, der, halb im Spaß, halb aus dem erzieherischen Impetus, deutsche Studenten vor allzu verblasenen Interpretationen zu schützen, Shakespeares Dramen auf einfache Lebensregeln reduzierte. Also lautete der Leitsatz zu »Romeo und Julia«: »Don't marry too young!« Oder zu »Othello«, sicher nicht politisch korrekt: »Don't marry a foreigner!« »Hamlet« bedeutete: »Spioniere dem Liebesleben deiner Mutter nicht nach!« Beim »Kaufmann von Venedig« hieß die goldene Lebensregel: »Verborge kein Geld, das du nicht hast!« Und bei »Macbeth«: »Hör nicht auf deine ehrgeizige Frau!«

All das leuchtete mir damals, jung, wie ich war, schnell ein, es war zumindest für ein höhnisches Kichern gut. Der Erkenntnis-Extrakt, den der junge Tutor aus »König Lear« zog, interessierte uns damals am wenigsten: »Don't divide before dying!« Zum einen waren wir

»arm wie Kirchenmäuse« (so redete man zwar selbst damals nicht mehr, aber immerhin!), und zum andern waren wir hoffnungslos jung, sodass noch nicht einmal der Ansatz zur sicheren Rente existierte: der sogenannte Generationenvertrag.

Natürlich erreichen die wenigsten im Alter das tragische Gefälle von »König Lear«. Dass er, alt geworden, sein Reich verteilt hat und bei seinen Töchtern, den ersten beiden, denen er alles vermacht hat, weil sie so gut im Heucheln und Süßholzraspeln waren, mit seinem kriegerischen Gefolge aus Raubeinen auf Besuch etwa so viel Freude erregt wie die Eltern, die, längst aufs Altenteil gesetzt, zu den Kindern kommen, zu lange auf Besuch bleiben und von den Nachkommen höchst indigniert aufgenommen und bewirtet werden, ist eine äußerst triviale Version von Shakespeares wuchtig-archaischer Tragödie des Alters, das sich zu früh von der Macht verabschiedet hat. Selbst die diversen Altkanzler, a.D.-Minister, Präsidenten im Ruhestand (meist mit Wohltätigkeitsgeschäften global beschäftigt, auch weil ihnen das, neben dem Ausweis ihres Altruismus, noch den Abglanz der Insignien ihrer Macht sichert) müssen auf dem Teppich bleiben, aber es ist immerhin ein roter Teppich – auch sie sind von Lears Tragödie oder von den Metzeleien in Politbüros ins Banal-Traurige weit entfernt.

Trotzdem: Vererben heißt sterben. Und Nestroys großartigster Satz, dass die »edelste Nation die Resignation« sei, hat, trotz Gorbatschow, Clinton und Carter, den bitteren Beigeschmack der Niederlage, die umso furchtbarer empfunden wird, da ihr kein Sieg, kein Triumph mehr folgen kann. Sie ist, auf abschüssiger Bahn, endgültig. Da hilft keine noch so tröstliche Fernsehserie, wie es die, in einem überalterten Land wie Deutschland, äußerst populäre von Dieter Wedel gewesen ist. Im »Großen Bellheim«, in dem, nach Deutschlands Aufbau- und Wirtschaftswundergeneration, die verweichlichten Erben den wirtschaftlichen Karren in den Dreck zu fahren drohen – folgt der Aufstand der Alten, die noch einmal die Ärmel aufkrempeln: Na also, es geht doch! Mario Adorf hat es damit zur Symbolfigur geschafft. Ein knorrig-knurriger Alter, der den Jungen noch einmal zeigt, wo es langgeht, wo der Bartel den Most holt, wo der Hammer hängt.

Der wohl bekannteste Fall für die große Resignation, für das große Gefälle von der Macht über die gesamte Welt bis zum Rückzug in die Stille eines Klosters, ist Karl V., deutscher Kaiser und König von Spanien, der von 1500 bis 1558 lebte. In den Niederlanden aufgewachsen, wurde er schon mit fünfzehn Jahren für großjährig erklärt. Ein Jahr später, 1516, nach dem Tod seines Vaters, fiel ihm das düstere Spanien als Erbe zu, ein Erbe, dem die Konquistadoren auf den Spuren von Kolumbus ein riesiges Kolonialreich hinzuerobert hatten. Er hatte mit dem Widerstand des spanischen Adels zu kämpfen, mit den Aufständen in seiner niederländischen Heimat. Und nachdem er 1519 in Frankfurt am Main zum deutschen Kaiser gewählt worden war, erbte er den Glaubenskrieg in Deutschland, den Streit und Krieg zwischen der Reformation und der katholischen Kirche. Ich will hier seine Triumphe gegen das Osmanische Reich übergehen, er befreite 20 000 Christensklaven aus den Händen der Barbaresken. Auch dass er sich 1530 in Bologna, auf dem Weg von Spanien über Italien nach Deutschland, von Papst Clemens VII. zum Kaiser krönen ließ. Ich will übergehen, dass er mit der Gegenreformation gegen die protestantischen Reichsfürsten scheiterte. Auch dass er im Krieg gegen England und Frankreich in die Bredouille kam und ständig mit Erhebungen in den Niederlanden zu kämpfen hatte. Schließlich will ich übergehen, dass er eine Flotte auf der Höhe von Algier verlor, auch dass Franz von Frankreich des Kaisers Heere in Spanien, Luxemburg, Brabant, Flandern und Mailand zugleich in Bedrängnis brachte und dass er später andererseits den Schmalkaldischen Bund der protestantischen Fürsten zerschmetterte. Auch dass er schließlich mit Müh und Not in

Innsbruck der Verfolgung und Gefangennahme durch Heinrich II. von Frankreich entkam.

Ach, das Leben dieses mächtigsten Herrschers seiner Zeit war kein Zuckerschlecken. Er war auch der am mächtigsten bedrängte Herrscher. Die Welt, die er zu beherrschen hatte, stürzte auf ihn ein. Und so ist verständlich, dass er 1555 seinem einzigen Sohn Philipp in Brüssel die Niederlande abtrat. Ein Jahr später, ebenfalls in Brüssel, verzichtete er zugunsten Philipps (den wir aus Schillers »Don Carlos« nur zu gut zu kennen meinen) auf Spanien und Neapel. Im September 1556, also im gleichen Jahr, ließ er den deutschen Kurfürsten seine Abdankungsurkunde zukommen. Und zog sich endgültig in die Abgeschiedenheit eines spanischen Klosters, San Jerónimo de Yuste bei Plasencia in Estremadura, zurück. Abgeschieden von der Welt verbrachte er die letzten Jahre seines Lebens. Obwohl sein Regiment viel Unglück, Krieg und Verderben unter die Herren, Völker und Religionen brachte, die sich nicht von ihm regieren lassen wollten und die der Zerrissene nicht zu regieren in der Lage war, ist dieser einmalige Schritt zumindest rührend und bewegend.

Mich, als Tourist zwischen Madrid und dem Escorial, dem düster klösterlichen Prachtbau seiner Weltherrschaft, dessen imposantestes Merkmal die strenge Kargheit ist, hat die Geschichte von Karl als jungem Mann bewegt. Wie er den Weg von Madrid zum Escorial nur in einer Sänfte getragen zurücklegen konnte, weil er schon jung auf das Furchtbarste von der Gicht geplagt wurde – Gicht war damals das Altersleiden derjenigen, die sich den Luxus des zu vielen Fleischessens und des zu vielen Weintrinkens leisten konnten –, ein verbitterter, vom Leben geschlagener Weltherrscher, der düster war, obwohl sein Vater aus dem Brabant stammte, damals wohl die lebensfrohe Mitte der Welt, voller Courtoisie und ritterlicher Liebesspiele. Sein Leben endete mit frommer, mit frömmelnder, mit büßerischer Selbstkasteiung – eine bittere, verbitterte Altersresignation. Aber vor der schützte er sich durch frommen Selbstbetrug.

Damals war man, war er mit Mitte fünfzig uralt und suchte seinen Abschied von der Welt.

Wo aber liegt Nestroys Land der edelsten Nation, das der Resignation? Es liegt im Alter, seine Herrschaft ist die Einsicht, sein Szepter der Verzicht, seine Krone das Sichfügen in die Bestimmungen der Vorsehung. Spinoza sah in ihr ein ethisches Ideal; stelle ich mir dieses Ideal vor, dann ist es bestenfalls eine schwarz umrandete Heiterkeit oder, besser, eine Gelassenheit mit Trauerrand, schlimmstenfalls Lethargie: die Geburtsanzeige des Todes, das angekündigte Verfallsdatum.

Resignieren, so sagt das Fremdwörterbuch des Duden, heißt entsagen, verzichten, sich widerspruchslos fügen, sich in eine Lage schicken: »Glücklich ist, wer vergisst, was doch nicht zu ändern ist.« Tucholsky sagt dazu in einem als Schulaufsatz getarnten philosophisch-satirischen Traktat über den »Menschen«: »Wenn der Mensch fühlt, daß er nicht mehr hinten hoch kann, wird er fromm und weise; er verzichtet dann auf die sauren Trauben der Welt.«

Einschub für Leser der Nach-Pisa-Studien-Zeit: Das Bild von den »sauren Trauben« stammt aus der Mutterfabel aller Resignationsfabeln, der von dem Fuchs und den sauren Trauben. Weil die Trauben für ihn zu hoch hängen, unerreichbar hoch, beschließt er, dass sie ohnehin für ihn zu sauer wären. In der Jugend hängt der Himmel voller Geigen, könnte man sagen, im Alter, wenn man weise ist, voller saurer Trauben. Sonst voller Geigen, die man nicht mehr hören kann.

Doch weiter mit Tucholsky, aus dem scheinheiligen Aufsatz »Der Mensch«. Er verzichtet also auf »die sauren Trauben der Welt«.

> Dieses nennt man innere Einkehr. Die verschiedenen Altersstufen des Menschen halten einander für verschiedene Rassen: Alte haben gewöhnlich vergessen, daß sie jung gewesen

sind, oder sie vergessen, daß sie alt sind, und Junge begreifen nie, daß sie alt werden können.

Der Mensch möchte nicht gern sterben, weil er nicht weiß, was dann kommt. Bildet er sich ein, es zu wissen, dann möchte er es auch nicht gern, weil er das Alte noch ein wenig mitmachen will. Ein wenig heißt hier: ewig.

Tucholsky, der diesen schönen resignativen Gedanken mit einem komischen Seufzer formuliert hat – der Seufzer ist die Lieblingsartikulation der Resignation, wie das Achselzucken ihre Lieblingsgeste, eine wegwerfende Bewegung, die nicht einmal den Weg über die Nervenbahnen bis hinab zur Hand findet –, hat es in den finsteren Zeiten der Nazi-Zeit nicht bis zur Resignation gebracht, sondern sich in die Verzweiflung des Selbstmords gestürzt. Da war der große Journalist und Satiriker erst fünfundvierzig Jahre alt. Was er über das Alter vorauswusste, hat er nicht mehr selbst erlebt, nicht mehr erleben wollen, nachdem man ihn brutal von seiner Muttersprache, die ihm in allen Nuancen zur Verfügung stand, getrennt hatte.

Nestroy, der Entdecker der edelsten Nation, hat sich ziemlich genau mit dem sechzigsten Lebensjahr ins Refugium der Resignation zurückgezogen, mit einem Fluchttürchen ins stürmische Wiener Theaterleben, wo er jeweils im Februar und März bis 1865 mindestens fünfzehnmal im Monat als Schauspieler gastieren sollte. Er hat diesen Vertrag, wegen verfrühten Ablebens, nur bis April 1862 erfüllen können.

Seine Pensionsstadt, sein Refugium, war Graz, wobei es den genialen Komödianten und Shakespeare des Wiener Volkstheaters offenbar nicht störte, dass ihm einst in demselben Ort, wo er nach Brünn als hoffnungsvoller Provinzschauspieler und Opernsänger aufgetreten war, seine hübsche junge Frau mit einem Offizier durchgebrannt war und ihn hatte sitzen lassen.

Stoik des Alters oder Einsicht aus Resignation? Jedenfalls schrieb er 1856 in der Posse »Umsonst« voller Sarkasmus den Anfangsmonolog, in dem er klagt: »Ist das nicht auch ein Malheur, wenn man um zwanzig Jahr' zu spät Wittiber wird? Mein schönstes Mannesalter hat sie mir verxanthippiert, jetzt steht die Zukunft im günstigsten Fall als ein G'frett vor mir.«

Das Verb verxanthippiert hat Nestroy erfunden, um an das Urbild des ehelichen Hausdrachens, den es in politisch vorkorrekten Zeiten noch gab, an Xanthippe, die Frau des Sokrates, zu erinnern, die, wenn der weinselige Philosoph von seinem Stammtisch zu spät heimkam, mit dem Nudelholz hinter der Wohnungstür lauerte und über ihn keifend herfiel, so jedenfalls will es die Überlieferung.

Und »G'frett« ist österreichisch und heißt so viel wie Ärger, Ungemach, eben »G'frett«.

Im Übrigen hatte er »die Frau«, Marie Weiler, mit der er seit der Flucht seiner Frau zusammenlebte, ohne mit ihr verheiratet zu sein, sowohl im Testament als auch durch die Legitimation ihrer und seiner Kinder getreulich bis in den Tod als Partnerin akzeptiert. Unterbrochen wurde die Beziehung nur durch eine kurze, wenn auch schwere Krise.

Nestroy hatte bei einem Theaterbesuch im März 1855 eine junge Dame gesehen und ihr, sie war das »Fräulein von Köfer«, in einem ersten Brief vom 12. März 1855, ohne Schnörkel und Umschweife seine Wünsche erklärt, wobei der alte Mann ihr auch gleich seine Vorsichtsmaßnahmen und Spielregeln mit glühender Begierde und nüchternem Kopf mitteilte.

In einem chiffrierten Brief erklärt er sich so:

> Ich wähle eine unverdächtige Stunde: halb Zwey Uhr Mittags, ich wähle einen unverdächtigen Ort, die Prater-Hauptallee. Ich werde früher schon mich unten befinden, und morgen Donnerstag Punkt halb Zwey Uhr langsam vom unteren Ende der Haupt-Allee, vom Rondeau nehmlich, nach dem oberen

> Ende derselben, nach dem Prater-Stern zufahren. Wenn Sie, mein Fräulein, zur selben zeit halb Zwey Uhr vom Praterstern nach dem Rondeau hinunterfahren, so werden unsere Wagen sich begegnen. Belieben Sie, damit ich Ihren Wagen in einiger Entfernung schon erkenne, da man in Wien links fährt, am geöffneten Wagenfenster rechts das Schnupftuch zu halten; dieses Schnupftuch wird mir zugleich das mich hochbeglückende Zeichen seyn, daß Sie, im Falle Sie mich Ihrer Gunst würdig finden, in meine oben ausgesprochene Ansicht über geheime Liaisons eingehen. Ich selbst werde, da zu dieser Zeit mehrere Wagen den Corso machen, durch einen lichtgrauen, hochrot ausgeschlagenen Reise-Manteau Ihnen erkennbar seyn.

Er bekommt, hochbeglückt, das Zeichen mit dem Schnupftuch. Sie hält sich an seine »Ansicht über geheime Liaisons«:

> Junge schöne Damen, mögen in was immer für Lebensverhältnissen seyn, ein im Stillen begünstigter, beglückter und dafür dankbarer, discreter Freund ist nie unbedingt zu verwerffen, und selbst, wenn Sie Braut seyn sollten, dürfte Ihnen nach den Flitterwochen ein derart geheimer Freund nicht ohne Nutzen seyn.

Er hält sie aus, verheimlicht sie natürlich vor der Freundin, »der Frau«, deren größte Sorge allerdings ist, dass Nestroy einen größeren Teil seiner (nicht unbeträchtlichen) Einkünfte ihrer Kontrolle entziehen will, wie Kurt Kahl in seiner einfühlsamen Nestroy-Biographie schreibt. Die beiden trennen sich für eine Weile. Doch als Fräulein Köfer mit anonymen Briefen an »die Frau« herantritt, beendet Nestroy rigoros das Verhältnis, er macht Schluss mit der Geliebten, er zahlt sie aus. Mit »der Frau«, mit Maria Weiler, macht er klare Kasse: Sie bekommt die Prokura; er darf vertraglich künftig über zwei Drittel seiner Einnahmen frei verfügen. Man sieht: Die Zeiten ändern sich, die Menschen und ihre Verhältnisse nicht. Was Nestroy damals recht war, ist einem Volksschauspieler wie Ottfried Fischer heute billig.

Zur Zeit, als sich der große, beliebte Nestroy aus Wien nach Graz zurückzieht, um nur noch sporadisch aufzutreten, etwa in Benefiz- und Wohltätigkeitsvorstellungen, merken selbst seine Bewunderer, dass er nicht mehr die körperliche und geistige Beweglichkeit aufbringt, die ihn zu einem aufblitzenden Genie in der Szene machte.

Noch beherrscht er seine Kunst und sein Publikum, aber manchmal wirkt er wie vom Souffleurkasten magisch festgehalten – das Schicksal alter Schauspieler, das ich beim großen Hans Mahnke oder beim alten Will Quadflieg erlebt habe –, es ist dem Betroffenen peinlicher als dem Publikum unangenehm, das derartiges Schwächeln des Gedächtnisses mit Rührung und Sympathie zur Kenntnis nimmt. Rührung und Sympathie, das sind Gefühle, die alternden Künstlern gerade noch gefehlt haben! Man stelle sich das bei Nestroy vor, der, wenn Wirkung und Beifall einmal ausfielen, in der Gasse stand und zwischen den Zähnen knirschte: »Niederkartätschen sollte man die Canaille!« Die Canaille, das war das Publikum, das wollte man gewinnen, beherrschen, aber man wollte nicht auf sein Mitgefühl angewiesen sein, nicht mit Rührung gehätschelt werden.

So flieht er, die verbleibende Zeit ist kurz genug, in die banalen Freuden des Ruhestands- und Pensionärslebens, in die milden Vergnügungen des Wirtshauses, in die Freuden des Sammlers. Es ist diese Selbstgenügsamkeit, die frühere Bewunderer des einst zähnefletschenden Löwen verstört. Marlene Dietrich hat zum Beispiel ihre Enttäuschung über ihren früheren Dompteur und Freund seit wild bewegten Berliner Jahren, Billy Wilder, festgehalten, als sie das Ehepaar selbstgenügsam mit Knabbereien vor dem Fernseher sitzen sah, wo sie sich Sportereignisse und banale Serien ansahen, für die sich Wilder als Regisseur, hätte er sie selber geschaffen, zu Tode geschämt hätte. Resignation hat einen Ausdruck des Selbstgenügens, der nichts mehr mit der quälenden Ungeduld des schöpferischen Genies gemein hat. Kleist hat dazu über Goethe, der sich im Alter der Farbenlehre hingab, in einem spöttischen Distichon festgehalten:

> Herr von Goethe
> Siehe, das nenn ich doch würdig, fürwahr, sich im Alter beschäftigen!
> Er zerlegt jetzt den Strahl, den seine Jugend sonst warf.

Und so sieht Nestroys Pensionärsleben in Graz aus: Für seinen Lebensabend hat er sich ein Haus in der Elisabethstraße gekauft. Vormittags liest er die Zeitungen, macht gegen Mittag Spaziergänge im nahe gelegenen Wald, spielt nachmittags seine Piquetpartie mit einem Freund, dem Grazer Theaterdirektor, jeden Abend verbringt er im Theater, als Zuschauer. Er beschäftigt sich mit Astronomie und sammelt Versteinerungen. Man denke an Goethe. Auch der alte Billy Wilder, der vormittags ins Büro ging, wo er seinen Anrufbeantworter abhörte, sammelte so gut wie alles – fragte bei den Zeitungskiosken und Geschäften nach Zweidollarnoten. »Merkwürdigerweise haben die Amerikaner ihre Zweidollarnote im Unterschied zur Eindollarnote oder der Fünfdollarnote nicht wirklich angenommen. Wenn man sie sammelt, wird sie deshalb zwangsläufig an Wert gewinnen«, sagte er und schenkte mir eine, die er gerade eingetauscht hatte.

Die Sommer verbringt Nestroy in Ischl. Eduard von Beuernfeld, sein Kollege im Genre der Salonkomödien, erinnert sich nicht ohne Verwunderung, dass Nestroy da »ziemlich philisterhaft« (wir würden sagen: spießig) lebte. Nach Tisch ging er ins Kasino, wo er sein Piquet spielte. Beinahe jeden Abend konnte man ihn im Ischler Theater in seiner Loge erblicken. Bei dieser Gelegenheit hat er viele seiner eigenen Stücke zum ersten Mal vollständig gesehen. Er lebte zufrieden, selbstzufrieden, eben in Resignation. Aber Nestroy kannte Angst. Seine Hauptangst galt nicht etwa dem Tod, sondern der Furcht, lebendig begraben zu werden. Sie war die große Angst der Alten vor der Zeit, als die Medizin die Herrschaft über den Tod übernahm.

So lesen sich die in seinem Testament für den Fall seines Todes getroffenen Vorkehrungen, als hätte er sie für eine seiner satirisch gezeichneten Figuren als grausig-komischen Monolog erfunden.

> Das Einzige, was ich beym Tode fürchte, liegt in der Idee der Möglichkeit des Lebendigbegrabenwerdens. Unsere Gepflogenheiten gewähren in dieser höchst wichtigen Sache eine nur sehr mangelhafte Sicherheit. – Die Todtenbeschau heißt so viel wie gar nichts, und die medizinische Wissenschaft ist leider noch in einem Stadium, daß die Doctoren – selbst wenn sie einen umgebracht haben – nicht einmal gewiß wissen, ob er todt ist ... Mein Leichenbegängniss wünsche ich mit ganzem Conduct, aber durchaus nicht nach Zweymahl Vierundzwanzig Stunden, – (welche Frist in der Praxis unverantwortlicher Weise mit der leichtsinnigsten Liederlichkeit oft auch noch um Zwölf oder noch mehrere Stunden verkürzt wird), – sondern darf erst mindestens volle Dreymahlvierundzwanzig Stunden nach dem Todesmoment statthaben. Selbst dann noch will ich, nach vollendeter Leichen-Ceremonie, in einer Todtenkammer des Friedhofes, in offenem Sarge, mit der nöthigen Vorkehrung, um bey einem möglichen, wenn auch noch so unwahrscheinlichen Wiedererwachen ein Signal geben zu können, noch mindestens Zwey Tage (vollständig gerechnet) liegen bleiben, dann erst in die Gruft – aber selbst da noch mit unzugenageltem Sargdeckel – gesenkt werden.

Am 25. Mai 1862 stirbt Nestroy an einem Gehirnschlag, wobei der »sprachverbuhlte« (Karl Kraus), sprachmächtigste Komödiant zuerst die Sprache verliert, sodass er aus dem Grab die Signale eines lebendig Begrabenen nicht hätte senden können.

Wohin mit den Alten?

> Ich hab einmal einen alten Isabellschimmel vor einem
> Abdeckwagen gesehn. Seitdem geht mir die Zukunft
> nicht mehr aus dem Sinn.
>
> Nestroy

Man kann die Geschichte vom Generationenvertrag als Märchen so erzählen: Es war einmal ein alter Bundeskanzler, der hieß Konrad Adenauer, und da er der katholischen Soziallehre verhaftet war und für seine christliche Partei besonders viele Stimmen unter den christlichen Arbeitnehmern in Nordrhein-Westfalen gewinnen musste und als Nachbarn auch noch die sozialistische DDR mit ihrem Auf-Teufel-komm-raus-Sozialsystem hatte, gab es viele Gründe, dass der Alte von Rhöndorf, Rosenzüchter in seiner idyllischen Freizeit, ein Rentensystem auszubauen trachtete, das auf einem Generationenvertrag beruhen sollte. Das heißt: Solange Menschen im Arbeitsprozess tätig sind, tragen sie mit Sozial- und Kassenbeiträgen die Alten, die nicht mehr im Arbeitsprozess sind, auf ihren Schultern, greifen ihnen finanziell unter die Arme.

Warum sie das tun? Weil sie eines Tages von ihren Kindern, wenn diese groß und kräftig sind und Arbeit haben, während sie selbst ihrem besonnten Lebensabend entgegengehen, den Arbeitsprozess hinter sich haben, ernährt werden. Und diese eines Tages von ihren Kindern und die wieder von den Kindeskindern – und dies in alle Ewigkeit. Und wenn sie nicht gestorben sind, dann leben sie noch heute.

Man kann diesen Generationenvertrag auch mit einem kurzen, harten Märchen der Brüder Grimm erzählen. Dieses Märchen sieht das Problem weniger aus der Solidaritätsperspektive als stärker unter dem praktischen Nächstenliebe-Gebot: »Was du nicht willst, dass man dir tu, das füg auch keinem andern zu!«

Der alte Großvater und der Enkel

Es war einmal ein steinalter Mann, dem waren die Augen trüb geworden, die Ohren taub, und die Knie zitterten ihm. Wenn er nun bei Tische saß und den Löffel kaum halten konnte, schüttete er Suppe auf das Tischtuch, und es floss ihm auch etwas wieder aus dem Mund. Sein Sohn und dessen Frau ekelten sich davor, und deswegen musste sich der alte Großvater endlich hinter den Ofen in die Ecke setzen, und sie gaben ihm sein Essen in ein irdenes Schüsselchen und noch dazu nicht einmal satt; da sah er betrübt nach dem Tisch, und die Augen wurden ihm nass. Einmal auch konnten seine zitterigen Hände das Schüsselchen nicht festhalten, es fiel zur Erde und zerbrach. Die junge Frau schalt, er sagte aber nichts und seufzte nur. Da kaufte sie ihm ein hölzernes Schüsselchen für ein paar Heller, daraus musste er nun essen. Wie sie da so sitzen, trägt der kleine Enkel von vier Jahren auf der Erde kleine Brettlein zusammen. »Was machst du da?«, fragte der Vater. »Ich mache ein Tröglein«, antwortete das Kind, »daraus sollen Vater und Mutter essen, wenn ich groß bin.« Da sahen sich Mann und Frau eine Weile an, fingen endlich an zu weinen, holten alsofort den alten Großvater an den Tisch und ließen ihn von nun an immer mit essen, sagten auch nichts, wenn er ein wenig verschüttete.

Die Brüder Grimm erzählen dieses Märchen mit der gebotenen Nüchternheit, ohne sentimentale Schnörkel. Nur: Das Sprichwort, das man auch »Wie du mir, so ich dir!« nennen könnte, beruht auf der temporären Gleichheit, auf der Gleichzeitigkeit. Solidarisch aus Einsicht in die Notwendigkeit ist der Mensch nur zu gleicher Zeit. Man stützt den, auf den man sich stützt. Käme nicht die Moral, das schlechte Gewissen also, hinzu, wäre es um die Alten schlecht bestellt. Man kann sagen, dass der Mensch schon aus diesem Grund moralische Grundsätze erfunden hat. Die christliche Tugend der Misericordia, des Erbarmens mit den Alten, Armen, Schwachen zum Beispiel. Man kann auch das Gebot und Gebet des »Vaterunser«: »Und vergib uns unsre Schuld, wie wir vergeben unsern Schuldigern«, als Anweisung zum Generationenvertrag lesen.

Als jedoch der Alte von Rhöndorf seinen Plan für die Rente dem Wirtschaftsminister Ludwig Erhard vorlegte und von dessen Beamten durchrechnen ließ, da begab es sich, dass der Vater des Wirtschaftswunders vor seinen Kanzler trat und sagte: Das geht nicht! Es funktioniert rechnerisch nicht. Rein mathematisch kann das nicht klappen! Und da soll der erste Kanzler der Bundesrepublik seinen Wirtschaftsminister und späteren unglücklichen Nachfolger angesehen und gefragt haben: Wie lange wird es denn funktionieren? Und er meinte mit dieser Frage nicht nur den sozialen Frieden und den Solidarpakt, sondern auch den Frieden zwischen den Generationen, jener, die mit Presslufthammer in Dahlbusch auf Zeche ging oder in Essen Hochöfen heizte und in Bochum und Köln Autoteile am Fließband verschweißte, und jener, die sich über der Eckkneipe, auf ein Kissen gestützt, aus dem Fenster lehnte, um das Leben an sich vorbeiziehen zu lassen – bis zu dem Tag, an dem sie endgültig weg vom Fenster sein würde.

Der Wirtschaftsminister blickte kurz in seine Papiere und dann seinem Kanzler in die fragend fordernden Augen. Und dann soll er gesagt haben: »Zwanzig Jahre! Höchstens!«

Und da habe ihn der alte Kanzler angesehen und gesagt: »Dann machen wir's einfach!« Denn zwanzig Jahre, das wusste der alte

Fuchs, das ist in einer Demokratie unendlich lange, weil dauernd gewählt wird, Landtagswahlen, Bundestagswahlen – und auch weil er dachte, später wird uns schon wieder was einfallen. Und man weiß nicht, ob er da schon ein Wort wie »Reform« im Sinn hatte. Seit jenen Jahren jedenfalls flicken die dafür verantwortlichen Minister aller Parteien und Koalitionen an der Altersversorgung herum und sagen, wenn Wahlzeiten sind: »Die Rente ist sicher!« Und die andern sprechen von der »Rentenlüge«. Oder die einen sagen: »Versprochen, gebrochen!« Und die andern reden von der »Reform«. Und alle Wähler denken: Es muss so bleiben, wie es ist, was man auch »Besitzstand wahren« nennt. Aber sie denken auch: Es muss sich alles ändern! Und dann denken sie weiter: Aber möglichst nicht, solange ich noch lebe! Und da wir immer älter und wir Älteren immer mehr werden, denken so immer mehr und sagen das immer weniger laut. Da man aber beim Wählen nichts sagt, bekommen die, die gerade regieren, vor den Alten immer mehr Angst.

Dabei ist es eine einfache Rechnung. Immer mehr Menschen werden in den Industriegesellschaften immer älter und finden immer weniger Arbeit. Die Lebensarbeitszeit wird immer kürzer, auch weil immer jüngere Ältere aus dem Arbeitsprozess ausgeschieden werden. Immer weniger Menschen wollen und können sich während des Ausbildungsprozesses und während der ersten Arbeitsjahre Kinder leisten. Immer weniger Menschen wollen überhaupt Kinder, immer weniger mehr als nur ein Kind. Die Alterspyramide steht auf dem Kopf. Oder bald auf dem Kopf. Ich lese, dass 2050 deshalb, wegen der zu vielen Alten, die aufgrund des Generationenvertrages von den Arbeitenden geschultert werden müssen, die Sozialsysteme kollabieren werden.

Ich denke, zu den Alten gehörend: Na, 2050, da könnte ich wieder einmal mit Wilhelm Busch sagen: »›Ist fatal!‹, bemerkte Schlich – ›He, he! aber nicht für mich!‹« Da schau ich mir die Radieschen von unten an, da habe ich keine Angst vor dem Lebendigbegrabenwerden; das nun wirklich nicht mehr.

Aber dann denke ich, du musst an deine Kinder denken. Du wirst der Gesellschaft (und dabei schlage ich mir in Gedanken auf die Schulter, anerkennend sozusagen) vier Kinder hinterlassen. Und ich erschrecke, weil die das ausbaden müssen.

Ach was!, sage ich mir dann. Mit Prognosen ist das so eine Sache! Ich erinnere mich noch, wie die Welt an der Überbevölkerung zugrunde gehen sollte. Und dass sie das vielleicht ja immer noch wird. Dass aber andererseits inzwischen Russland (besonders drastisch), aber auch China und Indien eher Probleme der Überalterung haben werden als der Überbevölkerung. Aufgrund der Familienplanung, wegen der Hygiene, dank der gerontologischen Medizin.

Dann denke ich, was Alte gern zu ihrem Trost denken: Wenn ich schon alt bin, dann soll das auch seine Vorteile haben! Mein Gott, wie gut, dass ich das nicht mehr erleben werde. Mein Gott, wie gut, dass ich daran nicht mehr beteiligt bin, dass andere das Problem zu lösen haben. Denen wird schon was einfallen, tröste ich mich für meine Kinder und Enkel. Uns ist ja immer was eingefallen, denke ich. Und schiebe den Nachsatz: wenn auch nicht immer das Richtige!, schnell beiseite.

Und dabei fallen mir die alten Sarden der Vorzeit ein, während mich ein sardonisches Lachen schüttelt. Die Sarden der Vorzeit sollen, so will es eine Überlieferung, ihre Alten, also die unnützen Esser einer Gesellschaft, in die Berge gefahren haben, um sie dort an unwirtlichen Stellen, auf Felsenklippen, die den Alten den Rückweg versperrten, auszusetzen. Dort saßen die dann und blickten in den Abgrund, bis sie, von Hunger und Durst entkräftet, in den Tod stürzten. Dabei soll in ihren ausgezehrten Gesichtern das sardonische Grinsen eingefroren sein.

Doch ich kann meine Altersgenossen, aber vor allem die künftigen Alten von 2050, mit Homer, mit der »Odyssee«, trösten. Der leitet (im 20. Gesang, Vers 302) das krampfhafte, mit heftig wechselnden Gesichtsverzerrungen verbundene Lachen ohne äußeren Anlass von der Wirkung eines berauschenden Krauts her, dessen Genuss den Mund wie zum Lachen verzieht. Vergil nennt dieses Kraut Sardoa herba.

Trotzdem: Was passieren kann, wenn zu viele Alte zu wenigen Jungen im Nacken sitzen oder Junge auch nur das Gefühl haben, Alte seien parasitäre, unnütze Esser, das hat sich der Wiener Kabarettist (auch er ein Nestroy-Nachfahre) Helmut Qualtinger für eine Art Landfunksendung in einer brutalen Satire mit geradezu Swift'schem Sarkasmus ausgedacht.

Die Ahndlvertilgung

EINE STIMME AUS DEM RADIO: Aus Hörerkreisen erhalte ich seit einigen Wochen unzählige Briefe, in denen sich Landwirte darüber beschweren, dass sich in letzter Zeit der Staat immer mehr in die natürliche Vertilgung der Ahndln einmischt. So wurden biedere Landleute, die diesen gesunden Prozess beschleunigen wollten, verhaftet und in mehreren Fällen sogar verurteilt. Um diesen ungerechtfertigten Nachstellungen zu entgehen, sollte sich der Bauer an folgende Vertilgungsmethoden halten, die sich bereits in weitesten Kreisen der Landbevölkerung durchgesetzt haben. Was macht der Landwirt in der grünen Steiermark? Er verwendet die Jauchegrube, die den Schädling außerdem der Volkswirtschaft zuführt. Die Bauern im sonnigen Kärnten bedienen sich primitiverer Methoden. Sie benützen Hacken, die zwar zweckentsprechend sind, aber das Ahndl unter Umständen vor dem Vorhaben warnen können. Aus dem schönen Burgenland kommt die Methode des Häuseranzündens, die nur leider zu oft mit erheblichem Sachschaden verbunden ist.

Hier empfiehlt sich, das Unternehmen mit einer Versicherungsaktion zu koppeln. Man kann natürlich – wie auf den herrlichen Matten des Tauernmassivs – seinen Vorfahren in den Stall sperren und ihm die Nahrung verweigern, was jedoch nicht in allen Fällen wirkt, da derselbe dann zuweilen beim Vieh mitfrisst. Was macht der Tiroler in so einem Fall? Der Tiroler ist lustig, der Tiroler ist froh, er hat stets Arsen, im Volksmund »Hüttrach« genannt, in seiner blitzsauberen Küche vorrätig und erspart sich dadurch unnötige Arbeit. Im Salzkammergut, da kann man gut lustig sein, weil es so viele Seen gibt, in denen die ganze ältere Verwandtschaft Platz hat. Niederösterreich, das Land des herrlichen Weines, hat große Mengen von Kupfervitriol bereit, um den Vorfahren die entsprechende Behandlung teilwerden zu lassen. Und Oberösterreich, die Heimat des Führers, bringt einen Most hervor, der allein imstande ist, auch dem härtesten Großvater das Handwerk zu legen. Ich hoffe, dieser kleine Überblick hat Ihnen wertvolle Anregungen gegeben. Ich verabschiede mich und melde mich morgen wieder mit einem Vortrag über das Thema »Die Blutschande und ihre Bedeutung für ein gesundes Landleben«.

Das Alter – ein Witz

> Wenn das Ende nicht glücklich sein kann,
> dann soll es wenigstens zum Kichern sein.
> George Tabori

Treffende Witze sollen möglichst nah an der Stelle zünden, wo es besonders wehtut, wo das Verbotene, das Unterdrückte, das am meisten Gefürchtete lauert und sich mit der Pointe in befreiendem Lachen offenbaren darf (es ist, als platzte für einen Augenblick ein zu enges Korsett), Witze sind außerdem im Lachen ein kollektives, ein solidarisches Erlebnis, sie verbinden wie ein verschwörerisches Einverständnis, erlösen, wie ein Tor-Schrei für die eigene Mannschaft.

Deshalb ist klar, dass Witze kurzzeitige Geheimbünde stiften: Der politische Witz in Diktaturen, die ihn fürchten und ihren Erfinder oder Erzähler mit der Todesstrafe bedrohen. Die Sex-Witze Jugendlicher, die den Trieb enttabuisieren. Die übers Alter, die – wovon denn sonst? – vorwiegend von Krankheit und Tod handeln.

Wie der, den ein älterer Freund in einer gelösten Abendgesellschaft nach dem Schema »Gute Nachricht – schlechte Nachricht« erzählt, etwa so: »Der Arzt tritt an das Bett des am Vortag Operierten und eröffnet ihm, er habe eine gute und eine schlechte Nachricht. Welche der Patient zuerst hören wolle. Also die schlechte. Gut. ›Wir haben aus Versehen Ihr gesundes Bein amputiert!‹ – ›Um Gottes willen! Und die gute?‹ – ›Das kranke heilt schneller als erwartet!‹« Alle lachen. Klar, dieser Witz offenbart die Angst vor der fehlerbehafteten, dennoch rigorosen Allmacht der Medizin.

Dann erzählt der ältere Herr noch einen Witz. Auch darin kommt ein Mann zum Arzt. Also: »Kommt ein älterer Herr zum Arzt ...« Er unterbricht sich. Lacht. »Da fällt mir ein, der kürzeste Witz dieser Art ist: Kommt 'ne Frau beim Arzt.« Lacht. »Aber der geht nur im Ruhrgebiet, weil man dort beim Arzt kommt, man kommt nicht zum Arzt, sondern kommt, das ist Ruhrpott-Slang, also man kommt beim Arzt ...«

Die ersten gequälten Blicke in der Runde. Doch der ältere Erzähler fährt gnadenlos fort, ganz Witz-Pädagoge: »Und was es heißt, wenn eine Frau kommt, das brauche ich wohl« – Lachen – »nicht zu erklären.« Pause. Dann: »Es gibt da auch den Witz von dem Dienstmädchen, das fromm ist und in seiner Kammer den Bibelspruch hat: ›Der Herr kann stündlich kommen‹, und ihr Dienstherr versteht das ... also« – der Erzähler räuspert sich –, »aber wo gibt's heut noch solche Dienstmädchen, ich meine, höchstens aus der Ukraine ...«

Die gequälten Blicke zur Decke und verstohlenen zum Nachbarn nehmen in der zwangsverpflichteten Zuhörerrunde zu. Komm zur Sache, denke ich wie alle anderen, und als hätte er meine Gedanken gelesen, erzählt er jetzt endlich den Witz ...

»Also, eine junge, hübsche Frau, ich fang mal so rum an, so ist er, glaub ich, besser, also eine hübsche, junge Frau, die ein älterer Mann erst kürzlich geheiratet hat, also der sagt er, dass er sich nicht so recht wohlfühle ...«

Ich blicke meine Frau an: »Du, wer hat uns eigentlich den Witz neulich erzählt, ich fand den gleich so Klasse! War das nicht in Berlin, als wir bei Eva und Thomas, nein, ich glaube, du warst gar nicht dabei. Im Zug hat mir den einer erzählt, das war, als wir nach Frankfurt fuhren, im Speisewagen, du warst schon zurück ins Abteil ... Oder war das in Dingsbums oder bei Schieß-mich-tot! – ich hab keine Ahnung, oder doch in Berlin, als wir nach dem Kino im, na, im Borchardt saßen, und da kamen die ... na, Schatz, das war der Film mit dem ... nein, also jetzt ...«

»Ist doch egal!«, sagt meine Frau genervt. »Erzähl doch einfach den Witz.«

Als ich erschrocken aus meinen Gedanken hochfahre, weiß ich, dass ich es bin, der den Witz bis hierher so elend erzählt hat. Und dass nicht ich mich über den Witze-Erzähler so geärgert habe, sondern meine Frau sich über mich. Und dass sie mir tatsächlich gesagt hat, früher hätte ich nicht so umständlich erzählt. Das ist schon wahr! Wenn ich diese Geschichte hier auch übertrieben habe! Früher wollte ich durch Witze Frauen erobern. Unter anderem! Und meist nur in Gedanken! Aber zielstrebig war ich schon.

Jetzt also, ehe es weitergeht, doch noch der Witz. Also: Der Mann der jungen, besorgten Frau geht auf ihren Wunsch zum Arzt, der untersucht den Patienten gründlich und sagt am Ende, er hätte eine gute und eine schlechte Nachricht. Natürlich will der Patient die schlechte zuerst hören. »Sie haben nur noch vierzehn Tage zu leben! Höchstens!« Darauf der Patient stammelnd: »Um Gottes willen, was soll denn dann die gute Nachricht sein!« »Die gute?«, fragt der Arzt und zeigt durch die Glastür auf seine wunderhübsche blonde Sprechstundenhilfe. »Sehen Sie dieses phantastische Mädchen? Mit der habe ich seit gestern ein Verhältnis.«

Erzählt man den Witz unter Freunden mit gelockertem Schlips in angeheiterter Stimmung, dann benutzt man natürlich nicht die Wendung, »mit der habe ich ein Verhältnis«!

Der alte Billy Wilder liebte solche Witze. Und als ich den Achtzigjährigen 1986 kennenlernte, gab es für die Menschheit zwei Krankheiten, die als Geißeln des Schreckens galten. Für Alte Alzheimer, für Umtriebige, also alle Männer, die wenigstens noch in Gedanken auf der umtriebigen Jagd nach dem Glück waren, Aids. Und darüber musste, wollte Wilder damals einen Witz loswerden.

Diesmal fühlt sich die Frau nicht wohl. Und der besorgte Gatte schickt sie zum Arzt. Und der untersucht sie. Und als der Mann zwei

Wochen später das Resultat der Untersuchung in der Klinik abholen will, sagt der Arzt: »Uns ist leider ein Malheur passiert, wir haben die Testergebnisse zweier Patientinnen durcheinandergebracht. Also entweder hat Ihre Frau Aids. Oder sie hat Alzheimer.«

»Um Himmels willen! Was soll ich denn da machen?«, fragt der Mann. Und der Arzt antwortet: »Ich weiß nur einen Rat. Setzen Sie Ihre Frau ins Auto, fahren Sie sie in die Berge! Setzen Sie sie dort aus! Und wenn sie wieder nach Hause findet, kommen Sie bitte nicht mehr Ihren ehelichen Pflichten nach!« Natürlich hat Wilder beim Erzählen nicht »eheliche Pflichten« gesagt. Auch nicht »eheliche Freuden«.

Ich, als älterer Erzähler, hätte übrigens bei der Pointe des ersten Witzes keine Probleme gehabt. Ich hätte erzählt, dass der Arzt auf die erschrockene Frage des todgeweihten Patienten: »Und die gute?«, geantwortet hätte: »Die gute? In drei Wochen heirate ich Ihre hübsche Witwe!« Das kann man überall erzählen. Auch weil Frauen länger leben, vor allem jüngere Ehefrauen. Und weil schließlich nicht ich, sondern ein anderer den Witz erzählt hat.

Im Alter legitimiert die Distanz, die Selbstironie den Hang zu makabren Pointen. Der zum Ende der Fußball-WM verstorbene Rudi Carrell war ein unnachahmlicher und ungeheuer präsenter Showmaster, ein großer Situationskomiker, ein Entertainer, der herrlich mit seinen Gästen spielen konnte, der den Slapstick beherrschte wie kein Zweiter im Fernsehen, weil er wusste, dass Timing alles ist. Als Witze-Erzähler jedoch war er meist ziemlich flach, was sicherlich auch daran lag, dass er das Holländische, wenn er Deutsch sprach, nie ganz ablegen konnte. Und Holland ist Flachland, verstanden?

Aber als alle Welt, vor allem aber sein deutsches Fan-Publikum wusste, dass er bald an Lungenkrebs sterben würde – man sah und hörte den erschreckend raschen Verfall –, setzte er im Angesicht des nahenden Todes ein paar grandiose Pointen, die in der Selbstironie, im sich nicht schonenden Sarkasmus eine bewundernswerte heroische Haltung offenbaren, einen Trotz gegen den Tod, der den Tod nicht besiegte, natürlich nicht, aber auch Carrell öffentlich als unbesiegt von der Bühne treten ließ.

Der Showmaster, der täglich sechzig Zigaretten geraucht hatte und deshalb folgerichtig an dieser Sucht starb, hatte während eines Interviews (eines grandiosen letzten Gesprächs mit dem »SZ-Magazin«, ein Dokument des Todesmuts) in seinem schönen, großen Haus überall Aschenbecher stehen. Als die Redakteure den Todkranken fragten, ob er denn noch rauche, verneinte er. Und die vielen Aschenbecher? In jedem Raum zwei? Warum stünden die hier? Carrells Antwort: »Aus schöner Erinnerung!«

Einige Wochen vorher hatte er in Berlin die Goldene Kamera für sein Lebenswerk überreicht bekommen, eine Auszeichnung, von der er natürlich wusste, dass sie ein öffentlicher Todeskuss war. Also parodierte er, schrecklich abgemagert, totenblass und mit schwacher, piepsiger Stimme, in Berlin vor einem lebensfrohen Publikum aus Reichen und Schönen die Hollywood-üblichen, inzwischen weltweit nachgeplapperten Dankesfloskeln: Er dankte der Pharma-Industrie und der Krankenkasse und seinem Krankenhaus, dass er hier stehen dürfe. Und in Anspielung auf seine schwache Falsettstimme sagte er: »Mit einer solchen Stimme kann man in Deutschland immer noch Superstar werden.«

Es war dieser Mut, das Sterben sozusagen öffentlich zu machen, der den Showmaster zum Helden machte. Galgenhumor mögen wir es nicht nennen. Denn zum Krebs wird man nicht verurteilt, er war in diesem Fall das (fast) selbst gewählte Los. Und seine Haltung tröstete wohl alle Zuschauer, weil er ihnen für einen Augenblick die Hoffnung vermittelte, sie würden eines Tages dem Unausweichlichen so entgegentreten können wie er. Nur bloß nicht zu bald!

Rudi Carrell sprach kurz, er sprach frei von Eitelkeit und Selbstmitleid. Und er sprach ohne die Zuversicht oder die Angst, unmittelbar vor seinem höchsten Richter zu stehen. Er hatte sich, wie man das heute so nennt, noch einmal als Nihilist, als Atheist geoutet.

Auch dazu gibt es eine Geschichte. Sie erzählt von einem Atheisten, der mit einem Kardinal in ein Streitgespräch über Gott und die Welt verwickelt ist, während sie durch den Wiener Volksgarten spazieren. »Es gibt keinen Gott! Ich glaube nicht an Gott!«, sagt der Atheist. Und der Wiener Kardinal erwidert: »Sehen Sie, das ist der Unterschied. Denn ich glaube nicht einmal das!«

Vor dem Tod nichts zu hoffen, nicht zu glauben, erfordert schon Mut. Von Voltaire wird überliefert, dass ein Priester den Gottlosen auf dem Sterbebett fragte, was er wohl glaube, was Gott tun werde, wenn er bald vor ihm stünde. »Er wird mir verzeihen«, soll Voltaire geantwortet haben. »Verzeihen ist ja sein Beruf.«

Vom Hölzchen aufs Stöckchen

> Alte Röhren tropfen gern.
> Sprichwort

Drei Schwächen bedrohen das öffentliche Sprechen älterer Herren. Erstens die Weitschweifigkeit, weil man alles, was man weiß oder noch behalten hat, vor dem staunenden Publikum ausbreiten möchte. Dass man es eher ermüdet als erfreut und dies nicht bemerkt, ist der wachsenden Eitelkeit zuzuschreiben. Das ist die zweite Schwäche, und sie ergibt sich daraus, dass man auf seinen Lorbeeren ausruhen will, weil es an neuen Verdiensten, Leistungen und Eroberungen mangelt. Wir verdanken dieser selbstgefälligen Rückschau allerdings auch Casanovas Memoiren, aber dass deshalb jeder Erzähler, jeder Plauderer, jeder Redner, ist er ins Alter gekommen, seine Rede mit vergangenen Taten, die sonst keiner bemerkt hätte, aufbrezelt, ist für Zuhörer beklagenswert. Sie werden zum Opfer einer Nabelschau, die deshalb so schrecklich ausfällt, weil der alte Nabel zum Vorzeigen nicht mehr geeignet ist.

Natürlich soll man sein Licht nicht unter den Scheffel stellen, aber wie soll eine längst abgebrannte Kerze noch leuchten? Beneidenswert, wer frei davon!, möchte man sich und anderen zurufen. Es ist erstaunlich, wie früh in dieser Hinsicht das Altwerden beginnt. Eitelkeit tobt sich besonders in Nachrufen und Erinnerungen an berühmte Verstorbene aus. Das alles geht nach dem Muster: »Als ich Goethe zum letzten Mal sah, sagte er zu mir, ach, mein Lieber, wir beide waren die Letzten, die noch wussten, was Dichtung und Sprache ist.

Dann fuhr er seufzend fort: Aber wenn ich sterbe, sind Sie der Einzige ... Dann drehte er seine Augen zum Himmel und verschied.«

Oder dass man Wehrlose, weil Tote, zu Zeugen des eigenen Intimlebens macht. Nach dem Motto: »Als ich mit Marilyn Monroe eine Liebesnacht verbracht hatte, sagte sie mir am nächsten Morgen, nachdem sie mich unter Tränen geküsst hatte: ›Mein Liebster! Kein anderer ...‹«, na, und so weiter.

Manche rühmen sich in ihren Memoiren auch einer Liebesnacht mit dem Tanzgott Nurejew, der nicht mehr widersprechen kann. Na gut, wenn es ihnen hilft!

Politiker a. D. sind von der Krankheit ihrer fehlgeschlagenen Bedeutung besonders bedroht. »Wie mir Willy Brandt damals sagte, melancholisch und düster, es sei ein Fehler gewesen, dass er nicht mir das Amt ...«

Oder: »Hätte er auf mich gehört, so wäre, wie er mir später gestand, Mecklenburg noch heute ...«

Die dritte, die unschuldigste, weil selten selbst verschuldete Schwäche ist das schon angeführte Sich-Verstricken im eigenen Gedankenlabyrinth. Es ist dies eine echte Alterserscheinung, und ein deutscher Meister auf diesem Gebiet ist Edmund Stoiber, dem die Gedanken und Wörter schneller und wirrer aus dem Mund schießen, als das Gehirn sie vorzusortieren und zu vernünftiger Rede zu ordnen in der Lage ist. Wir sollten ihm dafür, wie jedem Entertainer, sei er nun freiwillig oder unfreiwillig komisch, danken. Schon allein sein Versprecher »Frau Merkel« statt »Frau Christiansen« hat uns nicht nur seine damaligen Ängste und Nöte (im Wahlkampf, als Stoiber der Kandidat war, der Angela Merkel verdrängt hatte) offenbart, sondern war ein kurzer, aufzuckender Geistesblitz im sonst düsteren Meer von Phrasen.

Ich will mich hier nicht an seine »Klassiker« – über den Münchener Bahnhof und den Flughafen, über den »Problembären«, den erschossenen Bruno – erinnern, sondern nur an ein kleines Stück

Prosa über Stoibers Garten, weil sich daran der Wahnsinn der Methode respektive die Methode des Wahnsinns ablesen lässt:

> Wenn ich mal dann 'ne halbe Stunde, 'ne Stunde oder zwei Stunden am Sonntag im Garten sitz', und es ist einigermaßen gutes Wetter, da trank ... da tanke ich Kraft, und ich hab' es mir angewöhnt, dass ich jeden Tag in der Früh in den Garten schau und vielleicht eine Blume hinrichte – oder aufrichte, ja, und e bissel mähen tu ich, ansonsten sag' ich meiner Frau, was ich alles tun würde, und dann macht sie es beziehungsweise mit dem Gärtner zusammen.

Bis zu der Formulierung »dass ich jeden Tag in der Früh eine Blume hinrichte« läuft alles einigermaßen im Lot; so ein Versprecher »trank« statt »tanke« kann durchgehen, man könnte ja Kraft trinken statt tanken, Erdinger Weißbier zum Beispiel. Doch bei dem Wort »dass ich eine Blume hinrichte« kommen sich die Sprache und die Gedanken, das Geäußerte und die Zensur, in die Quere: Alles verheddert sich, Kurzschluss in der Leitung, wilde Fehlschaltungen. Während er spricht, mag der Redner gedacht haben: Um Gottes willen!, habe ich »hinrichten« gesagt? Zwar macht das auf Bayerisch durchaus einen Sinn, denn wenn man etwas »hin richtet« im Dialekt, dann richtet man es auf, bringt es dahin, wo es hingehört, in eine Ordnung. Aber das kontrollierende, alarmierte Hirn sagt: »Habe ich hinrichten gesagt? Wie ein Scharfrichter? Ausgerechnet bei einer Blume!« Und von da an geht ihm der Gaul durch, und er verschlimmbessert alles: ohne Punkt und Komma, ohne Sinn und Verstand. Es ist die Sorge, ja Panik des Alters, die das Tohuwabohu anrichtet. Statt den Satz aufzurichten, wird er wirklich zerhackstückelt, hingerichtet.

Es ist, als ob jemand sich entsetzt fragt: Wo ist nur meine Brille? Und beim Suchen in seinem Hirnkasten ein schreckliches Chaos anrichtet.

Bei Heinrich Lübke, dem deutschen Bundespräsidenten von 1959–1969 (von der DDR-Propaganda übrigens ungerechtfertigterweise mit gefälschten Dokumenten als KZ-Baumeister denunziert), fiel die lange, schließlich quälend lange doppelte Amtszeit erkennbar mit einer wachsenden Altersdemenz zusammen, die den »silberhaarigen Sauerländer« (so die Standardformulierung des »Spiegel«) mit seinen Sprachblüten zum Gespött erst der Kabarettisten, dann der Nation machte.

Ich wähle mir auch hier lieber ein Beispiel, das damals für viel Heiterkeit, natürlich unfreiwillig, sorgte, aber Alterstragik verriet: Der Präsident war nicht mehr in der Lage, sein öffentliches Amt auszufüllen, und musste es doch, vor allem in öffentlicher Rede, dauernd tun. Laotse hat das so ausgedrückt: Es ist besser, schweigend für einen Dummkopf gehalten zu werden, als den Mund aufzumachen, um es zu beweisen.

So sprach Lübke in Helmstedt am 17. Juni. Der 17. Juni war, zum Gedächtnis an den Arbeiteraufstand in der DDR im Jahr 1953, der Tag der Deutschen Einheit, ein Tag, der in der Routine bald seine Pathetik verloren hatte, dessen Pathos aber deutsche Staatsoberhäupter rhetorisch aufzurichten hatten. Gerade in Helmstedt, dem Ort, der an der Zonengrenze zwischen Niedersachsen und Sachsen-Anhalt den Autobahnübergang markierte, an dem die Westberliner, wenn sie die DDR hinter sich hatten, die Bundesrepublik erreichten. Es herrschte schier endloser Verkehr. Und die DDR-Grenzpolizei hielt mit ihrer ängstlichen und bürokratischen Schikane die brennende Wunde der deutschen Teilung sozusagen ständig offen. Und ausgerechnet hier sollte und wollte der altersschwache Präsident sprechen. Und ausgerechnet hier ließ ihn sein Gedächtnis schmählich im Stich.

> Liebe Mitbürger, liebe Jugend! Wenn ich dieses Jahr hier zum 17. Juni in, äh (hier kramte er lange nach dem passenden Ort in seinem Gedächtnis, aus dem Publikum wurde ihm höh-

nisch souffliert, fröhlich »Helmstedt! Helmstedt!« zugerufen, bis er es, ein verstörter Staatsschauspieler, verstanden hatte) ... Helmstedt spreche, Sie sehen daran, dass es nötig war, wenn ich hier dieses Jahr in Helmstedt spreche, dann ist das mein eigener Wunsch gewesen.

Eine deutsche Geschichtsstunde, eine Geschichtssekunde, voll unvergesslicher Altersvergesslichkeit.

Dass auch diese Vergesslichkeit ihre Poesie hat, ihren Nonsens, der als Alterstiefsinn auf die Wirklichkeit zurückfällt, hat Karl Valentin in seinem Dialog mit Lisl Karlstadt über die Vergesslichkeit festgehalten. 1940, mitten im Krieg, da war der Münchener Komiker und Poet des Absurden schon achtundfünfzig Jahre alt. Zu leben hatte er noch acht Jahre.

> VALENTIN Ah, eine gute Bekannte, die Frau ... no, jetzt weiß ich Ihren Namen nicht mehr.
> KARLSTADT Das sieht Ihnen wieder ähnlich. Wir haben aber doch so lange in einem Haus gewohnt, in der Dingsstraße ...
> VALENTIN Ja stimmt, freilich, freilich, die Frau Schweighofer sind Sie!
> KARLSTADT Nein, nein, im Gegenteil, ein ganz kurzer Name ...
> VALENTIN Jetzt hab ichs: die Frau Lang!
> KARLSTADT Nein, nein, ein kurzer Name ist es doch! – Ich könnts Ihnen schon sagen.
> VALENTIN Frau Mayerhofer!
> KARLSTADT Ja, ganz richtig! Und Sie sind Herr Hofmayer!
> VALENTIN Ja stimmt! Wissen Sie noch, wie wir die beiden Namen immer am Anfang verwechselt haben? – Ja, ja, Frau Mayerhofer, es ist gut, daß ich Sie eben treffe, ich wollte

Ihnen etwas Wichtiges sagen und jetzt weiß ich momentan nicht, was ... was war denn das?

KARLSTADT Das geht mir auch oft so!

VALENTIN Was war das nur? – Hm hm hm, es ist zum Kotzen!

KARLSTADT War es was Geschäftliches?

VALENTIN Nein, nein, es war ... weil ich mir auch noch dachte, das muß ich Ihnen sagen, wenn ich Sie treffe.

KARLSTADT Ja, lieber Gott, man wird eben älter und damit auch vergeßlicher.

VALENTIN Das stimmt! – Was wollt ich nur sagen?! – Fällt mir nicht mehr ein.

KARLSTADT Mir gehts auch so. Ich war gestern in no no no – wo war das gleich?! In ...

VALENTIN Daheim?

KARLSTADT Nein, nein, in Daheim war ich nicht, in no, sagns mirs doch!

VALENTIN Ich hab keine Ahnung, wo Sie waren.

KARLSTADT Ja, das glaub ich schon, daß Sie das nicht wissen, ich weiß es ja selber nicht! In ... nun ja, es ist ja Nebensache – und da habe ich geschäftlich zu tun gehabt; da sollte ich ... da sollte ich ...

VALENTIN Genauso gehts mir auch immer, da lauf ich oft daheim ins andere Zimmer hinüber, und wenn ich drüben bin, weiß ich nimmer, was ich wollte.

KARLSTADT Ich bin einmal zu einem Arzt gegangen wegen meiner Vergeßlichkeit, und wie ich beim Arzt war und der fragte mich, was mir fehlt – meinen Sie, mir wärs eingefallen! – Da hab' ich ganz vergessen, daß ich wegen meiner Vergeßlichkeit zu ihm gegangen bin.

VALENTIN Man soll sich alles aufschreiben, dann vergißt mans nicht.

KARLSTADT Das hab ich auch schon probiert – das kann ich nicht!
VALENTIN Warum nicht?
KARLSTADT Weil ich immer vergeß, daß ich einen Bleistift mitnehm und ein Papier.
VALENTIN Einmal hab ich etwas nicht vergessen. Da hab ich mir was Wichtiges merken wollen, dann hab ich mir gesagt: Ach, des hat gar keinen Wert, wenn ich mir das merken will, denn das vergeß ich ja doch! – Und was meinen Sie? – Ich hab mirs gemerkt!
KARLSTADT Ja, und was war das?
VALENTIN Jetzt weiß ichs nimmer!

Dass wir in einer alten Gesellschaft leben, können wir daran erkennen, dass solche Dialoge zurzeit als dauernd wiederholte Werbung für Präparate, die dem Gedächtnis auf die Sprünge helfen sollen, vor der »Tagesschau« und den »heute«-Nachrichten laufen. In einem Falle geht das auf zwei Sätze verkürzt so:

»Hallo!«, sagt der eine ältere Herr, worauf der andere sich umdreht. »Ach, Herr ... äh!« Er hält erschocken inne, weil ihm der Name partout nicht einfallen will. Und schon meldet sich eine Stimme und bietet ein Präparat an, das dem stotternden Gedächtnis wieder auf die Sprünge zu helfen verspricht – mit Sauerstoff für das Gehirn. Gingko Biloba heißt die Wunderdroge, gewonnen aus den Blättern eines Baumes, der zu den ältesten Pflanzen der Welt zählt.

Gesegnetes, verfluchtes Alter

> Wer nicht den Sinn seines Alters begreift,
> hat alles Unglück seines Alters.
>
> Voltaire

Rund dreißig Jahre ist es her, da lag ich zum ersten Mal für eine etwas längere Zeit im Krankenhaus. Es war »nichts Schlimmes«, ich hatte mir nur mein linkes Bein gebrochen, eine ziemlich komplizierte Oberschenkelfraktur, war also »ans Bett gefesselt«, was für einen unruhigen Menschen in einem unruhigen Beruf (ich war erst seit kurzem Ressortleiter Kultur beim »Spiegel«) wie ein Zwangsurlaub wirkte. Ich fühlte mich wie aus dem Strom der Zeit genommen, als hätte ich in einem schier endlosen Verkehrsfluss, in dem es vorwärts und vorwärts ging, an den Randstreifen fahren müssen und wäre dort von einem Pannendienst abgeschleppt worden. Ich war von der Angst erfasst, den Anschluss zu verpassen, hatte das beengende Gefühl, dass meiner Karriere ein Knick drohe, ja, dass ich sogar aus dem Rennen genommen werden könnte. Das war lächerlich und, wegen der kurzen Zeitspanne des Krankenhausaufenthalts, sogar absurd lächerlich, aber man kann die Gefühle, die motorische Geister befällt, wenn sie zwanghaft gebremst, ja vorübergehend zum Stillstand gebracht werden, nicht steuern. Sie melden sich zur Unzeit, und Zeit, die zur Unzeit wird, hat man im Krankenhaus genug.

Andererseits meldete sich nach den ersten Tagen, in denen sich meine Unruhe gegen die verordnete Ruhe ohnmächtig aufbäumte, eine ruhige, ja beruhigende Gegenstimmung, die sich langsam breitmachte und über die Nervosität bis zum genügsam-zufriedenen Zurücksinken ins momentan Unabänderliche führte.

War ich nicht, hier, im Krankenhaus, in eine umfassende Obhut gefallen, die mir so gut wie alles abnahm, was zur aktiven Lebensführung gehörte? Ich war zur Passivität verurteilt, ruhiggestellt. Alles, was ich zu tun hatte, war: gesund zu werden. So drückte es der Arzt aus, der mich wieder auf beide Beine bringen wollte. Gesund werden, das ist bestenfalls eine die medizinischen Anwendungen und Maßnahmen seelisch und geistig begleitende Aktivität. Außer dem guten Willen verlangt sie zunächst nichts. Und in den guten Willen konnte man sich wie in die Hilfe der Ärzte und Schwestern, der Betreuung rund um die Uhr, fallen lassen.

Es war ein außenbestimmtes Leben, zu dem ich geweckt wurde, wie es die Klinikordnung vorsah, bei dem ich, wenigstens die ersten Tage nach der Operation auf der Intensivstation, gewaschen wurde, im Bett zurechtgelegt, für die Notdurft erst mit einem untergeschobenen Gefäß, einer sogenannten Bettpfanne, versorgt, dann mit einer Trage gefahren, später mit stützenden Armen geleitet wurde. Die Nahrung, Essen und Trinken, wurde mir im Bett verabreicht, dazu wurde das Kopfteil etwas hochgestellt. Am Abend wurde das Licht gelöscht, ich bekam beruhigende Tees und einschläfernde Tabletten, hing am Tropf. Kurz, ich war ziemlich vollständig der eigenen Handlungsnotwendigkeit, der eigenen Entschlusskraft beraubt.

Und zwischendurch, in all der Unruhe darüber, dass ich aus der Normalwelt der Tätigen und Umtriebigen herausgenommen worden war, mich herauskatapultiert hatte, überkam mich eine wohlige Genügsamkeit. Sollen die anderen doch tun, was sie für mich für richtig halten. Ich konnte die Hände in den Schoß legen, ich musste es sogar tun. Ich war auf einmal für mich nicht mehr verantwortlich. Es war, als wäre ich ins Säuglingsalter zurückgefallen. Ich wurde sozusagen gestillt, zwar schrie ich nicht mit unartikulierter Wut wie ein Baby, wenn mir etwas fehlte, aber ich hatte eine Bettklingel, mit der ich die Schwester rufen konnte, um ihr zu sagen: Ich habe Durst.

Hätte ich meinen Zustand kritisch definiert, so hätte ich sagen können: Ich war unfrei und unmündig, nicht mehr Herr meiner Lebensführung. Diese meine Unfreiheit und Pflegeabhängigkeit unterschied sich von der eines Babys dadurch, dass ich sie mir bewusst machen konnte. Und sie unterschied sich, abgesehen von den Momenten, in denen ich in die Narkose versenkt, mit Tabletten beruhigt oder durch den Tropf ruhiggestellt wurde, dadurch, dass ich die Unmündigkeit, solange ich denken, sprechen, andere aktiv einbeziehen konnte, beherrschte. Oder zumindest beeinflussen konnte.

Es war also eine zumeist wohlige Abhängigkeit, so wie sie manche Menschen bei der Massage oder Pediküre empfinden. Es wird ihnen, zu ihrem Wohl, etwas von jemandem zugefügt, dem sie sich bewusst und in eigener Entscheidung anvertrauen.

Und einen Augenblick lang dachte ich: Das ist doch schön! Und wenn du eines Tages am wohlverdienten Ende deiner beruflichen Bahn sein wirst, dann werden das die Vorteile und Freuden des Alters sein: dass sich andere um dich kümmern, dass du, da, wo du schwach geworden, wieder zum hilflosen Kind regrediert bist, die Hilfe und Stütze findest, die du brauchst, ja, in die du dich wirst fallen lassen können wie in ein weiches Bett. Oder in ein nötig hartes Bett – je nach deinem körperlichen Befinden.

Manchmal aber erschrak ich auch in solch ruhigen Momenten, weil ich dachte, dass dieser Zustand doch auch, auf eine unfroh stimmende Weise, dem des Säuglings ähneln könnte. Nämlich um den Preis des Gefühls der wachsenden Abhängigkeit. Je älter wir werden und je mehr wir mit pharmazeutischer, ärztlicher, sozialer Hilfe unser Leben verlängern können, umso stärker werden wir von anderen abhängig sein. Fremdbestimmt heißt das Schlüsselwort. Und es gilt, auch, ja vor allem, in der tätigen zugeneigten Liebe. Wenn

Verliebte ihre Partnerin Baby nennen, dann meinen sie damit totale Fürsorge, in die sich die so Geliebte fallen lassen kann. Darüber kann man auch, mitten in der Beseligung, erschrecken: über die besitzergreifende Fürsorge. Und auch die kommt auf die Alten, auf uns Alte zu – bis zur grässlichen Karikatur der Krankenpfleger, die ihre Patienten »aus Gnade«, aber auch, um in der Nacht Ruhe vor den Quälgeistern zu haben, totspritzen. Ihre Fürsorge wird schrecklich allmächtig, ist für den Umsorgten unentrinnbar. Wie alle Pflegefürsorge, wenn der Patient ihr nichts mehr, also auch keinen geistigen Widerstand, entgegensetzen kann.

Wir erleben Musterfälle solcher fürsorglichen Albträume, die in Boulevard-Zeitungen als kollektive Albträume aufbereitet stehen. Ist Harald Juhnke entmündigt in den Dämmer der letzten Station abgeschoben worden, weil es sein musste? Und war Klausjürgen Wussow wirklich so hilflos geworden, dass man ihn der abgeschirmten Obhut des totalen Gesundheitsgefängnisses ausliefern musste – dorthin, wo die Patienten über keine geistigen Mittel mehr verfügen, sich zur Wehr zu setzen? Wo sie Babys werden, die in Altenwaisenhäuser verbracht werden – wie die armen, verlassenen Waisenkinder der Dickens-Zeit.

Wir werden älter. Das ist unser Schicksal. Unser statistisches, unser demographisches Schicksal. Schon liest man, dass Ministerpräsidenten deutscher Bundesländer Mitbürgern, die 100 Jahre werden, nicht mehr mit Gratulationen und persönlichen Geschenken aufwarten. Es gebe zu viele, die hundert würden. Und im Jahr 2050 werden schon zwölf Prozent der Alten über achtzig Jahre alt sein. Jeder Achte von uns wird dann diese Chance haben. Und alle im Vollbesitz zumindest ihrer geistigen Kräfte.

Dies ist ein so fatalistischer Moment, in dem man, selber alt, mit bitterem Lächeln sagt: 2050! Wie gut, dass ich das nicht mehr erleben muss!

Doch dazu eine Geschichte aus heutigen Tagen. Es geht um eine

104 Jahre alte Greisin (wir dürfen sie uncharmant so nennen, von hundert an schweigt des Sängers Höflichkeit). Sie heißt Brooke Astor, lebt in New York, ist Teil der berühmten New Yorker Geldadelsfamilie der Astors. Sie ist die Witwe von Vincent Astor, dessen Vater, der legendäre John Jacob Astor, mit der »Titanic« untergegangen ist.

Brooke Astor hat ein gesegnetes Alter, es fehlt ihr scheinbar an nichts. Oder soll man sagen: Sie hatte ein solches Alter? Sie wohnt in der schönsten Straße New Yorks, der Park Avenue. Sie ist eine großartige Mäzenin und Wohltäterin, die Große Dame der New Yorker Society, des WASP-Adels. Sie war die Herrscherin und Stifterin der glamourösesten Wohltätigkeitsbälle, nahezu 200 Millionen Dollar hat die alte Dame für gute Zwecke verschenkt. Noch zu ihrem hundertsten Geburtstag scharte sie die hundert einflussreichsten New Yorker um sich.

Doch jetzt gibt es einen Skandal. Über das Schicksal (das heißt: die totale Betreuung) der alten Dame streiten sich ihr Enkel und ihr Sohn. Der Enkel, selbst schon über fünfzig, wirft dem Sohn vor, der selbst mit zweiundachtzig Jahren dem Greisenalter zugerechnet werden darf, er lasse die an Alzheimer Erkrankte, mit Alzheimer Geschlagene verkommen, indem er ihr zu wenig Pflege zukommen lasse. Er habe das Pflegepersonal reduziert, Kunstwerke aus ihrer Wohnung entfernt und sogar ihre beiden geliebten Dackel »Boysie« und »Girlsie« in eine Nebenkammer gesperrt. Zu der schändlichen Behandlung seiner Großmutter durch deren Sohn führt der Enkel eidesstattliche Erklärungen von niemand Geringerem als Henry Kissinger und David Rockefeller an – auch sie spielen in der Ivy League der noblen Alten Manhattans.

Wenn man den Vorwurf des Enkels liest, der Sohn habe Kunstwerke aus den Gemächern der Großmutter und Mutter entwendet, dann kann man ahnen, worum es in diesem Streit auch gehen dürfte. Wer erbt was, von einer Dame, die zu keiner Entscheidung mehr fähig ist, ja die Vorgänge kaum noch zur Kenntnis nehmen dürfte, die in Umnachtung abgedriftet, nichts mehr unter Kontrolle hat.

Es gibt ein Bild von Lady Astor, da sitzt sie, eine strahlende, schöne alte Dame mit Hut, Perlenkette, einem weiß gepunkteten Kleid, weißen Handschuhen lässig, elegant im Fond ihrer Limousine, sie scheint ganz bei sich, Herrin ihrer Gefühle und Sinne. Dieses schöne Bild ist allerdings fünfzehn Jahre alt. Da war die edle Mäzenin neunundachtzig Jahre alt. Ach, denkt man unwillkürlich, wäre es schön gewesen, wenn sie in dieser Lebensphase hätte aufhören können. Es ist eine der schwersten ungelösten Fragen, wann dafür der richtige Zeitpunkt ist, aufzuhören. Und wer ihn denn setzen darf. Wenn überhaupt.

Es ist das Alter selbst, das zur puren Last wird, wenn es lange währt. Und als Signal für das Skandalon der greisen Jahre steht die Angst als letzte Perspektive des Alterns – die Angst, zum hilflosen Säugling zu werden, den man ausrauben kann, um den man sich nicht mehr sorgen muss. Das ähnelt der Panik in früheren Zeiten, als man befürchtete, scheintot begraben zu werden.

Wer sich um nichts mehr kümmern kann, der droht auch ohne Hilfe zu verkümmern. Erich Fromm schreibt dazu in seinem Buch »Psychoanalyse und Religion«: »Der Mensch ist abhängig; er bleibt dem Tode, dem Alter, der Krankheit unterworfen (...). Aber es ist eine Sache, die eigene Abhängigkeit und seine Grenzen anzuerkennen, und es ist etwas völlig anderes, sich dieser Abhängigkeit hinzugeben und jene Mächte anzubeten, von denen man abhängt (...). Das eine bedeutet Demut, das andere Selbstdemütigung.«

Großväter und Großmütter – Das zweite Alter

> »Wissen S', die Jahre vor achtzig sind die schönsten. Jetzt isses
> nix mehr. Der Mo tot. Hören tut man nimmer gescheit.
> Schlafen is a nix mehr. Aber bis achtzig war das Leben schön.«
> Martin Walser, 79, legt in seinem Roman »Angstblüte« diesen
> Satz einer Achtzigjährigen in den Mund, die ihn im Englischen
> Garten zu einem Mann »in ihrem Alter« sagt.

Als mein Vater 1971 in Rente ging, begann für meine Eltern die wohl schönste, weil friedvollste Zeit. Sie zogen aus der engen, lärmigen Würzburger Wohnung, die über einer Tankstelle lag, nach Gmünden. Sie hatten in einem Zweifamilienhaus in ruhiger Siedlungslage eine Etage gemietet. Nur ein kurzer Weg durchs Grüne trennte sie von einem herrlichen Blick auf den Main hinab. Vorbei die Zeiten, wo in der zu kleinen Würzburger Wohnung jeden Abend das Wohnzimmer durch Umklappen von Schlafcouches in ein Schlafzimmer verwandelt werden musste, vorbei auch die Zeiten ständiger finanzieller Sorgen, die meinem Vater sicher oft den Schlaf geraubt hatten. Und vorbei die Zeiten, da sie sich sorgten, wie ihre Kinder (die Familie war spät aus der DDR geflüchtet), die sie alle auf eine höhere Schule gehen ließen, einigermaßen gut gekleidet unter all den Wohlstandskindern auftreten konnten.

Es war, als nähmen sie die Lebensgewohnheiten ihrer Jugend wieder auf, nur jetzt mit ruhiger Hoffnung und im abgeklärten Vertrauen darauf, dass sie einander notwendig brauchten. Mein Vater, gelernter Möbeltischler, hatte im Keller eine Werkstatt, sein Werkzeugkasten war sein ganzer Stolz, und so tischlerte er bald einen kleinen Wandkasten für das Telefon, bald ein Regal für das Wohnzimmer. Oder – und das war sein bevorzugtes Möbel – er bastelte einen Blumenständer, auf den meine Mutter ihre Topfpflanzen stellen konnte. Er setzte, wie Raimund es im Hobellied befiehlt, das Schicksal als Hobel an: »Das Schicksal setzt den Hobel an / und hobelt alles gleich.« Es herrschte eine unangestrengte selbstverständliche Arbeitsteilung zwischen ihnen; während er abends Aktenordner anlegte und für alle seine fünf Kinder an Winterabenden Fotoalben aus den wieder zusammengesammelten Familienfotos erstellte und mit stolzer Akribie beschriftete, saß meine Mutter bei ihm und strickte oder häkelte Pullover, Jacken und immer wieder Deckchen für die Haushalte ihrer Kinder und für ihre Enkelkinder. In der Weihnachtszeit buk sie für alle Kekse, vorwiegend aus Linzer Teig, und immer wieder Vanillekipferln. Meist kam das Gebäck zerbrochen und zerstäubt bei uns Kindern an, aber die Bruchstücke und die nur mit dem Löffel zu konsumierenden Krümel schmeckten köstlich und wirkten auf uns wie rührende Signale aus einer Zeit, als Weihnachten noch das Fest der selbst gemachten Geschenke war. Es war anachronistisch, aber wenn die Eltern, die längst auch in meinem Bewusstsein zu Großeltern meiner Kinder und Nichten und Neffen mutiert waren, auf Besuch kamen, kramten wir eilig die Häkeldeckchen meiner Mutter hervor und taten so, als wären sie bei uns ständig in Gebrauch. Mir fiel dazu ein, wie Wilhelm II., nach 1918 zwangspensionierter deutscher Kaiser, seit seinem neunundfünfzigsten Lebensjahr ganze Wälder im holländischen Exil abgeholzt hat. *Er* allerdings aus der zwanghaften Unruhe, nicht mehr deutscher Monarch zu sein.

Im Frühjahr und vor allem im Herbst nahmen mein Vater und meine Mutter, die ich vor und mit meinen Kindern »Opa« und »Oma« nannte, ihre Wanderungen auf, sie gingen durch die Wälder, und mein Vater erinnerte sich daran, wie er in seiner Jugend in den Beskiden bevorzugt Steinpilze, aber auch Jägerpilze oder Eierschwammerl gesammelt hatte. Er freute sich, dass sie jetzt, im Alter, die Pilze ihrer Jugend wiederfanden, sie suchten auch Brombeeren, Himbeeren, Walderdbeeren und, wie ihre Vorfahren seit Urgedenken, brachten sie die Beute nach Hause und bereiteten sie sich als selbst erworbene Abendmahlzeit zu.

Sie sahen, erstmals in ihrem Leben, glaube ich, gelassen in die Zukunft. Es war die Zeit, als die Rente für alle Zeit sicher schien. Und außerdem hatten sie noch das Glück, dass meine Schwester allmählich zu Wohlstand und Reichtum kam und den Eltern großzügig und liebevoll zu entgelten versuchte, was sie von ihnen an Liebe und Fürsorge erfahren hatte.

Man kann nicht sagen, dass meine Eltern ganz und gar im Frieden lebten. Doch lagen die Kämpfe und Schlachten der sexuellen Herausforderungen hinter ihnen, nur manchmal gab es ein Nachgrollen, und der Kummer um die gleichen Krisen bei ihren Kindern lag noch in der Zukunft. Auch die Krankheiten, Zipperlein und Gebrechen des Alters waren unter Kontrolle. Ein Frühstück meines Vaters bestand zwar schon aus einer ganzen Anordnung von Pillen, vor allem der Blutzucker musste ständig kontrolliert und reguliert werden, aber im Großen und Ganzen herrschte eine Ruhe, die mein Vater, wie ich erst später wusste, noch lange aufrechterhielt, als ihn seine Krankheit längst in Unruhe versetzt hatte.

Die Gmündner Idylle hatte allerdings ihre Grenzen, schließlich wohnten meine Eltern in einem Zweifamilienhaus zur Untermiete. So freuten sie sich über den Besuch ihrer Kinder mit Enkelkindern zwar sehr, gleichzeitig aber fürchteten sie die Besuche. Würden die Kinder zu laut sein und sich zu ungebärdig aufführen, sodass eine Auseinandersetzung mit den Hausbesitzern drohte, die doch »so nett« waren; so nett!, wie meine Eltern mit Ausrufezeichen betonten, dass nicht einmal ein vorwurfsvoller Blick provoziert werden sollte. Als ich einmal, damals Hundebesitzer und schon alleinerziehender Vater, Weihnachten mit meinem Sohn und unserer Boxer-Hündin zu Besuch kommen wollte, brach bei meinen Eltern, brach bei »Opa und Oma« Panik aus. Ich glaube, sie hätten es fast lieber gehabt, wenn ich den Besuch abgesagt hätte, aber mich das zu bitten, dazu waren sie auch wieder zu ängstlich, zu harmoniesüchtig. Wobei diese Feigheit durchaus Liebe ist, wie ich, inzwischen selber Großvater, nur zu gut nachempfinden kann.

Aber auch diese Sorge hat ihnen meine Schwester abgenommen, indem sie ihnen eine Eigentumswohnung in Frankfurt kaufte, dort, wo alle ihre Kinder außer mir und ihr lebten.

Doch dann war, von einem Tag auf den andern, diese friedvolle Phase des Alters vorbei. Durch einen Herzinfarkt drohte der Vater zu sterben, doch die moderne Medizin war in der Lage, sein Leben noch um fast zehn Jahre zu verlängern. Sicher war das, wie man so in der begütigenden, das Alter wie in sanfte Wickel hüllenden Sprache sagt, segensreich. Mein Vater hat, spät, noch die schönen Strände der Bretagne und der Côte d'Azur kennengelernt; er, der gern badete und schwamm und gern ein Herr auf großem Fuß gewesen wäre, wurde von meiner Schwester in Paris, in der Bourgogne, in der Bretagne ausgeführt, er warf sich mit Wonne ins warme Meer, als hätte er ein Leben lang darauf gewartet.

Andererseits: Ich sehe ihn, bei meinen Besuchen, wenn alle sich zur Ruhe gelegt hatten oder ich früh kurz aufwachte, wie er unhörbar durch die Wohnung schleicht, sich schwer atmend in einen Couchstuhl fallen lässt und dort, weil er sich unbeobachtet fühlt, sein Gesicht dem Schmerz ausliefert. Oder ich sehe ihn an seinem achtzigsten Geburtstag – ich hatte ihm die (nicht zu planende) Freude bereitet, dass mein jüngster Sohn genau an diesem Tag ein Jahr alt wurde –, nachdem er angestrengt versucht hatte, seine Freude darüber auszudrücken, dass alle Kinder und Enkel im Haus seiner Tochter in der Bourgogne in einem blühenden Garten um ihn versammelt seien, in seinem Sitz zusammensinken, um für Augenblicke, dann für längere Zeit aus der ausgelassenen Freude seiner Kinder und Enkel wegzudämmern. Plötzlich erschrocken auffahrend, spielte er uns wieder vor, er sei ganz bei uns, mitten unter uns, während er sich in Wahrheit in eine andere Welt aus Schmerz und Dämmer zurückgezogen hatte.

Er hat noch Krankenhausaufenthalte erlebt, am Tropf hängend, wo er besorgt auf ihn herabblickende Söhne oder Enkel mit einem schwachen, vor Qual blöden Lächeln begrüßte, um dann wieder in komatösen Schlaf zu fallen. Hoffentlich quält er sich nicht, dachten wir lammfromm und sagten laut, er wird sich schon erholen. Das wird schon wieder! Und dazu nickten wir tapfer.

Dieses zweite Alter, von den Ärzten dem Tod abgerungen, wobei ich nicht weiß, ob es zum Trost der Noch-nicht-Hinterbliebenen oder zur Hoffnung des nur noch unter schmerzbetäubenden Mitteln zum Leben Aufflackernden dient, habe ich noch einmal erlebt, bei meinem Schwiegervater.

Auch er, aus Liebe zu seiner einzigen Tochter zum Opa mutiert, spielte über achtzigjährig mit seinen Enkeln stundenlang die simpelsten Kartenspiele, widmete ihnen seine ganze Aufmerksamkeit und zog daraus offensichtlich große Freude, und das, obwohl er ein guter und raffinierter Skatspieler gewesen war. Von dem liebenden Gedächtnis, das sie ihm für viele glückliche Momente ihrer Kindheit bewahrten, konnte er noch nichts wissen, vielleicht aber hat er unbewusst daran gedacht. Er ermöglichte uns, den Eltern, Freizeit, Auszeit vom Elternleben, und schien selbst ganz ausgefüllt. Er, ein eher kleiner Mann, spielte gern den Starken und war kaum daran zu hindern, schwere Einkaufstüten mit Obst und Gemüse vom Markt zu schleppen. Einmal sagte er mit erschrockenem Erstaunen, dass er, wohl wegen Gleichgewichtsstörungen, nur mühsam die Kurve am Ende unserer Straße zum Markt nehmen könne, er fürchte, obwohl er langsam und hinkend mit bandagiertem Bein ging, aus der Kurve getragen zu werden wie ein zu schnelles Fahrzeug.

Wenn er bei uns zu Besuch war, kümmerte er sich aufopfernd um den Müll, um das Geschirr, und da, wo Wilhelm II. ganze Forste abholzte, hielt er unsere Wohnung gnadenlos in Schuss. Und am Abend, wenn seine Enkelkinder schliefen, löste er im routinierten Eilverfahren ganze Zeitungsberge von Kreuzworträtseln. Auch er wachte auf, wenn alle noch schliefen. Auch er schlich durch die Nächte. Auch ihn sah man nur mit schmerzverzerrtem Gesicht, wenn er sich unbeobachtet wähnte. Traf man ihn überraschend in der Wohnung, versuchte er Haltung anzunehmen, fast wie ein Rekrut.

Als er mit einundneunzig starb, hatte er Monate, Jahre des Leidens hinter sich und lag so ermattet und bleich in seinen Kissen, als bäte er den Himmel, ihn aus dieser Welt zu nehmen. Auch seine beschwörenden Formeln, er möchte doch noch erleben, wie seine Enkel ihre Schule, ihr Studium beenden, wie sie heiraten, Kinder bekommen, wurden schwächer und weniger überzeugend. Der Überlebenswille war nur noch vorgespielt. Zuletzt, für Monate, ja halbe Jahre, war er eher weggedämmert als vorhanden. Man saß an seinem Krankenbett, und die Gespräche erloschen schnell.

Beide Großväter sind von ihren Frauen überlebt worden, beide Großmütter wurden und werden lange allein mit ihrem Leben fertig. Beide Männer hätten das, wären sie allein übrig geblieben, aus eigener Kraft nicht geschafft.

Ich habe den Vater meiner Mutter, also den Großvater mütterlicherseits, nicht mehr erlebt. Mein Großvater der väterlichen Seite starb 1941, mitten im Krieg. Die Großmutter war bei uns. Er starb in der Nacht, bei einer anderen Frau – ein glücklicher, ein peinlicher Tod. Ein Tod mitten im Leben. Meine Frau hat ihre beiden Großväter nie zu Gesicht bekommen. Immer und in allen Fällen überlebten die Großmütter die Großväter. Allen Verstorbenen blieb das lange, von der Medizin geschenkte zweite Alter mit seinen Geduldsproben, Schmerzbetäubungen, Auslieferungen an die Medizin, die Angewiesenheit und säuglingsähnliche Abhängigkeit von anderen erspart.

Säuglingsähnlich – aber mit keiner Perspektive ins Leben, nur mit einer aus dem Leben.

Es ist ein Spiel mit Verlängerung. Das Zeitalter der Angst, scheintot begraben zu werden, das Menschen raffinierte Klingelzüge an ihren Särgen anbringen ließ, ist vorbei.

Statt Angst vor dem Scheintod zu haben, fürchten wir das Scheinleben. Statt Lebenshilfe ist nach dem zweiten, schrecklichen Schritt ins Alter die Sterbehilfe gefragt, die wir, im Falle unserer unverschuldeten Altersunmündigkeit, notariell Menschen anvertrauen, die unser Leben verkürzen können.

Gevatter Tod

> Laßt euch nicht verführen!
> Zu Fron und Ausgezehr!
> Was kann euch Angst noch rühren?
> Ihr sterbt mit allen Tieren
> Und es kommt nichts nachher.
> Brecht

Das Grimm-Märchen »Gevatter Tod« hat sich meiner Phantasie schon als sechsjähriges Kind bemächtigt. Besonders das Schlussbild von den tausend und tausend Lebenslichtern, die in einer riesigen Höhle brennen, flackern, verlöschen, hat mich, der ich in einer katholischen Welt aufgewachsen bin – sowenig ich sie auch wahrhaben wollte und sollte –, beeindruckt, wie ein unendlich großer, düsterer Dom, in dem nur die Opferkerzen ein schattenvergrößerndes, unruhiges Licht in die Kirchenstille und den Weihrauchduft werfen.

Von barockem Memento mori! (Bedenke, dass du sterblich bist!), wie es in Salzburg als Touristenattraktion des »Jedermann« mit prunkender Bescheidenheit inszeniert wird, hatte ich damals nicht mehr als eine kindliche (also ungewisse) Ahnung.

Hier also das Märchen:

> Es hatte ein armer Mann zwölf Kinder und musste Tag und Nacht arbeiten, damit er ihnen nur Brot geben konnte. Als nun das dreizehnte zur Welt kam, wusste er sich in seiner Not nicht zu helfen, lief hinaus auf die große Landstraße und

wollte den Ersten, der ihm begegnete, zu Gevatter bitten. Der Erste, der ihm begegnete, das war der liebe Gott. Der wusste schon, was er auf dem Herzen hatte, und sprach zu ihm: »Amer Mann, du dauerst mich, ich will dein Kind aus der Taufe heben, will für es sorgen und es glücklich machen auf Erden.« Der Mann sprach: »Wer bist du?« – »Ich bin der liebe Gott.« – »So begehr' ich dich nicht zu Gevatter«, sagte der Mann, »du gibst dem Reichen und lässest den Armen hungern.« Das sprach der Mann, weil er nicht wusste, wie weislich Gott Reichtum und Armut verteilt. Also wendete er sich von dem Herrn und ging weiter. Da trat der Teufel zu ihm und sprach: »Was suchst du? Willst du mich zum Paten deines Kindes nehmen, so will ich ihm Gold die Hülle und Fülle und alle Lust der Welt dazu geben.« – Der Mann fragte: »Wer bist du?« – »Ich bin der Teufel.« – »So begehr' ich dich nicht zu Gevatter«, sprach der Mann, »du betrügst und verführst die Menschen.« Er ging weiter; da kam der dürrbeinige Tod auf ihn zugeschritten und sprach: »Nimm mich zu Gevatter.« Der Mann fragte: »Wer bist du?« – »Ich bin der Tod, der alle gleichmacht.« Da sprach der Mann: »Du bist der Rechte, du holst den Reichen wie den Armen ohne Unterschied, du sollst mein Gevattersmann sein.« Der Tod antwortete: »Ich will dein Kind reich und berühmt machen; denn wer mich zum Freunde hat, dem kann's nicht fehlen.« Der Mann sprach: »Künftigen Sonntag ist die Taufe, da stelle dich zu rechter Zeit ein.« Der Tod erschien, wie er versprochen hatte, und stand ganz ordentlich Gevatter.

Als der Knabe zu Jahren gekommen war, trat zu einer Zeit der Pate ein und hieß ihn mitgehen. Er führte ihn hinaus in den Wald, zeigte ihm ein Kraut, das da wuchs, und sprach: »Jetzt sollst du dein Patengeschenk empfangen. Ich mache dich zu einem berühmten Arzt. Wenn du zu einem Kranken gerufen wirst, so will ich dir jedes Mal erscheinen. Steh' ich zu Häupten des Kranken, so kannst du keck sprechen, du wolltest ihn wieder gesund machen, und gibst du ihm dann von jenem Kraut ein, so wird er genesen. Steh' ich aber zu Füßen des Kranken, so ist er mein, und du musst sagen, alle Hilfe sei umsonst. Aber hüte dich, dass du das Kraut nicht gegen meinen Willen gebrauchst, es könnte dir schlimm ergehen.«

Es dauerte nicht lange, so war der Jüngling der berühmteste Arzt auf der ganzen Welt. »Er braucht nur den Kranken anzusehen, so weiß er schon, wie es steht, ob er wieder gesund wird oder ob er sterben muss«, so hieß es von ihm, und weit und breit kamen die Leute herbei, holten ihn zu den Kranken und gaben ihm so viel Geld, dass er bald ein reicher Mann war. Nun trug es sich zu, dass der König erkrankte. Der Arzt ward berufen und sollte sagen, ob Genesung möglich wäre. Wie er aber zu dem Bette trat, so stand der Tod zu den Füßen des Kranken, und da war für ihn kein Kraut mehr gewachsen. »Wenn ich doch einmal den Tod überlisten könnte«, dachte der Arzt, »er wird's freilich übel nehmen, aber da ich sein Pate bin, so drückt er wohl ein Auge zu, ich will's wagen.« Er fasste also den Kranken und legte ihn verkehrt, sodass der Tod zu Häupten desselben zu stehen kam. Dann gab er ihm von dem Kraute ein, und der König erholte sich und ward wieder gesund. Der Tod aber kam zu dem Arzte, machte ein böses und finsteres Gesicht, drohte mit dem Finger und sagte: »Du hast mich hinter das Licht geführt, diesmal will ich dir's nachsehen, weil du mein Pate bist, aber wagst du das noch einmal, so geht dir's an den Kragen, und ich nehme dich selbst mit fort.«

Bald hernach verfiel die Tochter des Königs in eine schwere Krankheit. Sie war sein einziges Kind, er weinte Tag und Nacht, dass ihm die Augen erblindeten, und ließ bekannt machen, wer sie vom Tode errette, der sollte ihr Gemahl werden und die Krone erben. Der Arzt, als er zu dem Bette der Kranken kam, erblickte den Tod zu ihren Füßen. Er hätte sich der Warnung seines Paten erinnern sollen, aber die große Schönheit der Königstochter und das Glück, ihr Gemahl zu werden, betörten ihn so, dass er alle Gedanken in den Wind schlug. Er sah nicht, dass der Tod ihm zornige Blicke zuwarf, die Hand in die Höhe hob und mit der dürren Faust drohte; er hob die Kranke auf und legte ihr Haupt dahin, wo die Füße gelegen hatten. Dann gab er ihr das Kraut ein, und alsbald regte sich das Leben von neuem.

Der Tod, als er sich zum zweiten Mal um sein Eigentum betrogen sah, ging mit langen Schritten auf den Arzt zu und sprach: »Es ist aus mit dir, und die Reihe kommt nun an dich«, packte ihn mit seiner eiskalten Hand so hart, dass er nicht widerstehen konnte, und führte ihn in eine unterirdische Höhle. Da sah er, wie tausend und tausend Lichter in unübersehbaren Reihen brannten, einige groß, andere halbgroß, andere klein. Jeden Augenblick verloschen einige, und andere brannten wieder auf, also dass die Flämmchen in beständigem Wechsel zu sein schienen. »Siehst du«, sprach der Tod, »das sind die Lebenslichter der Menschen. Die großen gehören Kindern, die halbgroßen Eheleuten in ihren besten Jahren, die kleinen gehören Greisen. Doch auch Kinder und junge Leute haben oft nur ein kleines Lichtchen.« – »Zeige mir mein Lebenslicht«, sagte der Arzt und meinte, es wäre noch recht groß. Der Tod deutete auf ein kleines Endchen, das eben auszugehen drohte, und sagte: »Siehst du, da ist es.« – »Ach, lieber Pate«, sagte der erschrockene Arzt, »zündet mir ein neues an, tut mir's zuliebe, damit ich König werde und Gemahl der schönen Königstochter.« – »Ich kann nicht«, antwortete der Tod, »erst muss eins verlöschen, eh' ein neues anbrennt.« – »So setzt das alte auf ein neues, das gleich fortbrennt, wenn jenes zu Ende ist«, bat der Arzt. Der Tod stellte sich, als ob er seinen Wunsch erfüllen wollte, langte ein frisches, großes Licht herbei, aber weil er sich rächen wollte, versah er's beim Umstecken absichtlich, und das Stückchen fiel um und verlosch. Alsbald sank der Arzt zu Boden und war nun selbst in die Hand des Todes geraten.

Damals, also in der Kindheit, war das Märchen, ohne dass ich es wusste, mein erstes Bild von einem mittelalterlichen, ins Barocke geretteten Bündnis aus Gott, Tod und Teufel, wobei es eine Ungeheuerlichkeit ist, dass Gott als Pate des Menschen verworfen wird, wegen der zum Himmel schreienden sozialen Ungerechtigkeit in seiner Welt. Schnell muss der Märchenerzähler, die Märchenerzählerin (als die ich mir heute Büchners Märchen erzählende Großmutter aus dem »Woyzeck« denken kann, eine durch das Leben steinhart gewordene Frau) begütigend einschieben: »Das sprach der Mann, weil er nicht wusste, wie weislich Gott Reichtum und Armut verteilt.«

Auch der Anfang des Märchens, dass ein Mann zwölf Kinder hat, für die er Tag und Nacht arbeiten muss, und jetzt sogar ein dreizehntes Kind bekommt, verwunderte mich, als ich klein war, nicht. Und dass ein Mann zwölf Kinder bekommt und von einer Mutter nirgends die Rede ist, fiel mir gar nicht auf. Erst mit der Prinzessin tritt das einzige weibliche Geschöpf auf: Sie ist das Glück und der Todesgrund für das Patenkind des Todes, ihr zuliebe fordert er den Tod heraus – übermütig, weil er aus Liebe nicht anders kann.

Aber auch das ist es nicht, was sich meiner heute beim Denken an das Märchen, beim Immer-wieder-Lesen bemächtigt.

Auch nicht das Bild vom Leben als einer abbrennenden Kerze, das einfachste und treffendste Symbol immer noch für das Leben des Einzelnen, obwohl es schon seltsam ist, wie stark dieses Zeichen in Zeiten bleibt, in denen wir die Katastrophen als Riesenstromausfälle erleben. Und Kerzen nur noch bei Reisen durch Italien oder Spanien, vor den Kuppeln, den düsteren Altarbilder und gewaltigen Kruzifixen, die im Kerzendämmer oft jäh von einem Lichtstrahl, der sich durch die bunten Scheiben bricht wie die Sonne draußen durch Wolken, erhellt werden – eine Filminszenierung ohne jeden Scheinwerfer.

Das Bild der Kerze und wie schnell sie abgebrannt ist, wie sie beim Abbrennen ihre Wachstränen vergießt, sich in ihnen auflöst, in ihnen erst vertropft und dann erstarrt, auch das ist es nicht. Auch nicht, dass manche Kerzen, dick und behäbig, langsamer abbrennen, dass lange Kerzen schneller klein brennen, dass ein Windzug sie flackern lässt oder wir bei jedem Erlöschen nach dem aufgeregt ängstlichen Flackern im Windhauch erschrecken oder wir sie, übermütig, auf einer Geburtstagstorte auspusten wie die Pusteblumen im Mai mit ihren unzähligen Samen-Fallschirmen. Wir sagen auch kaum noch von einem schnell gelebten Leben, dass es verbrennt wie eine an zwei Enden angezündete Kerze.

Nein, was für mich heute das Märchen vom Gevatter Tod ausmacht, ist die Geschichte von der Hybris der Medizin. Der Tod macht seinen Patensohn zum berühmtesten Arzt seiner Zeit, weil er ihm die Fähigkeit zur absolut verlässlichen Diagnose gibt. Der Arzt sieht, an welchem Bettende der Tod steht, wie es also um den Kranken bestellt ist. Dass ihm der Tod auch ein Heilkraut an die Hand gibt, ist bedeutungslos – angesichts der tödlichen Sicherheit, mit der ihm der Tod durch Daumenheben oder Daumensenken verrät, ob er ein Todesurteil gefällt oder ein Weiterleben gestiftet hat. Das Kraut ist nicht mehr als ein Placebo. Hokuspokus, mit dem der Tod seinen Schützling vor den Patienten imponieren, vor ihnen brillieren lässt. Der Arzt, den sich der Tod heranzüchtet, ist nicht als Lebensverlängerer gedacht, er soll nicht das Stundenglas noch einmal umstellen, wenn der Tod die Lebensuhr für abgelaufen befindet, wenn er eine Kerze als abgebrannt erachtet. Der Arzt soll nicht mit dem Tod ringen, vor allem aber soll er ihn nicht manipulieren.

Im Januar 2006 kam der israelische Premier Scharon nach einem schweren Schlaganfall ins Krankenhaus, dort ereilte ihn ein zweiter, schwererer Schlag. Die Ärzte versetzten den Kranken in ein künstliches Koma – in dem liegt er noch jetzt, während ich schreibe, also über ein halbes Jahr später. Scharon, der als starker Premier Israels galt, drohte, zum für Israel ungünstigsten Zeitpunkt, zu sterben, als die Hamas die Wahl gewonnen hatte und Israel nach der Aufgabe des Gaza-Streifens vor einer besonders schweren innenpolitischen Krise stand. Also zögerten die Ärzte seinen Tod hinaus, sie drehten das Bett einfach um. Scharon wird künstlich beatmet, künstlich ernährt. Manchmal wird das Atemgerät kurz abgestellt, der in einem medizinischen Zwischenreich zwischen Leben und Tod Angesiedelte atmet dann kurz aus eigener Kraft; mit eigenem Willen kann man kaum sagen, aber aus eigenem Antrieb. Er verlor in der Zeit, da ihm das Bewusstsein stillgestellt war, über sechzig Kilogramm, vorher war er ein Koloss, ein übergewichtiger Mann.

Es kommt vor, dass Patienten manchmal jahrelang, ja jahrzehntelang in einem künstlichen Todesschlaf gehalten werden. Manchmal zu Heilzwecken, bis sich der durch Unfälle, Krankheiten, Gifte, falsch eingesetzte Arzneimittel schwer beschädigte Körper wieder erholen kann. Manchmal aus politischer Raison; auch Scharons Gegenspieler, der Palästinenserführer Jassir Arafat, lebte, weil die Ärzte auf Wunsch der Politiker sein Leben künstlich verlängerten. Andere, wie Sunny von Bülow in Amerika, weil sie durch eine Überdosis Insulin in ein komatöses Schlafen fielen.

Die Medizin hat eine Zwischenstufe geschaffen, auf der der Mensch nicht mehr im Leben weilt und noch nicht im Tod angekommen ist. Wie der Fall von Bülow zeigt, kann es dabei um Habgier gehen – die der Erben. Bei Politikern geht es um Machtgier – die der Nachfolger. In anderen Fällen versucht die Medizin, dem Tod ein Schnippchen zu schlagen, um Aufstände, Unruhen, blutige Umwälzungen zu vermeiden, wenigstens herauszuschieben. In noch anderen Fällen klammert sich die Liebe verzweifelt an den Noch-nicht-ganz-Toten, die Hoffnung, er könnte aus dem Schattenreich doch noch wiederkehren – wie es Orpheus fast mit Eurydike gelang, mit der Macht des Gesanges, nicht mit Geräten und Maschinen. Der neue Tod ist eine Frage medizinischer Definition. Herztod, Hirntod, Scheintod – die Opfer werden manchmal lebendig begraben, von den Ärzten, die sich die Allmacht erworben haben, das Leben nach ihrer Entscheidung abzuschalten oder angeschaltet zu lassen. Jedenfalls für eine Zeit.

Im Mittelalter musste das noch anders geregelt werden: Philipp der Schöne, der nach dem Tode seiner Mutter, Maria von Burgund, die burgundischen Länder erbte, regierte Brabant als lebenslustiger junger Herrscher, bis er, nach seiner Heirat mit Johanna von Kastilien, deren spanische Herrschaft erwarb. Das war 1496, der frauenverwöhnte junge Herrscher war achtzehn Jahre alt. 1506 musste er mit seiner eifersüchtigen Gattin nach Kastilien, wo sie ihren König in einer frauenleeren Welt gefangen hielt; der arme, von ihr wie von einer krankhaften Furie Bewachte starb noch im gleichen Jahr in Burgos, achtundzwanzig Jahre alt. Johanna, seine Witwe, wollte seinen Tod nicht wahrhaben, weil er ihr erst jetzt ganz und ganz allein gehörte und sie ihn nicht mehr vor der Zuneigung anderer Frauen abzuschirmen und zu bewahren brauchte. Wohin sie künftig auch zog – die Königin nahm ihren geliebten Gemahl überallhin mit, in einem Sarg, den sie öffnete, sobald sie an einem festen Ort war, um sich über ihn zu werfen. Er muss im Laufe seiner Reise, die sie als Flitterwochen mit einem Toten zelebrierte, furchtbar gerochen haben. Er war, mit Nestroy zu sprechen, »der Verweser seiner selbst«. Einem komatösen Schlaf konnte ihn die über jedes Maß liebende und eifersüchtige Gattin nicht überantworten. Es war der Herbst des Mittelalters, und die Medizin wusste für das Alter, außer Aderlass, Kräutern und Wickeln, außer Mord und Totschlag, kein Mittel.

Der arme Mann, der sich für seinen Sohn den Tod zum Paten wünschte, wollte jemanden, der keinen Unterschied zwischen Arm und Reich machte.

Walt Disney, der Schöpfer der unsterblichen Mickymaus, starb als Hollywood-Tycoon 1966, auf den Tag genau fünfundsechzig Jahre alt. Vorher hatte er verfügt, dass er eingefroren werde: Im Tiefkühlschlaf wollte er, wie viele seiner begüterten Zeitgenossen, darauf warten, dass die vorwärtsstürmende Medizin den Tod endgültig besiegt haben würde – eines nicht allzu fernen Tages. Dann wollte er – so der eher grausige Filmtraum vom aufgehobenen Sterben – aufgetaut und geheilt werden. Dieser Versuch, das Bett angesichts des Todes umzudrehen, ist bis dato gescheitert.

Als Gevatter Tod, über die Tricksereien seines Patenkindes erbost, diesem seinen flackernden, zu erlöschen drohenden Kerzenstummel zeigt, erschrickt dieser, man ist versucht zu sagen: fast zu Tode. Vorher verlegt er sich aufs Flehen. Und der Tod tut so, als wollte er ihm ein neues Licht aufstellen und anzünden. Doch jetzt trickst auch der Tod, er stößt das alte Licht um. Der Arzt sinkt entseelt zu Boden. Entseelt? Gevatter Tod ist ein nihilistisches Märchen. Es gibt nur das Leben, das Lebenslicht, sein Flackern und die Erloschenheit des Todes. Der Tod ist also den ihm Anvertrauten gegenüber feige. Er belügt den Arzt über sein Ende. Auch er trickst ihn aus. Ist das nur die Bosheit des gekränkten Todes? Oder ist es Gnade, die das Patenkind wenigstens über das schreckliche Ende hinaus täuscht?

Rilke schrieb in seinen Sonetten an Orpheus:

> Sei allem Abschied voran, als wäre er hinter
> dir, wie der Winter, der eben geht.
> Denn unter Wintern ist einer so endlos Winter,
> daß, überwinternd, dein Herz überhaupt übersteht.

Über ... über ... über – was für ein Übergang.

Quellennachweis

Helmut Qualtinger: »Der Großvater als Schädling des Landvolks«
Aus: Carl Merz/Helmut Qualtinger: »Blattl vorm Mund«. Texte für den »Neuen Kurier«. Band 5. Werkausgabe in fünf Bänden. Hrsg. von Traugott Krischke.
© 1997 Deuticke im Paul Zsolnay Verlag, Wien

Bertolt Brecht: »Erinnerung an die Marie A.« und Auszüge aus Tagebüchern
Aus: Bertolt Brecht. Werke. Große kommentierte Berliner und Frankfurter Ausgabe. Band 11 und Band 27.
© 1988 Suhrkamp Verlag, Frankfurt

Karl Valentin: »Vergesslich«
Aus: Karl Valentin: Gesammelte Werke in einem Band.
©1985 Piper Verlag GmbH, München

Wir danken den Rechteinhabern für die freundliche Abdruckgenehmigung.